COLLECTION
LITTÉRATURE
D'AMÉRIQUE

dirigée par
Noël Audet

D1413921

Sans cœur
et sans
reproche

Du même auteur

Le Sexe des étoiles, Montréal, Éditions Québec/Amérique, 1987.

Homme invisible à la fenêtre, Montréal, Boréal, 1993.

Sans cœur
et sans
reproche

MONIQUE PROULX

nouvelles

ÉDITIONS QUÉBEC/AMÉRIQUE
329 OUEST DE LA COMMUNE, MONTRÉAL (QUÉBEC) H2Y 2E1 (514) 499.3000

Données de catalogage avant publication (Canada)

Proulx, Monique, 1952-

Sans cœur et sans reproche : nouvelles

(Collection Littérature d'Amérique)

Édition originale : 1983.

ISBN 2-89037-645-1

I. Titre. II. Collection.

PS8581.R6883S26 1993   C843'.54 C93-096359-8
PS9581.R6883S26 1993
PQ3919.2.P76S26 1993

Reimpression Avril 1998

Dépôt légal:
1er trimestre 1993
Bibliothèque nationale du Québec
Bibliothèque nationale du Canada

IMPRESSIONS
DE VOYAGE (I)

Sortir, sortir du Trou noir grâce à la Force, s'échapper du Trou noir alors que rien ne s'en échappe, ni les particules de lumière, ni les quasars gigantesques aspirés dans son remous, quitter le Trou noir où le temps existe différemment et où le savoir est infini — la Force déployée devant, comme une étoile qui montre le chemin.

Commencer le voyage, le long voyage à contre-courant des corps lumineux qui fuient vers leur ultime désintégration, vaincre l'expansion universelle et se frayer un passage jusque là-bas là-bas à des milliards d'années-lumière, grâce à la Force qui entraîne et qui guide.

Espace, espace vide et froid, flotter dans l'espace à la rencontre des galaxies. Vide et froid qui s'amenuisent au fur et à mesure que les galaxies se rapprochent, que des ponts se tissent entre les nébuleuses. Suivre la trajectoire que dicte la Force à travers le super-amas de la Vierge, nager dans les pépinières d'étoiles en évitant la gueule béante de Messier 87 tapi au milieu, arriver en pleine galaxie d'Andromède parmi les filaments neigeux des supernovae éclatées. Sentir que le vide se rétrécit, entendre les crépitements innombrables des corps stellaires qui s'entrechoquent, se soustraire grâce à la Force aux météores qui explosent tout autour, grâce à la Force qui accompagne et qui protège. Bételgeuse la géante qui luit, rouge, au loin, Rigel qui agonise dans sa lumière comateuse, comprendre la fin et la signification des étoiles bleues, rouges, jaunes, des naines blanches et noires disséminées dans l'espace. Revenir en arrière jusqu'aux Nuages de Magellan, franchir les années-lumière qui séparent de la source, du commencement, se retrouver dans la Voie lactée à naviguer entre les Rois mages et la Chevelure de Bérénice, se rapprocher de Vega, de Sirius, se rapprocher, se rapprocher du système solaire et de la planète où résident la source et le commencement.

Attendre. Attendre le travail du temps et l'organisation de la matière, quarks nucléons noyaux atomes molécules simples organiques, cellules cellules, attendre que la Force fasse se rencontrer les cellules de la source et du commencement.

Chaud. Chaleur. Baigné par la chaleur. Entouré. Deux quatre huit seize, multiplication infinie des cellules. Fixé là, dans la chaleur et le moelleux. Ne pas bouger. Bien-être. Membrane autour comme une coquille protectrice. Nid. Assister aux transformations qui font éclater les noyaux partout, sentir la violence des mouvements qui s'installent, des cellules qui cherchent l'emplacement. Migrations, cohue, multiplication, multiplication. Liquide tiède qui enveloppe tout, bercé bercé dans le liquide tiède. Percevoir l'organisation des cellules, la distribution des fonctions, l'éclosion des formes, alimenté par le tiède et le moelleux. Témoin du travail de la Force, qui donne vie et spécialisation à tout. Bouger un peu, commencer à bouger dans le liquide chaud et nourricier.

Boule, grosse, pleine de ramifications (tête, dit la Force). Choses dures qui s'ajoutent à l'intérieur, enfilade de petites choses pointues (squelette, dit la Force). Animal rond, qui palpite et se cabre (cœur, dit la Force). Palmes maladroites qui commencent à s'agiter (membres, dit la Force). Appareils compliqués, appareils qui se mettent en branle au ralenti (systèmes nerveux circula-toire respiratoire digestif sexuel urinaire, dit la Force, la Force qui sait tout).

Bien-être. Flotter dans le bien-être avec les yeux ouverts. Beau. Fermés les yeux, noir. Ouverts les yeux, beau et rouge et ondoyant. La corde bouge aussi dans l'eau rouge, la corde qui relie le milieu à la nourriture chaude. Regarder les parois rouges de l'eau qui ondulent. Dormir aussi, yeux fermés. Rêver. Rêver aux galaxies, aux étoiles qui tombent et au Trou noir qui garde la connaissance de l'autre temps.

Oreilles. Oreilles entendent clapotis de l'eau et autre chose encore. Sons, loin. De l'autre côté du rouge et du tiède. Prendre la place, toute la place, s'étirer et chercher jusqu'où vont le rouge et le tiède. Le doigt dans la bouche qui suce. Bon.

Dehors encore, bruits. Bruits répétés, violents, pressions tout à coup. Ne pas bouger. Se tasser et disparaître, le plus petit possible, fuir les bruits et les pressions. Des choses dehors, de l'autre côté, essaient de toucher, se déplacer vite, se lover dans le liquide en attendant que les choses dehors arrêtent et se taisent.

Parfois, les sons, très beaux, font dormir. Plaisir de dormir avec les sons doux et chauds qui enveloppent, plaisir de nager dans le liquide sucré, les bras les jambes légers s'étirent tout seuls. Dormir. Nager. Dormir longtemps. Rester, rester toujours ainsi, enseveli dans la chaleur et le bien-être.

Se retourner, a dit la Force. Se retourner la tête en bas, lentement, parce que l'espace est plus petit. En bas, il y a encore la paroi moelleuse et chaude, mais aussi ça. Le tunnel. Peur du tunnel. La tête appuyée en bas à l'entrée du tunnel.

La paroi bouge. Boum. Un grand coup. Choc sur la peau, dans la tête, terrible terrible choc. Peur. Recroquevillé en boule, attendre que le calme revienne. Encore un grand coup, heurté contre la paroi, projeté à l'entrée du tunnel. Peur, si peur. S'incruster dans le liquide, s'accrocher au cordon qui bat au milieu du liquide rouge.

Tempête, explosion partout. Conscience, conscience. Conscience de la peur qui dévore le dedans. Ballotté par la tempête, frappé par le liquide, partout, violence violence, projeté là à l'entrée du tunnel noir qui s'ouvre. Les parois devenues folles. Battent comme des galaxies qui explosent, poussent dans l'abîme du tunnel noir pour être aspiré.

Lutter fort contre la folie de la tempête, essayer de retenir les eaux tièdes qui s'engouffrent dans le tunnel étroit, qui s'en vont. Ne pas comprendre. Conscience d'être seul, impuissance et peur, peur. S'abandonner, finalement, à la tempête, à la folie qui précipite dans le tunnel, tête la première, qui engloutit et attire dans le noir. Danger... ne veux pas ne veux pas. Jjj je j'ai moi MOI

Je moi j'étouffe dans le tunnel le tunnel est trop étroit et serre fort à la briser la tête. Mal j'ai mal, je suis moi MOI — je ne veux pas mourir. La Force dit de se laisser aller, parle de loin comme si elle aussi était en train de disparaître dans un gouffre. Moi, seul dans le tunnel avec la tempête derrière qui pousse et les parois glissantes noires étouffantes. La Force dit Regarde, regarde, et au bout du tunnel, il y a des choses tout à coup, des lumières, des images blanches. Je, moi, aperçois par les fontanelles toutes sortes de choses et d'êtres qui papillotent dans la lumière blanche, qui bougent à toute vitesse au bout du tunnel. Regarde, regarde bien, dit la Force avec sa voix, de loin, regarde ce qui t'attend, regarde tous tes futurs possibles qui émergent à la surface — et je, de toutes mes forces, regarde regarde.

Ne comprends pas les images au bout du tunnel, les images blanches et noires et de toutes les couleurs qui s'agitent devant mes fontanelles. Des yeux, plein d'yeux rendus ronds et grands par les choses angoissantes, petit garçon ou petite fille, et l'eau infiltrée partout, MOI petit garçon ou petite fille et MOI aussi plus tard avec d'autres yeux et d'autres comme MOI femmes hommes et les animaux, les poissons, les chats aux yeux glauques, MOI et les machines qui hurlent et MOI qui hurle aussi, dans l'eau, dans la morsure de l'eau salée qui apaise et qui cautérise, MOI femme MOI homme avec des fois la douleur et des fois le rire dans les yeux qui regardent, toujours les mêmes mêmes yeux qui se ternissent, qui deviennent plus fatigués, les yeux qui suivent une route abrupte et longue, MOI en train de marcher sur la route abrupte en cherchant des yeux la lumière au bout cherchant les regards des autres comme MOI, MOI dans l'odeur de sueur de sang, MOI pauvre et riche, seul et entouré par les autres regards sur le lit entouré par les regards des autres qui ne peuvent rien pour MOI, MOI à qui on ferme les yeux sur le lit MOI MOI MOI...

Disparaissent les images, s'évanouissent, floues et brumeuses au fur et à mesure que je glisse sur les parois humides du tunnel, accroché à la corde qui bat dans le noir, je glisse vers la fin du tunnel trop étroit, seul avec la peur et la corde enroulée et la mort, de l'autre côté, qui attend. Appelle la Force, l'appelle des profondeurs visqueuses de l'agonie mais ne répond plus, la Force, s'en retourne dans l'univers des étoiles avec son souvenir, partis la Force et le souvenir de ce qui était avant.

Aah... pourquoi la lumière éblouissante, pourquoi l'air glacial, yeux déchirés, poumons arrachés, AAAAHH pousser le grand cri de la douleur épouvantable, hurler la peur et la souffrance à la Blouse blanche froide qui se tient devant...

Né. Né cette fois-ci à la fin de l'été terrestre, né à la mort humaine dans une chambre d'hôpital, je cette fois-ci m'appellerai Benoît.

AM STRAM GRAM

— Vous êtes en retard, dit, pour la troisième fois, Mme Mc Kinnon en tirant sur la manche gauche de sa robe.

Elle ne semblait pas vouloir bouger de son fauteuil. En fait, on aurait juré que c'était son occupation favorite, tirer sur les manches de ses robes et dire aux autres qu'ils étaient en retard.

— Vous êtes terriblement en retard, répéta-t-elle.

— Oui, Madame. Je suis désolée, vraiment, Madame, c'est à cause de cet autobus comme je vous disais...

«Je voudrais être ailleurs», pensait fiévreusement Marie Bilodeau. Il avait fallu qu'elle s'embourbe dans cette absurde justification au lieu de raconter simplement la vérité: comment de violentes nausées lui avaient fauché les jambes, alors qu'elle s'apprêtait à sortir de chez elle; elle avait dû s'étendre un peu, tout enveloppée par une moiteur subite qui lui mettait le cœur au bord des lèvres. Cela, même la directrice de

l'école Sainte-Marguerite l'aurait compris, malgré sa
proverbiale sévérité. Il était trop tard, maintenant. Les
mots s'étaient bousculés dans sa bouche et il en était
sorti cette histoire invraisemblable d'autobus arrêté en
plein circuit à cause d'une panne d'essence (pourquoi
pas un détournement, avait pensé Marie dans un
dernier sursaut d'ironique consternation, alors qu'elle
s'empêtrait dans son récit). C'était toujours comme ça.
Elle n'arrivait jamais à exprimer clairement sa pensée.
Quoi qu'elle dise, elle paraissait mentir, avec ces
bafouillements incoercibles qui lui liaient la langue telle
une gangue épaisse.

Mais la directrice se levait enfin. Elle était très
grande : à côté d'elle, Marie avait soudainement l'air
rapetissé et inquiet d'une écolière.

— Vous avez déjà fait de la suppléance, n'est-ce pas ?

— Non, c'est à dire que... oui, oui.

Bien sûr qu'elle en avait fait. Mais, chaque fois, une
angoisse sans nom lui tordait les boyaux comme si elle
allait, d'un seul coup, vomir son âme aux quatre vents,
crever bêtement de terreur. Elle s'engageait dans une
classe avec le pénible sentiment de courir à l'abattoir.
Peut-être était-ce l'air, après tout, chargé de l'entêtante
fadeur des parfums écoliers : livres, encre, tableau noir,
sueur, ou le martèlement désagréable des talons sur le
carrelage des corridors, ou tout cela mêlé ensemble,
dressé en une affolante panoplie dans laquelle elle
reconnaissait sa propre enfance régie par des coiffes
noires comme la mort. Mais, à l'école Sainte-Marguerite,
il ne subsistait plus de religieuses, et les professeurs
avaient tous l'allure vaguement virile de Mme Mc Kinnon,
qui guidait maintenant Marie dans un dédale d'escaliers
tordus.

— Vous connaissez Thérèse Dallaire ?

— Non.

— Bon. C'est elle que vous remplacez. Elle n'a pas de santé, la pauvre petite. La Commission scolaire ne sait plus à quel saint se vouer, avec toutes ces suppléantes qui vont, qui viennent...

Mme Mc Kinnon se cramponnait à la rampe, en louchant du côté de Marie.

— Vous me semblez fiable.

— Oui, dit Marie, qui ne savait que dire.

— Rappelez-vous que la classe se termine à trois heures. Avec une première année spéciale, on ne peut pas aller trop vite.

Elles étaient arrivées au quatrième : il n'était pas possible de monter plus haut, l'escalier mourait soudainement sur un corridor désert traversé de brusques éclaircies de soleil. Des voix cristallines venaient rompre le silence comme à regret, des grelots de rires s'étouffaient aussi rapidement qu'ils avaient jailli. La directrice prêtait l'oreille avec une évidente satisfaction, s'adossait quelques secondes au mur pour tirer sur la manche droite de sa robe.

— C'est haut, soupira-t-elle, mais au moins vous aurez la paix. Votre classe est tout au fond, dans le tournant. Vous verrez : personne ne vous entend et vous n'entendez personne.

Mais Marie n'écoutait plus. Les mots « première année spéciale » lui avaient désagréablement accroché le tympan, et elle regardait maintenant la directrice avec une inquiétude grandissante.

— C'est une petite classe, vous verrez, ils sont très gentils, continuait Mme Mc Kinnon en s'acharnant sur sa manche droite. Ils sont très intelligents, pour la plupart, mais ils souffrent de problèmes émotifs ou familiaux. Vous savez ce que c'est.

Elle donna une petite tape amicale sur l'épaule de Marie.

— Vous allez beaucoup vous amuser. Mlle Thibeault est avec eux en ce moment, elle vous expliquera. Local 424.

Marie la regarda descendre rapidement l'escalier. Elle ressemblait à un grand avion tronqué, glissant habilement d'une marche à l'autre sans toucher terre, apparemment ; le bruit de ses pas était déjà inaudible.

Allons-y, se dit Marie, et elle s'engagea sans conviction dans le corridor. Le problème, c'est qu'elle n'aimait pas les enfants : elle ne pouvait supporter leur candeur, qu'elle jugeait fausse, et l'impunité inconditionnelle dont ils jouissaient. Ce qu'elle n'osait s'avouer, surtout, c'est que leurs regards la troublaient jusqu'au malaise, jusqu'à la haine, qu'elle s'efforçait scrupuleusement de surmonter par peur de devenir une marginale, une femme sans entrailles que la société lapiderait. Elle acceptait de faire des suppléances dans les maternelles, les écoles primaires, mais la même tension persistait, toujours, comme s'il n'y avait pas de solution à leur mutuelle incompatibilité.

Mlle Thibeault n'était pas dans le local 424. À sa place, sur le bureau, elle avait laissé une grande feuille découpée avec soin, sur laquelle son écriture stylisée jetait des ombres fines et torturées :

« Je m'excuse, je ne peux attendre plus longtemps, si vous avez besoin de moi, je suis au local 420, il y a des exercices au tableau et aussi sur les feuilles photocopiées à côté. La classe finit à trois heures. Bonne chance.

                                        Lisette THIBEAULT. »

Les enfants étaient assis en demi-lune derrière des pupitres pâles qui leur mangeaient tout le corps : leurs mains seules émergeaient, avec leur petit visage mobile tourné silencieusement vers Marie. Le plus étonnant, c'est qu'ils ne semblaient pas avoir profité de leur solitude temporaire pour se lancer dans un tumulte endiablé comme Marie aurait été en droit de s'y attendre. Du coup, elle sentit son anxiété diminuer et, confusément, leur en fut reconnaissante.

— Bonjour, dit-elle, je remplace votre professeur.

Et presque aussitôt, fébrilement, elle se mit à distribuer les feuilles d'exercices sur les douze pupitres, sans éveiller la moindre réaction dans les regards atones levés vers elle avec une tranquille curiosité. «Ces enfants ont l'air de plâtre», pensait Marie non sans plaisir. C'est comme ça qu'elle les supportait le mieux, finalement, pétrifiés et muets, le plus différents possible des petits êtres infernaux qu'elle avait l'habitude de rencontrer.

— Vous pouvez m'appeler Marie, concéda-t-elle presque avec cordialité. Vous ne me dites pas bonjour ?

— Bon-jour-ma-moi-selle, firent douze petites voix calmement accordées.

Ils ne saisissaient pas la perche qu'elle leur tendait maladroitement, ils avaient déjà eu le temps d'apprendre à se confondre tous ensemble dans cet anonymat récitatif qui les éloignait à cent milles à l'heure de Marie. Au fond, elle se sentit soulagée d'un poids immense : ce n'était pas encore ici que les «libres enfants de Summerhill» renaîtraient de leurs cendres, elle n'aurait donc pas à s'épuiser en vain pour instaurer entre eux un rapport autre que celui, millénaire, de dominant-dominé. Marie n'évoluait pourtant pas à l'aise dans le rôle du bourreau ; il est vrai qu'elle n'était à l'aise nulle part, au fond, et ici moins qu'ailleurs, parmi des enfants qui lui renvoyaient comme un miroir le reflet désabusé de sa propre faiblesse.

— Vous allez me dire votre nom, chacun votre tour, d'accord ?

Tout y était, maintenant, la voix sucrée du professeur, le ton docte et paternaliste qu'elle détestait si fort chez les autres et qu'elle n'allait plus quitter, pénétrée soudain de la justesse et de la nécessité de son personnage.

— Sont marqués, les noms !

D'emblée, Marie détesta la petite fille rousse qui venait de parler. Elle était assise au centre du demi-cercle formé par les bureaux et elle regardait Marie sans l'ombre d'un sourire, avec une pointe d'hostilité déclarée qui allumait dans ses yeux des lueurs méchantes. Du calme, se dit Marie. La petite fille rousse ne regardait même pas Marie, et il y avait, en effet, de gros rectangles de couleur posés sur chacun des pupitres, éclaboussés de lettres énormes qu'on aurait pu déchiffrer les yeux fermés : Catherine, Jean, Stéphane, Evelyne, Richard... La petite fille rousse s'appelait Françoise.

Ça ne servait à rien de se répéter tout bas que les rectangles de couleur n'étaient pas là cinq secondes auparavant : Marie perdait son calme, un fluide s'échappait inéluctablement de son cerveau pour se noyer dans l'air ambiant, au milieu des petits visages rousselés levés vers elle.

Garder le contrôle, pensait Marie, en considérant avec gratitude une gamine plus petite que les autres, d'une blondeur rassurante, et qui n'avait manifestement pas de carton à son nom.

— Toi, ma belle, comment t'appelles-tu ?

— C'est un garçon, et il s'appelle Benoît, dit la petite fille rousse avec la même implacable tranquillité.

Sous les yeux stupéfaits de Marie, la gamine blonde n'avait soudain plus rien de féminin, en effet, des épaules costaudes, une dureté dans les traits, tout un petit masque rigide sur lequel il n'était pas possible de se tromper. C'est à cause de ses cheveux, se dit Marie en s'asseyant pesamment sur son bureau, le cœur pris dans un étau. Ses cheveux, pensa-t-elle encore, avant d'enlever les verres épais, qui lui obscurcissaient les paupières. Ce qu'elle savait pertinemment, avec force, avec démence, c'est que les noms n'étaient pas inscrits sur les pupitres lors de son arrivée, que Benoît était bel et bien une fillette quelques secondes auparavant, et qu'elle avait désespérément envie de retourner chez elle. Non. Elle ne savait rien de tout cela, puisque rien n'était vrai, les enfants la regardaient avec confiance, attendaient des instructions qui ne venaient pas, tandis qu'elle, les mains poissées par l'angoisse, une fois de plus avait laissé courir, débridée, son imagination malade. Mais c'était fini, la classe se déroulerait dans l'ordre, maintenant.

— Prenez la feuille que je vous ai donnée. Vous voyez, il y a des lignes blanches en dessous des mots : vous copiez chacun des mots deux fois, c'est bien compris, là ?

Ils ne comprenaient pas, il avait fallu recommencer la même explication encore et encore avant que les points d'interrogation s'effacent enfin des visages. Marie n'y pouvait rien, mais l'irritation, la lassitude, se disputaient déjà dans sa voix, elle aurait voulu qu'ils devinent tout, d'avance, et qu'ils arrêtent de s'accrocher à elle pour mendier un savoir qu'elle n'avait nulle envie de leur dispenser. C'est alors qu'elle reçut sur la nuque

cette grosse gomme à effacer, couleur caramel, qui
faillit lui faire perdre l'équilibre.

— Qui a lancé ça ?

D'instinct, ses soupçons se portèrent à droite, sur la
petite fille rousse qui n'avait pas bougé d'un pouce,
pourtant, le crayon enfoui dans la narine gauche et
semblant méditer gravement sur sa feuille. Les autres,
derrière Marie, avaient tous le front déjà tendu sous
l'effort, le calme de l'innocence guidant lentement leurs
doigts gourds.

— À qui appartient ceci ? demande-t-elle avec une
colère qui la surprit elle-même.

Les visages se levaient, hésitants, un silence sans fin
s'appesantissait dans la classe, alors que Marie, entre
ses doigts, voyait trembler la gomme sale que des dents
nerveuses avaient rognée aux quatre coins.

— Vous allez me répondre, oui ou non ?

— Pas à moi, dit le petit Philippe, et onze voix
susurrantes se pressèrent à sa suite, «pas à moi,
'moiselle, c'est pas à moi», perdues bientôt dans un
clapotis de fous rires que Marie, d'un seul geste,
interrompit rudement.

— C'est assez !

Il n'y avait rien à faire : elle se sentait seule, humiliée,
n'osant tout de même pas frapper au hasard dans cette
rage aveugle qui la secouait tout à coup et que le bon
sens lui ordonnait de calmer.

— Continuez à travailler.

Les douze têtes se tassèrent furtivement contre les
pupitres et le grincement des crayons tenus trop
fermement fut tout ce qu'elle entendit pendant les
minutes qui suivirent, mêlé à cette sorte de bruissement

fantôme qui suintait des lèvres contractées par la
tension — papa a la pipe Pipo lape le lala... Imbécillités,
niaiseries désespérantes, se disait Marie en suivant du
regard une grosse mouche aplatie qui zigzaguait infa-
tigablement sur les fluorescents selon un arbitraire
mystérieux connu d'elle seule, stupidités abrutissantes,
pensait Marie avec accablement, mais elle-même ne
faisait rien pour sortir toutes ces Premières Années
vulnérables du bain de culture stérile dans lequel on les
plongeait, les noyait, avec des papas aux pipes innombrables, des pipos qui pépient, des riris qui font rara, les
interminables mièvreries de l'enfance enrubannées
misérablement autour de la vie comme des cadeaux de
Noël vides à l'intérieur, des cache-réalité, des tirelires
pleines de plomb... Mais c'était trop difficile, trop risqué
aussi, de s'impliquer dans une lutte perdue d'avance, au
nom de qui, de quoi, mon Dieu! pour défendre des
enfants — presque des sous-êtres — qu'elle n'arrivait
pas à aimer malgré leurs simagrées. Soudain, l'éclat
inusité du parquet, près de son bureau, la tira de ses
préoccupations. En s'approchant, Marie vit des fragments
brillants répandus sur le plancher comme une parure
cassée — sans trop savoir pourquoi, elle songea à des
diamants —, mais en y regardant de plus près, elle
sentit une main noueuse lui serrer l'estomac. Il s'agissait
de ses verres, brisés consciencieusement en mille
miettes, éclatés dans toutes les directions.

— Qui a fait ça?

C'était une question inutile, un peu ridicule, finalement, puisque les regards convergeaient vers elle avec
une inaltérable sérénité, les nuques dociles se déployaient
rapidement dans le respect inné de la voix de la
maîtresse. Mais personne ne répondait. Marie avait
beau interroger les visages, elle n'y trouvait aucune
rougeur suspecte. Et, dans cet imbroglio douloureux

qui lui serrait les tympans, elle se demandait comment
elle avait pu ne rien entendre, ne rien voir, pendant que
ses lunettes gisaient là, démantelées.

— J'ai demandé : qui a fait ça ?... Est-ce que vous
essayez de me faire croire que les anges ont brisé mes
lunettes ?

Marie s'entendait parler avec surprise, elle n'était
plus maîtresse de cette crécelle tremblotante qui lui
tenait lieu de voix maintenant, une marée de colère
terrible la submergeait peu à peu et allait tous les
engloutir.

— C'est bien, coassa-t-elle, c'est très bien, je vais
chercher Mme la Directrice.

Marie se dirigea vers la porte dans le mutisme
général. Mme Mc Kinnon, avec son profil sévère de
colonelle, allait sans doute démêler les entrelacements
de cette histoire... Des verres de soixante-quinze
dollars, se répétait Marie en sentant des larmes de
désespoir lui brûler les cils.

Elle tourna la poignée de la porte, qui ne s'ouvrit
pas. La poignée jouait dans le vide. C'est absurde, se dit
Marie, et elle se surprit à appuyer de toutes ses forces
contre les battants solides, puis à donner des coups
d'épaules, de pieds, de plus en plus déments, sans que
rien n'y fasse : la porte ne s'ouvrait pas.

Marie se retourna. Sur le tableau, il y avait d'écrit à
la craie, en lettres énormes : À MORT, MARIE
BILODEAU !

Les enfants, immobiles, la regardaient. Marie s'enfonçait dans un marais gluant, ses vieilles terreurs
passées resourdaient de plus belle, comme si elle avait
déjà vécu, pressenti ce cauchemar puéril qui était
soudain le sien, pendant que les autres vaquaient à

leurs occupations lointaines ; terriblement inaccessibles, terriblement indifférents, Thérèse Dallaire, Lisette Thibeault, Mme Mc Kinnon, maman, MAMAN !...

— Qui... qui a écrit ça ?

— C'est pas nous, dit Françoise, la petite fille rousse. Nous, on sait pas écrire.

Ensemble, ils se levèrent, et leurs douze rires conjugués, purs et frais, éclatèrent comme des grappes dans la classe. Marie eut le temps de voir qu'ils portaient tous, à l'épaule, le brassard rouge de la révolution.

EN TOUT CAS

Tu ne me croiras jamais : à chaque fois que je remontais ma ligne, il y en avait six de bien accrochés, qui se dandinaient comme des diables. Ça n'en finissait plus de gigoter dans le panier et de saigner un peu aussi, parce que je leur arrachais aussitôt les yeux d'une seule main, vlan ! pour les enfiler au bout des hameçons. Au début, je ne voulais pas, mais Maximilien m'avait juré que les poissons, ça ne souffre pas, même s'ils poussent de drôles de petits cris quand tu les tiens par les ouïes. En tout cas. C'était une fichue de belle pêche. On aurait dit que les éperlans me comprenaient. Je récitais tout bas les mots magiques «mimosa-zamomi-pisse-chie-crache en haut-bingo», et il y avait plein d'éperlans qui se précipitaient vers ma ligne, qui mordaient mes appâts comme s'ils n'avaient pas mangé depuis des siècles. Je te jure : on aurait dit que les éperlans me comprenaient. Les autres n'arrêtaient pas de ramasser des loches. Moi pas. À la fin, tous les pêcheurs d'éperlans de Saint-Irénée étaient debout derrière moi à s'exclamer, à épier mes mouvements, à

me poser des questions. Maximilien répondait. Moi,
j'étais occupé à décrocher mes poissons. À vingt pieds
devant, sur le quai, un gros bateau suédois venait de
mouiller. Les hommes s'agitaient sur le pont : ils
allumaient des réflecteurs qu'ils dardaient sur l'eau
froide, et ils lançaient leurs lignes tous ensemble, flop !
Quand je levais la tête, la Grande Ourse avait l'air de
bouger un peu et une étoile filante me passait sous le
nez comme un insecte. C'était une fichue de belle nuit.
Le petit vieux à côté de moi disait tout le temps :

— Maudit qu'y a d'la chance ! Maudit qu'y est
chanceux !

Ça énervait Maximilien :

— Mais non, il n'a pas de chance. Vous voyez bien,
c'est un don qu'il a ! Un don !

Et il me donnait un coup de coude, en sourdine.

Il se mettait à raconter des histoires incroyables :
comment les truites me sautaient dans les bras, à la
rivière Jacques-Cartier, combien de centaines de sau-
mons j'avais ramenés de Gaspé, et la fois, à l'Aquarium,
où les poissons m'avaient suivi comme des caniches.

— Même que, ajoutait-il d'un air navré, le directeur
de l'Aquarium ne veut plus le laisser entrer. Il a peur
que les requins s'échappent pour le suivre. Vous voyez
ça d'ici, des requins sur la rue Saint-Jean ?

Les autres n'en revenaient pas.

— Ah ben va-t-en donc, toi ! Ah ben crisse ! Ah ben
ciboire !

Il n'y a pas de pire menteur que mon frère Maximilien.
Il te ferait croire que la terre est carrée comme une tête
d'Anglais, il convaincrait n'importe quel manchot qu'il a

quatre bras. Je te le dis : il n'y a pas de plus grand
menteur que lui. Je riais tellement que j'en échappais
mes éperlans, je le suppliais de se taire. Les pêcheurs
m'avaient pris en considération : ils appâtaient mes
hameçons, m'obligeaient à avaler d'un trait de grands
bols de café brûlant, me poussaient sans arrêt des
rouleuses :

— Fumes-tu, ti-gars ?

Pendant ce temps, Maximilien s'était infiltré sur le
bateau suédois. Il revenait en compagnie de cinq marins
qu'il présentait à tout le monde avec une chaleur
communicative. Des mains se serraient, des rires
tordaient l'air, et brusquement jaillissaient de nulle part
des bouteilles ambrées qui contenaient une liqueur âpre
comme le feu. On aurait dit que c'était fête, tout à coup,
sur le quai de Saint-Irénée, et que la nuit n'allait jamais
finir tellement on était bien près de l'eau clapotante.
Mon frère s'était mis à parler suédois comme si de rien
n'était, et je découvrais avec émerveillement qu'il savait
tout, qu'il comprenait tout, ce diable de grand type que
les autres aimaient soudain presque aussi fort que moi.
En tout cas. Tu ne devineras jamais quelle fichue de
pêche c'était.

Quand on revenait comme ça de Saint-Irénée ou de
Pointe-au-Pic, Maximilien et moi, le soleil grimpait
ferme à l'est et il n'était jamais moins de sept heures.
Maximilien rampait en silence dans la chambre de ma
mère et il lui glissait sournoisement un poisson dans le
cou. Elle se réveillait en hurlant. Elle lui jurait une haine
éternelle, mais au bout de cinq minutes, son rire
remplissait la maison comme une fanfare. Elle me
prenait à part :

— Benoît ! Y avait-il des femmes, sur ce bateau ? Tu
es sûr ? Tu sens la boisson, petit monstre. Va te coucher
vite.

Ma mère est quasiment aussi menteuse que Maximilien, mais elle, tu devines immédiatement quand elle te
raconte des histoires. Elle rit tout le temps. C'est une
grande danseuse. Elle marche dans l'air, si tu vois ce que
je veux dire. Quand elle fait ses solos acrobatiques, on
dirait une flamme qui va s'envoler d'un coup tellement
elle est légère. Elle est plus souple qu'une couleuvre.
Maximilien l'appelle Mona Lisa. Ils s'entendent bien,
tous les deux, même si ce n'est pas sa vraie mère : en
fait, c'est sa deuxième mère, à Maximilien. Ça semble
compliqué, mais c'est simple comme tout. La première
mère de Maximilien est morte des poumons ou de la
poitrine, quelque chose du genre. Mon père — qui est
aussi son père, à Maximilien —, notre père, donc, s'est
remarié avec ma mère, et moi je suis né après. Bon.
Mais il n'y a pas de tiraillement entre mon demi-frère et
ma vraie mère, si tu me suis toujours. Ce n'est pas
comme dans les films où la belle-mère et le beau-fils se
font des scènes épouvantables et se cassent des assiettes
sur le crâne parce qu'ils sont jaloux l'un de l'autre :
grosse maudite, je vais te tuer, p'tit verrat, je vais
t'étriper. Non. Ma mère aime tout le monde. Et je crois
que Maximilien l'aime plus que sa vraie mère. Simplement, il l'appelle Mona Lisa et il se tait lorsque tu lui
poses des questions sur son enfance. Il ne se fâche pas,
ni rien, mais il se tait : alors tu te tais toi aussi, parce que
tu comprends qu'il n'aime pas déterrer le passé. C'est
son affaire. L'important, c'est qu'ils s'entendent bien
tous les deux. Quand ils se penchent la tête ensemble,
tu ne peux plus les distinguer l'un de l'autre parce qu'ils
ont les mêmes reflets pâles dans les cheveux.

Il y avait les soirs de pêche, comme je te disais, et il y avait des dimanches. Ma mère se levait à l'aube et je l'entendais, pendant des heures, arpenter la maison en sentinelle nerveuse. Maximilien se terrait dans sa chambre et il n'en ressortait que le soir. C'est que, vois-tu, on allait voir mon père. C'était une satanée journée.

On arrivait là-bas vers une heure et demie de l'après-midi. Ma mère parlait sans arrêt, mais elle avait sur le visage cet air distant qu'elle prend quand elle danse, parfois : tu penses qu'elle est là, mais elle n'est pas là vraiment ; tu penses que c'est ta mère, et puis soudain tu ne la reconnais plus. Moi, je mâchouillais une gomme, mes ongles, n'importe quoi. Et puis, assis en face de nous, il y avait ce vieux qui était mon père.

Peut-être que ç'aurait été moins terrible s'il n'avait pas tremblé comme ça et s'il n'avait pas été si maigre. Mais ses mains bougeaient tout le temps et on pouvait compter ses os à travers sa chemise. Pendant que ma mère parlait, il ne disait rien. Quand elle se taisait, il ne disait rien non plus, mais elle ne se taisait pas souvent : elle racontait les mêmes histoires trois, quatre, cinq fois. À dire vrai, je ne l'écoutais pas. Mon père non plus. Il me regardait. Il me regardait tout le temps. Ma mère parlait, et lui me regardait. Tu ne peux pas savoir de quelle façon terrible il me regardait. On aurait dit qu'il ne me reconnaissait pas, qu'il me haïssait, ou quelque chose du genre. J'avais beau tourner la tête, regarder par terre ou le dévisager brusquement, ses yeux ne me quittaient pas une seconde. Il me faisait peur, si tu veux savoir. J'aurais pu crier tellement il me faisait peur. Après, je passais des nuits entières à ne pas dormir, je le voyais apparaître partout dans la chambre, lui et ses grands yeux blancs. Quand on revenait chez nous, ma mère disait à Maximilien :

— Il est de plus en plus schizophrène, tu sais.

Maximilien lui lançait un regard méchant : c'était les seules fois où je l'entendais répondre à ma mère avec une voix sèche comme du métal.

— Veux pas le savoir !

C'est vrai qu'il ne se dérangeait jamais pour aller là-bas. Il s'enfermait dans sa maudite chambre, tous les dimanches ; la maison se serait écroulée sur lui qu'il n'aurait pas bougé d'un poil. Mais, dans la soirée, il venait me trouver. Et tandis qu'il se mordait les lèvres à les faire éclater, il me demandait à voix basse :

— Est-ce qu'il a parlé ? Est-ce qu'il a dit quelque chose ?

Je disais non, et on n'en parlait plus.

Finalement, il n'y a plus eu de dimanche. Je veux dire que le dimanche est devenu une journée comme une autre, comme un jour de pêche, comme n'importe quel jour.

Pourtant, je n'arrivais pas à me sentir tout à fait soulagé. Je rêvais souvent à mon père : je le voyais de dos, droit comme un i ; il se tournait vers moi, ses lèvres remuaient sans que je puisse saisir un son, et il se mettait en devoir d'enlever lentement, cérémonieusement, les bandelettes qui lui couvraient le visage. Je me réveillais toujours avant d'avoir pu lui voir les yeux et je ne comprenais pas que le cœur me batte alors de tristesse plutôt que de terreur.

Un jour, j'avais essayé de lui écrire une lettre. Je l'avais recommencée dix fois avant de la jeter au panier. Je ne savais pas quoi lui dire. Les mots ne venaient pas. Il aurait fallu que je lui parle en ami, mais je ne l'aimais même pas, si tu veux savoir. Ça me faisait quelque chose, je te jure, de me dire que je n'aimais pas ce vieux bonhomme qui était mon père, mais je n'y pouvais rien.

Ce que je me rappelle de lui, du temps qu'il vivait à la maison, c'est qu'il était terriblement grand et qu'il ne me parlait jamais, ou presque. Et puis Maximilien est venu rester avec nous, et mon père est parti là-bas. Il devait être riche, parce qu'on a pu continuer à vivre comme avant, mieux qu'avant, avec l'été à Pointe-au-Pic, les descentes en radeau le long du fleuve, et le soir, quand il faisait froid, on s'entassait tous les trois près d'un gros feu de sapin et on riait comme des fous parce que la fumée nous arrachait les paupières. En tout cas.

La suite, eh bien ça ne me fait pas plaisir de la raconter. Pas du tout. Tu sais combien je les aimais, et tout, mais j'aurais pu les débiter à coups de hache comme on fait avec les bouleaux. Je les aurais tués si je ne m'étais pas retenu. Ou si je n'avais pas été si froussard. Mes jambes ne me portaient plus, ça fait que je me suis traîné près du vieux hangar, pour essayer de voir clair dans tout ça. Il faut que tu comprennes : d'un côté, il y avait mon frère Maximilien qui m'apprenait la chasse à l'écureuil, à démonter des voitures et à tirer du couteau ; de l'autre, il y avait ma mère qui riait en me prenant par le cou et en m'appelant son petit monstre ; et puis aussi il y avait lui là-bas, et tout ça se mélangeait dans ma tête.

Je n'aurais jamais dû être là. Je sais bien que je n'aurais jamais dû entrer dans la chambre à pas de loup pour les voir se tortiller ensemble et grogner comme des bêtes. Après, ça ne peut plus être pareil. Après, tu

ne peux plus rester assis à ne rien dire pendant que ta
mère est toute nue avec ton frère et que ton père est
enfermé dans un asile de fous. Il faut que tu me
comprennes.

Ça fait que je me suis rendu à pied, en pleine nuit,
sur le quai de Saint-Irénée. Il n'y avait pas de pêcheurs,
à cause du vent. Le fleuve n'arrêtait pas de brasser des
remous noirs, mais au fond, tout au fond, il y avait une
lumière qui ressemblait à un phare.

SAMEDI SOIR

Ce qu'il y a d'agaçant, c'est que la fille te regarde avec un air épanoui et supérieur, comme si tu étais la dernière des imbéciles. Le pied droit juché sur le siège des toilettes, tu essaies de te concentrer. Ils disent qu'il n'y a rien au monde de plus facile : ils ont fait de petits dessins bleus et blancs avec des lettres et des chiffres pour te montrer où sont tous tes orifices, pour s'assurer que tu ne vas pas t'enfoncer le tampon dans le nombril. Et toi, dans l'odeur fade de tes menstruations, les doigts englués par le sang, tu cherches la cavité promise, ton tampax est tout de guingois maintenant, amoché comme il n'est pas permis de l'être, les tubes de carton refusent de glisser l'un sur l'autre et se décollent lamentablement. Ils conseillent, dans leur mansuétude infinie, de se détendre et de prendre son temps. Ils t'assurent que toutes les femmes sont passées par là, même Raquel Welch et Aunt Jemima. La fille sur la boîte de Kotex, en face de toi, se perd dans une triomphale pureté, les dents blanches, la robe blanche, des fleurs blanches dans sa main blanche, l'attirail complet de la vraie petite

immaculée conception que tu ne réussiras jamais à
devenir durant ces écœurantes journées qui te voient
couler comme une chantepleure. De l'autre côté de la
porte, ton frère beugle comme un déchaîné.

— Vas-tu finir par sortir, ostie de calvaire! Reviens-
en, de te pomponner! Arrête de te pogner le derrière!

Tu assènes un coup de poing à la boîte de Kotex et la
fille en blanc va choir dans la poubelle, tu deviens
grossière:

— Va donc chier!

C'est peut-être, précisément, ce qu'il a envie de
faire: cette pensée te submerge sous une ondée de fous
rires que même les blasphèmes de ton frère n'arrivent
pas à endiguer.

Le cinquième tampon, mystérieusement, finit par
trouver sa place. Tu te laves les mains, tu achèves de
poudrer le bouton rouge qui a sinistrement pris
naissance sur le bout de ton nez, et tu sors, victorieuse,
de la salle de bain, plus femme que jamais.

Michelle s'est assise dans le salon, en t'attendant.
Elle fait semblant d'écouter ta mère, elle alimente la
conversation de Ah? de Bon! de Arrêtez donc! précis
comme un balancier de métronome, pendant que ses
yeux et ses oreilles voguent béatement sur l'écran de
télévision. Elle a déjà vu au moins dix fois chacune des
émissions de «La Patrouille du cosmos», mais elle ne se
lasse jamais, fascinée par la beauté exotique du glacial
lieutenant Spock qu'elle trouve sexy malgré et peut-
être à cause de ses sourcils diaboliques. À présent que
tu es là, ta mère enfourche avec frénésie son cheval de
bataille habituel, elle t'exhorte à la prudence, à l'absti-
nence, à la décence, comme si tu étais le petit Chaperon
rouge que des millions de loups affamés convoitaient

vicieusement à tous les détours de la ville. Tu as envie de lui crier que tu n'es pas comestible, mais tu te contentes d'opiner distraitement en tirant Michelle par les pans de sa chemise pour la forcer à abandonner le lieutenant Spock à ses ébats astronautiques.

Dans le numéro 8 qui vous emporte en crachotant vers la Haute-Ville, tu ajoutes un peu de mascara à tes cils trop courts et tu te repeins sans remords les lèvres que tes parents, incompréhensiblement, s'obstinent à préférer éteintes et fades comme des fruits verts.

— J'en ai mis un.

— Un quoi ?

— Un tampax, innocente !

— C'est-tu vrai ? Ça fait-tu mal ? Je m'en vas essayer, le mois prochain !

Partout où tes regards se portent, des blondinettes souriantes te brandissent au bout de leurs doigts effilés leur marchandise affriolante, des soutiens-gorge à la ligne Concorde, à la ligne Boeing, des dentifrices qui rendent la vie amoureuse trépidante, de l'eau de toilette machin-chouette archi-aphrodisiaque, l'autobus est tapissé de filles lumineuses qui n'ont manifestement jamais connu l'acné et qui te font ressembler soudain à une espèce de larve mal fagotée et mal foutue. Michelle te pousse du coude, vous êtes arrivées, les innombrables discothèques de la ville n'attendent que vous deux pour flamboyer dans l'obscurité comme des feux d'artifice.

Elle flamboieront sans vous, de toute façon, puisque vos quinze ans et demi vous ferment les portes aussi sûrement qu'à des lépreuses, malgré la juvénilité que

vous n'avez déjà plus sur vos visages maquillés. C'est
chez Popaul que vous allez noyer votre désabusement,
en attendant que l'exaspérante enfance s'efface à tout
jamais de vos silhouettes rectilignes et vous permette
d'accéder aux vraies discothèques, à la vraie vie.

Tu vois, tout de suite en entrant, qu'il y a comme
d'habitude un nombre infiniment supérieur de filles : la
lutte sera chaude, et c'est ce que tu détestes le plus. Tu
envies Lise Martin et Claire Ouellet qui sont venues
accompagnées par deux garçons, superbement bouton-
neux il est vrai, mais qui leur éviteront l'ultime
humiliation de faire tapisserie pendant les slows. Tu les
connais trop bien, ces moments terrifiants : la musique,
d'endiablée qu'elle était, se traîne brusquement tout en
langueur ; vous dodelinez nonchalamment de la tête au
son d'un blues qui s'annonce particulièrement volup-
tueux et vous faites mine d'aller vous rasseoir, en
suppliant des yeux les quelques mâles solitaires qui ont
surgi de nulle part et qui évaluent, soupèsent, achètent
ou ignorent la marchandise que vous êtes devenues. Tu
te jettes, débordante de reconnaissance, dans les bras
du premier avorton qui s'intéresse à toi, et vous oscillez
gravement sur place, accrochés passionnément l'un à
l'autre comme des noyés. À ton tour, tu regardes avec
commisération celles qui n'ont pas trouvé preneur et
qui se rongent les ongles de désarroi, assises sur leur
chaise. Mais la plupart du temps, tu partages leur sort :
c'est comme ça que tu as appris à fumer, en cherchant
une contenance qui te sauverait du ridicule tout en
combattant les effluves de sueur humide qui montent
des corps échauffés et te pénètrent jusqu'à l'écœurement.

La soirée est jeune, tu sens ton cerveau pétiller
comme du champagne. Michelle a lancé son sac sur une
table et se trémousse déjà d'énervement. La musique
vous gigote dans les orteils, vous n'en pouvez plus, les

autres s'écartent machinalement quand vous foncez, les bras dépliés comme des ailes, pour vous creuser une place sur le parquet et danser, danser, danser, avec Nanette. Ta jupe en jeans t'étrangle la taille, Michelle est beaucoup plus belle que toi, mais qu'importe, puisque les mille pieds qui te croissent à une vitesse vertigineuse tout autour du corps font de toi un tourbillon, une avalanche de folie près de laquelle les autres se meurent de lourdeur.

— On danse-tu le boogle ?

— O.K.

Soudain, tu le vois. Ça te donne un coup au cœur, parce qu'il ressemble très exactement à Clint Eastwood. Michelle et toi, vous avez vu tous les Leone, vous évoluez dans les westerns comme dans de l'eau salée, avec un petit goût saumâtre et excitant aux lèvres quand les yeux gris des hommes, à travers l'écran, vous transpercent jusqu'aux os.

Donc, il est là, tu le reconnais sans le connaître, et il te regarde, ou il regarde Michelle. Il regarde Michelle, bien sûr. La petite vache « boogle » de plus belle, comme si de rien n'était, elle s'applique à joindre les genoux en une torsade élégante et élastique pendant que toi, tu déferles sur elle des flots de bile empoisonnée.

— Que c'est que t'as à me regarder de même, Françoise ?...

— Je te regarde pas. Pour qui tu te prends ? Pour Bo Derek ?

Boule Noire a succédé à Nanette et vous enterre copieusement sous ses « emmène-moi » frénétiques. Vous êtes obligées de vous hurler dans les oreilles pour vous entendre. Tu t'aperçois tout à coup que Clint Eastwood a disparu : c'est drôle, parce qu'à partir de ce

moment, tu n'écoutes plus Boule Noire, tu n'entends
plus les vociférations de Michelle, tu ne vois plus les
filles sautiller autour de toi comme des moineaux
hystériques, tu n'as plus envie de danser.

— Françoise !... que t'as ?... fâchée contre moi ?...
hurle Michelle dans ta direction, et derrière son dos,
s'amène Clint Eastwood en personne, avec juste ce qu'il
faut de tangage dans les épaules et les hanches pour
avoir l'air d'un beau mirage cinématographique, avec
une espèce de mégot aux lèvres qui lui donne même des
allures de René Lévesque à son meilleur. C'est trop. Tu
t'arrêtes carrément de danser.

— Qu'est-ce qui te prend ? beugle Michelle qui n'a
rien vu, rien senti, la pauvre innocente, qui ne se doute
de rien tandis que Clint, derrière elle, cette huitième
merveille du monde, est proche à la toucher.

Il jette son mégot par terre. Il racle son pied dessus,
comme un taureau qui va foncer. Il secoue sa crinière.
Michelle se tourne vers lui. Il va l'inviter à danser. Il ne
l'invite pas à danser. Il l'écarte comme si elle était une
espèce de pourriture malodorante. Il te regarde comme
si tu étais Liz Taylor dans son jeune temps. Il t'invite à
danser, toi, toi, toi. Les anges jouent du clairon, c'est la
fin du monde, tu vas perdre connaissance d'une seconde
à l'autre. En même temps, comme par miracle, la
musique s'est épaissie, la musique-sirop t'enveloppe
comme une caresse et les bras de Clint, autour de toi,
t'empêchent de t'évanouir tout à fait. Il a du poil noir
sur les mains, sur les bras, de la vraie barbe qui t'érafle
délicieusement le front. Il doit avoir au moins vingt-
deux ans.

Les autres danseurs de slow, quand ils s'agrippent à
toi, te cassent les reins par derrière, te renâclent dans le
cou ou te réduisent carrément les orteils en purée. Pas

lui. Il a une sinueuse façon de t'enserrer de toutes parts, tu deviens fondante comme du caramel contre son corps que tu épouses de toutes les parois émues de ta peau... — l'odeur fauve du cuir de sa veste mêlée à celle, plus subtile, de son cou, indescriptiblement troublante... —, ses mains bougent un peu sur toi et tu roulerais par terre en gémissant, comme dans les rêves les plus osés qui peuplent tes nuits solitaires d'étrangers aux visages brouillés mais aux doigts si habiles qu'ils réveillent dans ton ventre des régions incroyablement explosives, avant de te réveiller tout à fait.

Vous dansez. Il ne te laisse pas une seconde, même quand la musique s'interrompt : il te jette à l'oreille des tas de choses renversantes, que tu danses bien, que ta peau est douce, que tu es belle, et le plus étonnant, c'est que tu le crois, toi qui ne passes jamais devant un miroir sans avoir envie de le fracasser.

— J'ai oublié mes cigarettes dans ma voiture.

C'est ce qu'il te dit tout à coup, et tu compatis entièrement à sa détresse. Un gars comme Clint fait corps et âme avec la fumée, tacitement et virilement : l'en priver, c'est un peu comme enlever son pistolet à James Bond, raser la moustache d'Omar Sharif, délester Colombo de son imperméable. Tu lui offres les tiennes. Il les refuse, bien sûr. Un gars comme Clint ne fume pas n'importe quoi : de banales Rothmans, de plébéiennes Players... Il ne se met entre les lèvres que des américaines élancées, aux noms qui sonnent dur comme des sabots de cheval dans le Far West. Vous sortez en vous tenant par la main, sous les regards envieux de toutes les filles de la place.

Les têtes médusées que feront tes amies quand tu passeras au bras de Clint, dans la rue, fière comme une porteuse de trophée, les luttes sanglantes que tu

amorceras inévitablement avec ta famille qui ne t'a
jamais connu de «steady», tout ce branle-bas passionné
que tu vois poindre dans ton existence, tu l'acceptes, tu
le saisis avec une impatience fébrile. Car il n'y a pas de
doute : vous sentez déjà couler entre vous deux des
fluides magnétiques, des odeurs d'amours à n'en plus
finir.

Vous vous asseyez dans sa Ford, quelques minutes,
histoire de vous reposer un peu les oreilles. Clint a
trouvé ses cigarettes ; il jongle habilement avec le
paquet.

— On n'est pas pressés, dit-il.

Tu dis non, à tout hasard, mais tu as peur et chaud
en même temps, ton cœur menace de se décrocher dans
ta poitrine. Tu en es donc là : le plus grand moment de
ta vie est arrivé.

Sa main droite grimpe sous ton chandail, s'insinue
jusqu'à tes seins ; ses doigts pressent fiévreusement tes
mamelons, et ça te gêne plus qu'autre chose, parce que
tu penses soudain aux kleenex que tu a glissés dans ton
soutien-gorge pour avoir l'air d'en avoir plus — les
hommes aiment tellement ça. Sa main gauche essaie en
vain de t'écarter les cuisses que tu tiens crispées comme
des barres de fer, et sa bouche n'en finit plus de t'érafler
le cou, les lèvres, la nuque. Il est tellement occupé qu'il
n'entend pas tes protestations, qu'il ne voit même pas
les kleenex dans ton soutien-gorge. «Mon bébé, mon
beau bébé...» râle-t-il, et tu te dis qu'il faudrait bien lui
avouer que c'est la première fois, après tout, peut-être
te ménagerait-il davantage, «ma p'tite minoune...»
gémit-il, et avant que tu saches ce qui se passe, il a sorti
quelque chose de ses pantalons et il te le darde entre les
cuisses, bon gré mal gré. Une douleur fulgurante te
traverse et tu t'entends, avec ahurissement, émettre

des sons inintelligibles et affolés, les mêmes qui sourdent des lèvres féminines, dans les films cochons, et que tu croyais pourtant associés au plaisir.

Le plus grand moment de ta vie est passé, semble-t-il, puisque Clint se passe la main dans la crinière, rajuste ses pantalons, ouvre la portière, pendant que toi, tu te relèves avec une stupéfaction non déguisée.

— T'en viens-tu ?

Il t'attend, debout près de la voiture, les yeux bridés par la fumée légère qui s'échappe de sa cigarette américaine. Tu ne sais pas trop pourquoi, mais tu te sens affreusement embarrassée, humiliée de ne pas avoir été à la hauteur de la situation. Il y a aussi ce liquide poisseux qui suinte le long de tes cuisses et que tu ne peux tout de même pas essuyer du revers de la main, avec désinvolture, comme si tu te grattais le nez.

— J'vas aller aux toilettes.

— O.K.

Un silence énorme s'installe entre vous deux pendant que tu trottines tant bien que mal à ses côtés. Tu ne comprends pas ce qu'il y a de changé, tu ne t'expliques pas la raideur avec laquelle il te donne le bras jusqu'à la salle de bain de chez Popaul. Pour l'instant, tes préoccupations sont tout autres : dans un éclair paniqué, tu viens de te rappeler que tu es menstruée et que tu avais un tampon, à l'endroit même où tu sens maintenant comme un trou béant et douloureux.

Le pied droit juché sur le siège des toilettes, tu te mets à la recherche du tampax perdu. Il doit être rendu loin, parce que tu n'arrives pas à toucher la cordelette.

Personne ne t'a dit ce qu'il fallait faire, dans ce cas-là. Le feuillet explicatif bleu et blanc est muet comme une carpe sur le chapitre des tampons engloutis.

Évidemment, si Clint avait pensé à le retirer, tu ne serais pas debout comme une dinde à fouiller tes intérieurs avec des doigts rougis par le sang, tu ne sentirais pas monter en toi la peur ancestrale des cancers utérins, des lèpres intestinales, et de toutes les horreurs qui te guettent, toi et ton ventre souillé. Tu ne vas tout de même pas lui en vouloir pour ça : un gars comme Clint Eastwood a autre chose à faire qu'à extraire les tampax du corps des filles ; un gars comme Clint tire son coup, net et précis, et s'en va, le revolver fumant au poing.

Malgré tout, quand tu reviens de la salle de bain et que tu le vois danser un slow avec Michelle, collé à elle comme un timbre, tu ne peux t'empêcher de penser qu'il y a quelque chose d'injuste qui est en train de t'arriver. Mais tu te contentes de prendre ton sac, en te répétant tout bas la réponse litanique que tu feras à ta mère quand elle te demandera, comme tous les samedis soirs, pourquoi tu arrives si tard.

— Ben non, y s'est rien passé ! Pis y est même pas tard !...

PARTIR PARTIR

P as de doute, la chambre avait une odeur à elle, très forte, une odeur qui vous saisissait au nez et à la gorge comme la dent cariée d'un vampire — c'est l'image, du moins, qui s'était immédiatement imposée à Benoît sur le seuil de la porte.

— Ça pue en saint chrême de saint cibole de saint simonac de batèche ! avait fait remarquer Max, qui ne dédaignait pas le lyrisme à l'occasion.

Ti-Cass, lui, était déjà à quatre pattes sur le lit, à renifler les draps défaits avec délectation.

— Les gars, dit-il finalement en se relevant, il y a eu consommation ! et il se mit à sautiller autour de la pièce en vociférant comme un sauvage : «Du sexe ! Du sexe ! On veut du sexe !»

La chambre était celle du frère de Benoît, Luc, plus âgé de quelques années, seulement, mais que tout un monde, déjà, semblait séparer irréductiblement de ses cadets : il avait une piaule à lui tout seul, dans le

Quartier latin, par-dessus le marché, et une blonde à lui
tout seul, perverse et excitante, sûrement, c'est ainsi en
tout cas qu'ils se plaisaient tous trois à l'imaginer, en
contemplant fixement le désordre suggestif du lit. Ti-
Cass tira un peu plus sur le drap du dessous, animé par
l'espoir grivois d'y faire une découverte plus probante
— du type préservatif rempli à ras bord ou petite
culotte fripée par l'humidité... — mais tout ce qu'il
trouva à dévoiler fut une grande tache de sang, brunie
comme un fruit blet, qui achevait de traverser le
sommier du lit.

— Ah! fit Benoît, saisi.

— Ah! Ah! affecta de ricaner Ti-Cass.

— Bah! pontifia Max, avec un haussement d'épaules
excessivement supérieur.

Tous trois, le temps d'une interminable seconde, se
laissèrent couler à pic dans un malaise singulier, aussi
liquide qu'une flaque d'eau. Le sang, décidément, était
difficilement conciliable avec les fantasmes sexuels. Le
sang appartenait à cette catégorie de choses mystérieuses
et angoissantes qui ne manquaient jamais de surgir
lorsqu'il était question des filles. Benoît se chargea de
rabattre les couvertures par dessus les draps sales. Il
était le plus réfléchi des trois, le plus responsable, en
quelque sorte, ce qui ne constituait malheureusement
pas en soi une qualité très estimable, à en croire le
succès mitigé qu'il obtenait auprès des filles. L'estime
des filles, c'était bien connu, allait aux armoires à glace
et aux pitres débiles. Sans être exactement une armoire
à glace, Max exhibait avec fierté quelques muscles plus
saillants que nécessaire — ce qui lui avait déjà mérité
plusieurs séances de pelotage et au moins une authentique expérience sexuelle — tandis que Ti-Cass maniait
admirablement bien les pitreries de singe — ce qui ne

lui avait rien mérité du tout, en fait, sa ressemblance avec le singe ne s'arrêtant hélas pas aux pitreries. Ils étaient amis envers et contre leurs différences depuis une éternité — au moins deux ans —, ils partageaient presque tout, leurs bières illégales, leurs premiers désirs inassouvis, leur fascination pour les courbes des filles et le jeu de Wayne Gretzky, leur terreur face à ces géants redoutables qu'étaient l'avenir et la dure nécessité d'être un jour un homme. Et maintenant, ils s'apprêtaient à partager quelque chose d'autre, une expérience magique et transcendante, ils avaient avalé chacun deux capsules d'un mélange de mescaline, L.S.D. et mica — très très très dément, leur avait assuré Claude, le pusher de la polyvalente — et ils attendaient, dans cette chambre prêtée par Luc, que quelque chose d'inoubliable se passe, comme on attend l'extase ou la rencontre promise avec un extra-terrestre.

La pièce ressemblait au terrier d'un animal étrange. Benoît savait que son frère était un ramasseux de premier ordre, mais à ce point, vraiment, cela frisait l'authentique génie. Dans un minuscule un et demi (un et trois quarts, si l'on était assez généreux pour y inclure le placard qui faisait office de cuisine), Luc avait trouvé le moyen d'empiler tout ce qu'il avait ramené de ses voyages antérieurs au Mexique et en Amérique du Sud : petits meubles de bois qu'il suffisait de regarder un peu sévèrement pour qu'ils se mettent à craquer comme de vieilles jointures, terrines en terre cuite peinturlurée, bestioles à plumes et à poils qui avaient l'air plus vivantes que mortes, couvertures de laine brute en nombre suffisant pour envelopper deux colonies entières de petits scouts frigorifiés, machettes d'acier luisant avec férocité, et même une grande flûte à multiples sections tubulaires de laquelle on ne pouvait tirer aucun son digne de ce nom — mais il est vrai qu'aucun d'eux trois ne savait jouer.

Ti-Cass se mit à se pavaner dans la pièce, un pot de terre cuite renversé sur le crâne.

— Regardez, les gars... Un chapeau melon argentin ! Le dernier cri au lac Titicaca !

— C'est un pot de chambre, innocent ! Tu sens pas les étrons qui sont en train de te dégoutter sur le nez ?...

Ti-Cass, inquiet, fit un geste pour se débarrasser du pot, tandis que Max en faisait un pour le lui enfoncer plus profondément sur le crâne, ce qui eut pour résultat de faire valser le pot jusqu'à l'autre bout de la pièce où se tenait Benoît, par bonheur, qui le saisit en plein vol et le serra sur son cœur comme un ballon de football.

— Fiou ! dirent-ils à peu près simultanément, et ils se mirent à rire sans effort, heureux de cette espèce de complicité qui ne faisait jamais défaut, entre eux, même dans les moments les plus anodins. Benoît remarqua le premier que l'intérieur de sa gorge se comportait bizarrement — on aurait dit un goulot d'étranglement, ou plutôt une chose bougeant de sa propre volonté, en dedans, se lovant sur elle-même au début de l'œsophage pour en bloquer l'entrée.

— Ça commence ! Je pense que ça commence... énonça-t-il avec une gravité qui le surprit lui-même, et les autres approuvèrent tout aussi gravement, car l'expérience, pour excitante qu'elle parût à prime abord, les angoissait plus qu'ils ne voulaient l'admettre. Il y avait des tas de gars qui étaient restés « accrochés » sur l'acide, sans parler de tous les « bad trips » qu'on leur avait racontés par le menu — le grand Marcel, entre autres, avait eu des hallucinations si horribles qu'il ne pouvait désormais plus supporter ni l'obscurité ni le silence, sa sœur disait qu'il pissait au lit comme un bébé, depuis, mais allez donc savoir si c'était vrai, elle était réputée pour ses fabulations débridées — TOUTES les filles, d'ailleurs, mentaient avec une telle facilité...

Benoît s'assit et se tâta l'estomac, précautionneusement : l'engourdissement de sa gorge s'était propagé jusque-là ; une sorte de nœud douloureux, à la fois brûlant et glacé, s'entortillait graduellement dans son ventre. En même temps, il eut l'impression — amusante, celle-là — que ses mâchoires claquaient toutes seules, prises d'une frénésie incœrcible, et il dut se toucher le menton à deux reprises pour s'assurer qu'il n'en était rien. Il chercha des mots précis pour décrire ce qu'il ressentait (il s'était dit qu'il noterait scrupuleusement par écrit, étape par étape, toutes les sensations éprouvées au cours de l'expérience) mais cela lui apparaissait déjà fastidieux, et la sensation s'était d'ailleurs modifiée d'elle-même : l'engourdissement se doublait maintenant d'un tremblotement général qui lui semblait émaner du centre de son corps. De toute façon, il ne se rappelait plus où il avait laissé son stylo et son cahier.

En levant les yeux, il vit que Max et Ti-Cass étaient accroupis, eux aussi, au petit bonheur sur le plancher. Ti-Cass était coincé dans la section « Plumes et Poils » de la pièce, et une grande aigrette d'oiseau exotique lui barrait sinistrement le front. Max avait la tête appuyée contre le pied du lit, et il se farfouillait sombrement dans l'entre-jambe. Ils levèrent en même temps un regard vague sur Benoît, et ils ne purent s'empêcher tous trois d'éclater de rire, tant leurs visages lugubres étaient irrésistibles.

— Prenez de l'acide, qu'y disaient, grogna Ti-Cass, affalé derrière son aigrette. Vous aurez un fun rare, qu'y disaient.

— Défoncez-vous, qu'y disaient, surenchérit Max, vous planerez comme des anges gonflés à l'hélium, qu'y disaient...

— Vous hallucinerez des choses crampantes, qu'y disaient...

— Vous verrez la vie en rose nanane picoté mauve, qu'y disaient...

— Vous atteindrez l'orgasme vingt-quatre fois en vingt-quatre secondes, qu'y disaient...

Ils furent secoués, tout à coup, par un fou rire dévastateur, quelque chose de quasiment monstrueux qui ne semblait pas vouloir s'arrêter un jour. Benoît fut convaincu que ses boyaux y resteraient. Les autres n'étaient pas mieux : Ti-Cass hoquetait et bavait dans les plumes de toucan, Max se flanquait de grands coups de pied de lit sur la tête, le rire était devenu un spasme incontrôlable qui partait et revenait comme un boomerang. Benoît s'aperçut qu'il était debout, sans se rappeler s'être levé, et qu'il marchait béatement en rond dans la pièce, en proie à une euphorie totale, une euphorie qu'il aurait pu tartiner sur du pain comme du beurre de peanuts. Ils parlaient tous à la fois, maintenant, volubiles par plaisir et par nécessité, leurs mots s'entrechoquaient et se complétaient avec une apparente incohérence, mais tout était clair, pourtant, parler donnait des sensations physiques délicieuses, autant que rire et respirer.

— L'air est devenu comme de l'eau, on passe à travers, on l'enfile, on dirait qu'on marche en clapotant, flic-flac !...

— Dans le sens du courant, oui, avec cinquante mille ceintures de sauvetage, oui, oui...

— Regardez ! On nage dans l'air, on erre dans l'âge...

— Flic-flac... Terre! Où est la terre ? Où est passée la terre ?...

Ils avaient atteint un autre palier, depuis quelques instants. Ils s'enfonçaient dans quelque chose de terriblement insondable, qui échapperait à leur contrôle de plus en plus, ils le sentaient. Benoît s'appuya sur le lit et il vit distinctement que rien n'était plus immobile, autour : les meubles se dandinaient sur leurs pattes, les plumes étaient devenues des oiseaux entiers, immenses, qui battaient frénétiquement de l'aile, et la lampe, l'insignifiante petite lampe de papier de riz qui n'éclairait que chétivement la pièce, auparavant, jetait dans l'air des flambées de lumières pourpres, violines, d'une surnaturelle beauté. Contenez-vous un peu, se dit Benoît, et c'était exactement ça : les choses échappaient à leur contour, à leur contenant. L'âme des choses, comme trop longtemps étranglée dans ses rigides limites, s'enfuyait de tous bords, tous côtés. Peut-être qu'après tout, la lampe avait une âme de feu d'artifice, et le tabouret, qui s'écrasait goutte à goutte sur lui-même comme un potiron pourri, une âme liquide et noire qui ne demandait qu'à être enfin répandue par terre. C'était là une pensée singulière, tout à fait digne d'être notée — car le stylo et le cahier avaient miraculeusement réintégré les genoux de Benoît —, mais encore fallait-il pouvoir s'y arrêter suffisamment, ce qui n'était pas le cas : tout continuait de gigoter autour et au-dedans de Benoît, chaque bribe de perception qu'il tentait de retenir se multipliait à son tour en myriades de petites choses affolées, s'échevelant dans toutes les directions comme des atomes surpris en plein travail de fabrication de matière. Il ramena les yeux sur ses genoux et mal lui en prit, car ce qu'il y aperçut glaça ce

qui restait de sang dans ses veines : un serpent était en
train de ramper en direction de son ventre, un gros
serpent à tête blanche déroulait inexorablement ses
anneaux sur les cuisses de Benoît, la gueule comme un
gouffre noir, béante, tendue, horrible. Benoît se mit à
hurler, mais les hurlements mouraient immédiatement
en franchissant ses lèvres et il ne s'entendit émettre
que de petits sons chuintants, discrets comme des
soupirs de bébé. Que faisaient les autres, qu'ils ne
volaient pas à son secours ? Benoît n'eut pas la force de
quitter des yeux le reptile, dont les écailles serrées
viraient maintenant du bleu violacé au beige maladif, et
tout à coup, il sut que ce qu'il regardait avec tant
d'effroi était son bras à lui, son bras qui se mouvait avec
une vie qui lui était propre, revêtu du vieux sweatshirt
bleu foncé avec, au bout, la main nue, crispée, sa main à
lui qu'il n'avait même pas reconnue pendant ces
interminables secondes (ou minutes ? ou heures ?...). Il
fallait faire attention, la drogue s'était infiltrée en lui
comme une pellicule de gaz, il fallait faire très attention,
car tout ce qu'il regardait menaçait de se métamorphoser
brusquement pour le meilleur et pour le pire, en
fragment d'horreur apocalyptique ou de beauté arach-
néenne, cela dépendait de lui. Quand il regarda de
nouveau son bras, rasséréné de constater qu'il gardait
encore la conscience aiguë de son état — il était STONED
et tout cela n'était que Frime, Hallucination et Cie, son
vrai moi, intact, contemplait de haut le spectacle avec
un sourire jubilant —, il revit le serpent sous la forme
d'un aimable reptile, parcouru cocassement de courants
roses lumineux (Mes veines ! se rengorgea Benoît en se
félicitant de sa sagacité) et harnaché d'un bizarre collier
sombre (Ma montre ! ricana Benoît à voix haute, et les
rires de Max et Ti-Cass, occupés depuis tout ce temps à
l'observer, en petit bonhomme dans la pièce, se déchaî-
nèrent aussitôt comme une cataracte).

— Tremblay, t'es inénarrable ! hurla Max, ployé en deux.

— Tremblay, t'es le type le plus hallucinable en ville ! gloussa Ti-Cass, crampé par terre.

Ils s'en tenaient les côtes. Benoît, perdu, papillota stupidement dans leur direction.

— Qu'est-ce qui... ? Qu'est-ce que ?...

Les deux autres formaient une masse compacte qui s'agitait gaiement à l'autre bout de la pièce. Benoît continua de les regarder jusqu'à ne plus reconnaître ni leur voix, ni leur visage, ni rien de ce qui faisait qu'ils étaient Max et Ti-Cass, ses seuls amis, jusqu'à ne plus voir que leur masse bruyante et hostile à l'autre bout de la pièce.

— Ma parole, ma sacrée parole ! L'a l'air d'un zouave qui a chié dans ses culottes bouffantes ! L'a l'air d'un chat qui a pissé dans le son !...

— L'a l'air de quelqu'un qui attend que des ailes y poussent dans le derrière ! You-hou ! Tremblay ! Rouvre ton parachute ! Redescends à ter-er-er-re... Tremblay-é-é-é...

Ils riaient, les mains en porte-voix au-dessus de leur tête, feignant d'interpeller quelqu'un qui se serait perdu dans des espaces intergalactiques. C'était probablement un rire amical, il leur arrivait si souvent, comme ça, par jeu, de se liguer deux contre un, Max-Ti-Cass contre Benoît, ou, plus rarement, Max-Benoît contre Ti-Cass — mais jamais, au grand jamais, Ti-Cass-Benoît contre le grand, l'intouchable Max... — et le troisième se contentait de rire aussi, un peu plus jaune, il va sans dire, en attendant que le match inégal prenne fin. Benoît voyait les choses un peu différemment, cette fois-ci. Peut-être les voyait-il tout simplement comme

elles devaient être vues : ses deux amis n'étaient pas ses
amis, voilà tout. Avec une sorte d'acuité souffrante —
due sans doute à l'extraordinaire sensibilité que lui
conférait la drogue —, il perçut tout ce qu'il y avait de
malencontreux dans leur relation, et il promena un
regard critique sur les deux taches floues qui ne
finissaient pas de grouiller à quelques pieds de lui : d'un
côté, le grand, l'intouchable Max, installé insolemment
dans la vie comme une espèce d'ayatollah (et, en effet,
comment ne pas admirer Max pour son habilité à tout
casser au collège comme à la drague, au laboratoire
comme au gymnase, récoltant du même souffle tranquille les médailles olympiques, les filles et les A+ — et
comment ne pas le haïr, aussi, pour la même raison ?...),
de l'autre, l'hilare petit chafouin Ti-Cass, occupé à
nageoter le plus étroitement possible dans le sillage de
Max, à l'aide de grimaces et de courbettes irrésistibles
(comment ne pas mépriser quelqu'un pour qui rien
n'était jamais triste ou compliqué ?...).

Cela le rendit mélancolique, mais d'une mélancolie
très supportable, quasiment moelleuse, et il s'étendit de
tout son long pour mieux goûter la tiédeur de ce
sentiment nouveau pour lui : il était seul au monde, il
serait toujours seul, les autres formeraient éternellement des masses compactes en face de lui (« I'm a poor
lonesome cowboy... », se mit à chanter fort incongrûment
Lucky Luke à cheval dans sa tête, et il se demanda tout à
coup quel effet cela faisait d'avoir un cheval fidèle
comme un colley sur qui galoper pendant des heures,
n'avaient-ils pas, d'ailleurs, Max, Ti-Cass et lui-même,
échafaudé le projet mirifique de s'acheter un jour, dans
leur lointaine adulterie, une écurie et une ferme
communes, bien sûr cela se passait avant, bien avant
qu'il se rende compte de leur..., de leur quoi, déjà ?)...
Ses pensées s'arrêtèrent net, d'elles-mêmes. Quelqu'un
venait d'allumer la radio. Ça devait être de la musique,

cet agglomérat de petites notes chatoyantes qui se
mirent à le parcourir de la tête aux pieds comme un
frisson, bien qu'il n'eût jamais entendu rien de tel.
«Entendu» ne voulait plus rien dire, ici : il n'entendait
pas la musique, soudainement, il la sentait en train de le
posséder physiquement jusqu'à la moelle, tandis que
des chevaux à tête de femme, aux sourires pleins de
bienveillance, caracolaient gracieusement devant lui,
sur le mur. Il voyait aussi des buffles, des flamants
bleus, des chameaux, et même une couple de serpents
qui lui adressèrent un clin d'œil de connivence en
passant, le tout défilant dans une superbe incohérence,
au gré de la musique, illuminé par des couleurs de fin ou
de début du monde.

   Il sut alors ce qu'était la jouissance, une jouissance
généralisée à laquelle participait aussi bien le poil noir
de ses mollets que le tissu cartilagineux de son larynx,
un délire des sens vertigineux près duquel le spasme
timide de ses laborieuses masturbations n'était que de
la crotte de mulot. Tout ça en valait désespérément la
peine, oui, il affronterait encore dix mille serpents pour
que son corps revive l'extase électrique de ce moment et
il se rendit compte, aux couinements haletants qu'ils
poussaient, que Max et Ti-Cass ressentaient la même
chose, allongés à ses côtés. Il finit par se lever, après un
siècle, enjamba comme dans un rêve les corps inertes
des deux autres, et, toujours porté par les notes
chatoyantes, se dirigea vers ce qui était vraisemblablement la cuisine, quoique aucun objet reconnaissable ne
pût lui en apporter la confirmation. Ses jambes — mais
étaient-elles bien à lui, les deux colonnes qu'il voyait se
frayer un chemin en toute autonomie d'un côté et de
l'autre de la pièce, franchir lestement des obstacles que
lui discernait à peine —, ses jambes évitèrent sans
effort la grenouille géante et les lémuriens gigantesques
qui rampaient sur le sol à sa rencontre et le conduisirent

sain et sauf près de la fenêtre, où il s'appuya avec
soulagement. Il ne fallait pas regarder fixement les
choses, se morigéna-t-il, il fallait au contraire les
effleurer extrêmement vite d'un œil clignotant si on ne
voulait pas qu'elles prennent des formes fantasques —
il savait pertinemment, par exemple, que la grenouille
et les lémuriens géants n'étaient que de braves petits
meubles de bois qui s'amusaient à essayer de lui faire
peur — et à force de s'exercer à déplacer rapidement sa
tête et ses prunelles d'un point à l'autre, il parvint à une
vision à peu près acceptable de son environnement
immédiat. La musique provenait de l'autre côté de la
fenêtre, là où une nuit claire engluait les toits des
maisons, les terrasses désertes, les escaliers en colimaçon.
Quelle heure pouvait-il être ? Il n'y avait personne à
l'extérieur, excepté un vieil homme qui se berçait sur
son balcon, directement en face de la fenêtre où se
tenait Benoît. Depuis combien de temps étaient-ils
occupés à ne rien à faire d'autre que de «tripper» dans
cette pièce, et s'étaient-ils conduits assez convenablement pour qu'aucun voisin ne vienne faire des histoires
à Luc, plus tard ? Benoît s'étonna de se poser des
questions si raisonnables dans un moment si onirique,
alors qu'il n'arrivait pas à se débarrasser de la flottante
sensation de se mouvoir en double, et même en triple,
comme dans un film hors foyer.

La musique provenait du balcon du vieux. C'était
étrange qu'en ville et à cette heure avancée (quelle
heure ?...), quelqu'un se permette d'écouter la radio à
plein volume (quelle radio ? il n'y avait pas de radio
visible sur le balcon). Le vieil homme, en camisole sans
manches, le visage rugueux et souriant sous sa calotte
de cheveux blancs, se balançait sur sa chaise au rythme
de la musique. À y regarder de plus près, il n'avait pas
de berceuse, ni de chaise d'aucune sorte, il se balançait
simplement sur lui-même, «comme font les vrais

mélomanes», se dit stupidement Benoît, car il commençait à percevoir l'incongru de la situation et du
bonhomme lui-même, se trémoussant en plein cœur de
la nuit au rythme d'une musique-fantôme endiablée,
vêtu d'une simple camisole sans manches — n'était-on
pas en octobre, et les nuits n'étaient-elles pas déjà
terriblement fraîches ? se rappela soudain Benoît, avec
un certain détachement. Le plus étonnant, sans doute,
était la netteté avec laquelle il voyait la scène : le balcon
en fer forgé aux moulures défraîchies, le visage plissé
du vieux qui souriait, le déhanchement harmonieux de
son vieux corps souple, et jusqu'aux nervures des
feuilles (de tabac ?) qu'il triturait de ses deux mains
entrouvertes.

La musique s'arrêta, tout à coup. Le vieux interrompit
ses trémoussements et lança un regard tranquille à
Benoît, à travers la fenêtre. Benoît reçut comme un
coup de poing en pleine figure ce regard — qui n'était ni
bienveillant, ni acrimonieux, simplement chargé de
quelque chose d'intense qui dépassait les sentiments —
et il recula au fond de la pièce, effrayé, conscient de
franchir les dernières limites d'un état qui frisait
maintenant la folie.

— J'ai envie de redescendre, je veux redescendre,
coassa Ti-Cass quelque part à côté de lui et Benoît le
chercha des yeux et ne trouva d'abord qu'une enveloppe
de vêtements à un mètre à peine de son épaule, puis Ti-
Cass lui-même, comme rétréci à l'intérieur de son corps
et claquant frénétiquement des dents.

— Oh Jésus, oh baptême, je veux redescendre,
maman, baptême, maman, continuait de gémir Ti-Cass.

Benoît dut s'y prendre à deux fois avant de réussir à
lui saisir le bras — il avait la curieuse impression
d'enfoncer ses doigts dans de la gélatine — et là, il

secoua le plus fort qu'il put, en articulant d'une voix de
fausset qui n'était pas la sienne :

— Ça va bien, ça va très bien, tranquillise-toi, c'est
un voyage, t'es seulement parti pour un voyage, un
voyage, un voyage...

Le mot « voyage », en particulier, que Benoît répétait
avec une incompréhensible insistance, sonnait creux et
déplacé, comme un objet métallique que l'on se serait
obstiné à heurter contre une coupe de cristal. Benoît le
répéta quand même, encore et encore, tout en regardant
Max qui gisait quasiment à ses pieds, les yeux révulsés,
le souffle court, sans doute aux prises avec des fantômes
intérieurs.

— C'est un beau voyage qu'on fait, un voyage,
voyage, voyage... et Benoît fit un effort surhumain
pour faire taire cette voix aigrelette qui jaillissait de lui
contre sa volonté. Max se dressa soudain sur son séant
et laissa flotter dans l'espace une grande main de
visionnaire.

— Le mur ! fit-il faiblement.

Le seul mur nu de la pièce, qui se trouvait exactement en face d'eux, était fait de lattes de bois très pâle,
d'un beige poussiéreux, avec, à intervalles réguliers, des
nœuds qui ressemblaient à des clous de girofle, et voilà
que ce mur galopait à leur rencontre. Tout le pan de
bois s'apprêtait à leur fondre dessus comme une toile de
tente démontée. Benoît eut le réflexe puéril de se
rentrer la tête dans les épaules, pour amoindrir le choc,
bien qu'il ne pût s'attendre à autre chose qu'à être
réduit en bouillie.

Il n'y eut pas de choc. Le mur arriva sur eux à une
vitesse foudroyante, et ils se trouvèrent avalés par
l'étui de bois, confondus avec les clous de girofle et la

surface poussiéreuse, appartenant au mur, désormais, au même titre que le tissu ligneux, que la latte, que le nœud arrondi. Tout autour d'eux, cependant, la surface poussiéreuse devenait une terre, une grande plaine désertique au centre de laquelle ils se tenaient tous trois, balourds, vacillant sur leurs jambes, les yeux éblouis par la lumière crue. Ils marchaient. Ils marchaient sur cette terre sablonneuse qui s'étirait à perte de vue, autour, et ils avaient une destination précise, ils s'acheminaient vers quelque chose de lointain, en soufflant et en ahanant. C'était étrange et exaltant, comme de se mouvoir tout éveillé dans un rêve. Benoît avançait péniblement, plus vite que les deux autres, néanmoins, et tout en se sentant plier les jambes, poser un pied devant l'autre dans le mouvement mécanique de la marche, il se voyait aussi de dos, il voyait leurs trois silhouettes pitoyables se découper sur l'horizon immense, fluide, comme si une partie de lui était restée derrière, en témoin froid et attentif.

Cette partie de lui enregistrait tous les détails avec objectivité, suivait d'un regard d'entomologiste leur progression à tous trois, zigzaguant sans fin sur la terre décolorée, notait sans effarement qu'il y avait quelque chose de différent dans leur allure générale — leurs vêtements étaient pourtant les mêmes que dans la «vraie» vie, sweatshirt bleu foncé de Benoît, chemise ample et blanche de Max, gilet rayé de Ti-Cass, avec des pantalons en accordéon : c'était autre chose, une sorte de lueur diffuse qui s'était allumée en eux, les rendant presque transparents, porteurs d'une substance claire que Benoît savait avec certitude être leur MOI, à chacun d'eux, leur essence véritable, illuminée comme un vitrail.

Cette substance lumineuse se mit à se préciser davantage, sous le regard curieux de Benoît, à se départager nettement en zones blanches, colorées, en zébrures d'ombres qui semblaient toutes contenir la signification profonde de quelque chose (mais de quoi ? de QUOI ?). Benoît remarqua que les feux follets qui dansaient à l'intérieur de chacun d'eux étaient différents les uns des autres ; celui de Max, notamment, se composait de deux entités distinctes : un centre petit et très brillant, sur lequel empiétait graduellement une ceinture grise comme un gros nimbus. Cela le frappa tellement qu'il voulut se tourner vers Max, pour vérifier, mais n'y réussit pas ; il eut seulement conscience de leur présence physique, à tous les deux, respirant lourdement à ses côtés, et il devina que leur regard s'attachait aussi de façon obsessionnelle sur un point fixe, devant. Max marmonna quelque chose, d'une voix endormie, puis reprit, plus fort, avec le même accent léthargique :

— ... fatigué... Suis fatigué...

— Quoi ? s'entendit tout à coup bredouiller Benoît. Quoi ?

— ... Trop loin... C'est trop loin... (C'était toujours la voix de Max, maintenant chargée de tristesse.) Y arriverai pas, jamais... Trop fatigué...

Il soupira, profondément, et ne dit plus rien.

Devant, ils marchaient tous trois avec effort, leurs lumières dodelinantes décroissant lentement dans le lointain, s'acheminant vers quelque destin fatidique — celle de Max traînant de plus en plus derrière, avec cette ceinture d'ombre qui semblait lui alourdir le pas. Le moi observateur et rationnel de Benoît réalisa que tout cela était aussi réel que son propre sweatshirt bleu foncé, que la chambre de Luc, que l'odeur de renfermé qui y flottait comme un encens, qu'ils avaient basculé tous trois dans une réalité parallèle qui existait vraiment

QUELQUE PART, en dehors et en dépit du quotidien aveugle de leur vie.

Après, Max se mit à hurler — le Max assis en chair et en os dans la pièce —, et cela coupa court à la vision de la plaine et de leurs trois silhouettes lumineuses ; le mur redevint ce qu'il était vraiment (ou ce qu'il était AUSSI ?), une surface de bois latté grumelé de clous de girofle. (Plus tard, au mois de février suivant, lorsque Max mourrait brutalement des suites d'un accident de hockey, Benoît ressortirait des limbes ce fragment brûlant qu'il aurait oublié, et comprendrait soudain qu'ils avaient vu à l'œuvre la Mort de Max, rôdant comme un nuage et lui grignotant sa lumière — et cela lui donnerait par la suite des insomnies bien pires que celles du grand Marcel...).

Max n'arrêtait pas de hurler. La chambre avait repris ses contours presque familiers — quelques objets, encore, faisaient mine de sortir de leurs gonds lorsqu'on les regardait trop fixement, mais c'était tout. Ti-Cass s'était assis sur le lit, les dents claquantes, les mains sur les oreilles, en proie à un début de crise de nerfs, et Max, lui, hurlait comme un forcené, debout au milieu de la pièce, sourd à tout ce qui n'était pas son cauchemar personnel. Benoît ne sut trop que faire pendant un moment — ses tentatives de persuasion et ses appels au calme échouant tous platement — et à force de tourner désespérément en rond dans la pièce ainsi qu'un chien au bout de sa laisse, ses yeux finirent par rejoindre, au-delà de la fenêtre de la cuisine, le balcon d'en face sur lequel se tenait toujours, depuis un temps immémorial, semblait-il, le vieux en camisole sans manches. Il faisait jour, maintenant, un début de jour hâve et sans chaleur. Le vieux avait entre les dents une sorte d'instrument de musique qu'il actionnait

silencieusement, puisqu'aucun son ne parvenait jusqu'à
Benoît. Il lui désigna l'instrument avec un regard
d'intelligence. (Plus tard, Benoît jurerait ses grands
dieux que cet épisode — le vieux et le balcon — n'était
qu'une autre hallucination, que cela ne devait, ne
POUVAIT être réel...)

C'est ainsi que Benoît, sans trop savoir pourquoi ni
comment, s'empara de la grande flûte de Luc, et qu'il se
mit à jouer, toujours sans savoir comment ni pourquoi.
Les sons qu'il émettait ressemblaient à des cris d'éper-
vier, à des froissements de feuilles, aussi, et il joua
longtemps, tandis que Max et Ti-Cass finissaient par
s'endormir, le visage abandonné, les muscles lâches, et
que l'ombre charbonneuse de la folie, qui tournoyait
au-dessus d'eux, finissait par disparaître en s'effilochant
comme une buée.

Quand ils redescendirent dans la rue Saint-Jean,
encore très légèrement empêtrés dans les relents de la
drogue, ils ignoraient que deux jours entiers s'étaient
écoulés — et que le père de Ti-Cass le faisait rechercher
partout par la police... C'était une fin de journée tiède et
parfumée, un ultime rougeoiement de l'été des Indiens
avant que tout ne se recroqueville sous l'hiver éternel.
Max, Ti-Cass et Benoît marchaient tous trois de front
sur le trottoir, épaule contre épaule, bousculant avec
ostentation ceux qui ne s'écartaient pas sur leur
passage. Ils avaient retrouvé leur hilarité du début — et
quelque chose en plus, un sentiment de fraternelle
solidarité qui les incitait à s'envoyer de grands coups de
coude dans les côtes, pour le simple plaisir de se
toucher. Les innombrables piétons gesticulaient et se
traînaient de vitrine en vitrine, «comme un troupeau de
vaches en train de faire son Chemin de Croix», fit
remarquer sentencieusement Max, et ils jubilèrent de

se sentir si différents des autres, si supérieurs à la pauvre foule obtuse qui respirait la banalité. Valait-il la peine de vivre en ignorant toujours l'aspect magique des choses, en se contentant éternellement d'un misérable premier degré de perception ? La réponse était non. En ce moment même, les maisons exhalaient un parfum de musc et d'oie sauvage, le vent avait la couleur de la bruyère, le soleil couchant chantait un oratorio triomphant qu'ils entendaient par les orteils, tout avait un sens et une beauté prodigieuse qu'ils étaient les seuls à percevoir.

Ils aperçurent Luc, en passant, attablé au Chantauteuil en compagnie de quelques vieux dans la trentaine, tous captifs de leurs bières et d'une conversation d'une mystérieuse importance. Benoît s'arrêta un instant — Max et Ti-Cass s'arrêtèrent aussi, du même coup, détail non négligeable qui renseigna Benoît sur le nouveau statut de leader qui venait de lui être tacitement conféré...

— On se retrouve ici, décida-t-il impulsivement. Même jour, même heure, dans dix ans. Dix. Cochon qui s'en dédit. D'accord ?

Les deux autres approuvèrent, solennellement. Bien sûr, ce n'était qu'un jeu, ils n'iraient jamais à ce rendez-vous, tout cela était si merveilleusement loin — d'ailleurs, Max n'aurait jamais trente ans, ni même vingt —, mais comment pouvaient-ils le savoir, la soirée était si belle, le bonheur si présent, que Benoît se mit à danser dans la rue, sous les rires et les applaudissements des deux autres. (Un peu plus tard, Luc ferait à Benoît des révélations excessivement troublantes à propos du balcon, qui n'existait pas, du voisin d'en face de sa cuisine, qui était une voisine, et de la flûte qu'il avait achetée à Tijuana, des années auparavant, à un vieil Indien excentrique, moitié guérisseur, moitié musicien,

qui s'habillait toujours d'une vieille camisole sans
manches et qui se trémoussait sous la lune pour appeler
les esprits, et Benoît pâlirait comme un linge et
refuserait de répondre aux questions de Luc...) Mais
cela, ce serait plus tard, et entre temps, Benoît dansait,
dansait dans la rue, aux prises avec la nuit tiède et
l'énergie de l'espoir. Tout viendrait à point, l'amour, le
bonheur, l'éternité, il aurait un destin impeccable,
comment ne pas y croire, l'avenir était un beau ruban
de satin bleu sur lequel il suffirait de tirer pour que tout
arrive.

DERRIÈRE
LE SOUPIRAIL

Les yeux de Bleu s'enduisent d'étincelles flottantes lorsqu'il regarde comme ça de côté vers le soupirail étroit d'où suintent des odeurs mouillées d'asphalte et d'arbre, les yeux de Bleu s'amenuisent jusqu'à devenir deux minces lattes de lumière, comme si tout le jour était enfermé là, entre les prunelles brillantes, et qu'il n'en pouvait plus de se taire. Françoise n'a pas encore ouvert le carreau, plongée dans une sorte d'ankylose muette qui la soude aux rideaux et à la lumière hâve du dehors, Françoise ne bouge pas et Bleu se tasse derrière elle en guettant de la tête le mouvement sinueux de ses mains qui se replient sur l'étoffe des rideaux sans jamais rompre l'apparente immobilité de son corps.

Dehors, la brume se fige par instants entre les interstices des pavés, la brume monte comme une fumée languissante le long des briques délabrées de la maison Martel. Il ne fait pas jour encore, mais Bleu s'impatiente entre les jambes de Françoise et Françoise ouvre brusquement le carreau, bruit cassé du bois, bruits des fourrures soyeuses qui se tassent les unes contre les autres, Bleu à la tête, Styx, Olm, Suc, Bol et Ram suivis des plus petits, la brume enveloppe les siamois dans une vapeur grisonnante et la maison Martel s'efface sporadiquement entre les battements assourdis des pattes et l'écran nauséeux du jour.

Il n'y a rien d'autre à faire qu'à suivre du regard les siamois qui se fondent dans la buée épaisse, près de la maison Martel, dans l'âcre odeur de la pluie, de l'asphalte, des arbres, qu'à épier silencieusement le pas martelé du laitier, les bouteilles qui s'entrechoquent, avec ces drôles de jambes grises qui rebondissent entre les pavés comme des ressorts — une, deux! — en pliant le genou, irrégulièrement, maladroitement, on dirait presque qu'elles réapprennent à chaque foulée comment il faut poser un pied devant l'autre. Peut-être qu'en se collant étroitement au soupirail, Françoise pourrait apercevoir le visage du laitier, la bouche qui articule mollement une chanson d'amour, les bras doivent se tasser malingrement sur eux-mêmes à en juger par l'ossature étroite des poignets, de longs filets nerveux courent entre les doigts jusqu'à la tige de métal recourbée, les bouteilles oscillent doucement à chaque pas, mais Françoise se recule un peu dans la pénombre en guettant les semelles décousues des souliers et la blancheur mate du lait, à moins qu'elle ne surveille tout bonnement de loin les derniers relents de brume qui s'effilochent contre les briques. Le laitier passe.

À pas lestes et feutrés, Françoise quitte le soupirail et revient presque aussitôt se river aux carreaux sales par où filtre la lumière plus crue du dehors, elle tient cette fois à la main ce qui semble être une écuelle remplie de lait qu'elle boit étrangement, en faisant claquer sa langue. Derrière la maison Martel, les hoquets convulsifs du glas sourdent brusquement et se

répandent en nappes insidieuses jusqu'au soupirail
étroit contre lequel Françoise s'est arrêtée de boire.

Et c'est alors que tout recommence, le vacillement
ininterrompu des rideaux dans la pénombre ou le jour,
ça n'a plus d'importance, le tangage effréné du sol qui se
distend sous les pieds, qui se tord comme une nappe
mobile à chaque fois que les cloches de la basilique
mitraillent le silence, l'air n'en finit plus de bruisser tout
autour de Françoise qui s'est arrêtée de boire.

Françoise est toute petite. Elle suce négligemment son
pouce, tout en mangeant de la confiture. La nuit, elle
s'endort très vite après avoir balbutié sa prière et elle se
réveille en riant le matin, lorsque Minou essaie de lui
chiper son oreiller. Il y a beaucoup de bégonias dans le
jardin, et aussi de grandes fleurs jaunes qui pendent avec
indolence le long de leur tige grêle : papa dit que ce sont
des soleils. Françoise, ne mange pas toute la confiture !
Françoise, va te laver les mains ! Comme c'est drôle, ces
petites bulles transparentes que l'eau laisse sur la peau
avant de sécher. Papa dit que c'est parce qu'on est
imperméables comme les canards. Minou n'aime pas
l'eau, il se sauve en crachant lorque Françoise essaie de
lui donner un bain.

Papa est bizarre, il a toujours soif, il se promène dans la
maison en se cognant contre les meubles et en tenant
une bouteille qui sent mauvais. Il pleure aussi, la nuit,
Françoise l'entend parfois de sa chambre et elle ne bouge
pas, elle a un peu peur. Françoise, elle, ne pleure jamais.
Papa dit que c'est une enfant exceptionnelle qui va faire
de grandes choses dans la vie. Mais Françoise ne veut pas
faire de grandes choses, elle veut toujours rester à la
maison pour garder Minou et s'occuper des bégonias et
des grosses fleurs qui s'appellent des soleils.

Le soir tombe, il ressemble à un grand couvercle qu'on
aurait jeté là sur la maison, comme sur une poubelle.
Françoise n'est pas encore couchée, elle est assise par
terre, et papa se promène dans la maison en parlant tout

seul et en se cognant aux meubles comme toujours
lorsqu'il a soif et qu'il tient sa bouteille dans les mains. Et
puis, tout cela va très vite, papa prend Minou par la peau
du cou, il a l'air fâché, il s'en va dans les toilettes et
Françoise le suit en courant, et papa jette Minou dans les
toilettes et il actionne la chasse d'eau, et Françoise reste
là, à regarder papa et à entendre Minou hurler longtemps
longtemps dans les tuyaux remplis d'eau. Papa rit et
pleure à la fois, il dit que les maudits chats ont neuf vies
et il parle à Françoise, mais Françoise reste là à le
regarder fixement, ses lèvres tremblent un peu, elle
regarde papa sans parler sans pleurer, et papa lui dit qu'il
lui achètera un autre chat mais Françoise ne répond pas,
elle s'est comme endormie debout, près des toilettes, à
regarder papa parler et à entendre les plaintes incessantes
de Minou dans les toilettes, dans la maison, dans toute la
ville, comme lorsqu'on est dimanche et qu'il faut se
boucher les oreilles parce que les cloches sonnent trop
fort toutes à la fois.

Les cloches de la basilique se sont tues soudainement
et Françoise, les yeux mi-clos, ne semble pas consciente
qu'elle tient l'écuelle trop inclinée vers les rideaux, que
le lait se répand en traînées paresseuses jusque sur le
sol où il trace des cercles approximatifs.

Dehors, la maison Martel émerge complètement de
la brume, et la dizaine d'enfants qu'elle abrite sort en
piaillant et en se poussant du coude. Et puis ils sont tout
à côté du soupirail, ils se bousculent contre le carreau,
leurs pieds si bruyamment semblables se confondent
dans la mêlée de coups, de cris, de halètements prolongés,
alors qu'un ballon surgi de nulle part passe rapidement
entre leurs jambes nerveuses. Françoise, qui s'est reculée,
mais à peine, échappe tout à fait l'écuelle sur le sol.

Maintenant, le claquement sourd du ballon qui
rebondit sur le mur se répète de façon lancinante,
devient le centre du rituel loufoque qui engage ces

dizaines de pieds râpeux dans une danse enchevêtrée, odeurs de la rue, de la poussière, petites mains grises qui se tendent avec avidité vers le sol, tignasses clairsemées des enfants plus maladroits qu'un croc-en-jambe bien placé réduit à l'impuissance sur les pavés, mais seulement pour un instant, car le jeu continue.

Le jeu continue, et il y a quelque chose de som-nambulesque dans la démarche sinueuse de Françoise, dans sa façon hésitante de s'approcher du soupirail, de s'appuyer fortement au carreau, comme pour happer du regard le va-et-vient embrouillé des enfants.

Et soudain, le ballon s'échappe des mains roidies par le vent, le froid ou la fatigue, on ne sait pas, le ballon roule jusqu'au soupirail contre lequel se tient Françoise, et il ne faut qu'un geste très rapide de sa part pour l'enlever du sol, pour le passer à travers le carreau, et le serrer étroitement contre sa poitrine. Dehors, le tumulte a cessé brusquement. Il y a encore quelques bribes éparses de conversation, de questions laissées sans réponse, une sorte de conspiration nerveuse qui s'ébauche à mi-voix avant que le plus audacieux des enfants ne vienne accoler son visage à la hauteur de celui de Françoise, imité bientôt par les autres. Il est question du ballon, bien sûr, mais les remarques exaspérées des enfants s'éteignent d'elles-mêmes à mesure que les paupières de Françoise se rétrécissent de colère. Peut-être aussi y a-t-il quelque chose d'effrayant dans cette tête sans âge qui ne doit pourtant pas dépasser la vingtaine, dans les cheveux très blonds, presque blancs, qui lui envahissent le visage, dans la pâleur indicible du teint que l'éclat bleu foncé du regard illumine à peine. Mais les enfants ne reculent pas, ils se pétrifient en silence devant le soupirail, retenus par une sorte de fascination inquiète qui les lie à Françoise. Françoise tient le ballon contre sa poitrine, mais elle ne le tient déjà plus que du bout des doigts, et ses ongles très longs lentement s'acharnent à écorcher la pulpe colorée jusqu'à ce que des lanières de caoutchouc se détachent brutalement, jusqu'à ce que le ballon lui-même ne soit plus qu'une bouillie informe et pantelante qu'elle lance à travers le carreau, d'un seul geste décisif.

Ce qui se passe après, la course effrénée des enfants, le rire bref craché par Françoise en les suivant du regard, ce qui se passe après n'a plus beaucoup d'importance, puisque Françoise reste là, à épier la ruelle maintenant silencieuse et les échappées de soleil qui rebondissent sur les pavés.

Au détour de la maison Martel, comme mariés avec le grisâtre des pavés et de la brique, les siamois se faufilent lestement, dans une mouvante course qui les conduit directement au soupirail, où Françoise semble les attendre puisqu'elle ouvre plus grand le carreau dès que leur glissement feutré la tire de sa torpeur. Les plus petits s'éparpillent dans la pièce, tandis que Styx, Olm, Suc, Bol et Ram forment une sorte de demi-cercle autour de Françoise. C'est alors, peut-être, que s'établit une complicité monacale entre le regard appuyé des siamois et l'immobilité de Françoise qui ne prononce que quelques mots, suffisamment audibles pour que le demi-cercle se brise et que les siamois s'évanouissent dans la partie ombrée de la pièce, après avoir déposé par terre les débris de nourriture qu'ils tenaient dans leur gueule.

Françoise se penche, elle happe quelque chose de cette viande rougeâtre qui humecte le sol, et elle la porte à sa bouche, elle la mastique, vraisemblablement, mais l'on ne distingue maintenant plus son visage blafard ni le mouvement saccadé de sa mâchoire dans la lente volte-face qui l'a rapprochée silencieusement de Bleu.

Les yeux de Bleu, demeuré sur le rebord du soupirail, les yeux de Françoise, qui a un geste lent vers le grand siamois, leurs yeux si pareillement embués par la lumière du dehors se fondent dans une même fixité laborieuse, si bien que l'on ne peut savoir vraiment si c'est Bleu qui ronronne.

LA FÉE DES ÉTOILES

Le bar n'est ouvert que depuis une demi-heure, et les mignons petits glaçonnets de mon troisième Pineau des Charentes ont tout juste eu le temps de se dégivrer avant que je ne règle son compte au liquide qui les faisait flotter. Un, deux, trois, gloups. Avec moi, les choses ne durent pas. Mes foie, estomac et viscères, aussi rompus aux inondations soient-ils depuis le temps qu'ils me connaissent, ne tiendront pas le coup jusqu'à minuit, je leur en demande pardon à l'avance. Le Pineau des Charentes est cher, et c'est l'Anusvérité qui paye, et plusse que je bois plusse qu'elle paye et qu'elle s'appauvrit peut-être et qu'elle s'achemine vers la banqueroute et que je suis content. Plusse que je suis saoul, aussi. Les soixante-quinze autres loques que l'Anusvérité emploie seront saouls en même temps que moi au train où s'allègent les bouteilles et s'allongent les grands bras poilus du barman et après, on formera tous une belle grande famille unie dans la chaude turpitude et les vêlements liquides de la boisson et on se vomira fraternellement sur l'épaule et on se dira qu'un party de bureau constitue une expérience unique à vivre et à ne pas répéter souvent et que ce n'est pas tous les jours l'avant-avant-avant-veille de Noël.

— Un tchindzano moitié-moitié! hurle Gadelle Beauregard pour la troisième fois au barman qui ne fournit pas, le malheureux, sous les assauts répétés des Éponges.

L'Éponge institutionnelle est la plus vorace et la pire des espèces, tout barman expérimenté sait cela et endure son calvaire en silence.

Gadelle se lamente à côté de moi : elle n'a rien bu, encore, et comment être dans le coup sans avoir un coup dans le nez ? Elle finit par avoir son verre, comme tout le monde, et pour faire niaiser le barman, elle l'avale d'un trait et en redemande un autre. Je l'aime bien, Gadelle. C'est la secrétaire-brebis galeuse de mon secteur, la championne de l'inesthétique et du mauvais goût. Elle se parfume à la térébenthine, s'habille au comptoir Emmaüs, a du front tout le tour de la tête et au moins un pied de cheveux par-dessus qui tiennent en l'air par miracle.

Tous mes valeureux collègues de travail sont là, agglutinés autour de moi, debout comme des arbres morts mal décorés pour la circonstance. Ça bouge et ça frétille sous l'effet d'une force extérieure mystérieuse, il n'y a rien de vivant en dedans, un ramassis de vieux tuyaux en simili-peau raboutés à des engrenages automatiques qui rotent et chuintent en fonctionnant : as-tu-vu-as-tu-su-as-tu-lu-le-rapport-ridicule-du-recteur-régional-sur-les-rares-rots-des-rats ?-le-match-mémo-rable-des-matamores-Mordiques-mercredi-moir ?-la-veste-ravissante-de-Vivi-en-véritable-voil-de-vison ?...

C'est facile à voir, clair comme de l'eau minérale sans gaz. Nous nous divisons ni plus ni moins en trois sous-espèces darwiniennes : les Filles, les Fommes et les Zommes. Les Filles ont de belles robes froufroutantes et se tiennent entre elles. Lorsqu'on passe à côté de leurs petits cercles chuchotants, on surprend des bribes de secrets d'alcôve qu'elles ne livrent jalousement à personne d'autre : Nathalie a couché avec Germain qui a couché avec tu sais qui, il y a une grande vente de blanc chez Simpsons Sears, le sucre en poudre peut remplacer le sucre granulé dans le gâteau aux carottes. Les Fommes ressemblent aux Filles, mais occupent des fonctions plus élevées dans la hiérarchie de l'Anus-vérité : elles sont professionnelles. Peut-être est-ce la raison pour laquelle elles ont des robes moins froufrou-tantes et se tiennent, elles, avec les Zommes, pour voir comment ils font et essayer de les imiter le mieux possible. Les Zommes détiennent tous les postes importants de l'Anusvérité. Ils sont faciles à recon-naître : ils ont toujours une cravate, des sujets de conversation drabes, et un petit renflement dans le creux des pantalons qui fait qu'ils se sentent à l'aise partout. Bien sûr, comme dans toute chose, il y a quelques exceptions hagardes qui se promènent d'un groupe à l'autre en cherchant désespérément à qui elles appartiennent : Gadelle, par exemple. Moi, je ne suis pas une exception. Pour être franc, je crois résolument faire partie des Filles, même si elles ne le savent pas. D'ailleurs, je fais d'excellents gâteaux aux carottes.

Trois musiciens ont été engagés pour meubler le fond des conversations et éviter les temps morts. On les a parqués à l'autre bout de la salle de séjour, entre les caisses de bière vides et le gros sapin de Noël en vraies aiguilles naturelles. Ils ne désarment pas pour autant, ils sont jeunes et remplis à ras bord d'un bel enthousiasme missionnaire qui fait plaisir à voir, même si ce qu'ils chantent ne fait pas plaisir à entendre. Tout à l'heure, en entamant «Jingle Bells» sur un rythme reggae, le soliste de la gang s'est enfargé dans un fil et est tombé dans le sapin. Il a cassé la moitié des boules, ce qui au moins lui a valu un tonnerre d'applaudissements et l'attention de l'auditoire — momentanée.

Je sens tout à coup le regard de quelqu'un qui pèse sur ma tempe gauche. Je me retourne très lentement, mais le regard est parti. Je sais d'où il vient, du seul être vivant qui se trouve à palpiter dans cette pièce comme un animal. Il est roux, c'est un étranger venu du pays de Galles même s'il parle un français impeccable. Il fait un stage de deux semaines parmi nous, il ressemble à un minou d'ailleurs, à un bel ocelot sauvage lâché lousse parmi les babouins et les porcins. D'ici, je ne peux qu'entrevoir la manche de sa chemise sans cravate, en flanelle douce et chaude qu'on flatterait de la main avec plaisir, mais. Comme je suis le seul relationniste de mon secteur, nous nous sommes déjà parlé. Aaah. C'est un allumeur, peu importe ses autres titres et références professionnelles. Je me penche un peu, je le cherche à travers la crinière porquépiquienne de Gadelle Beauregard qui, hélas, bloque presque tout de ma vue et de mon odorat. Il est occupé maintenant à déshabiller des yeux Lili Boisjoli, à côté de lui, qui a une robe froufroutante avec un corsage moulant et décolleté et tout ce qu'il faut dedans pour faire une vraie Fille. Aaah.

Pauvre Grippette Boissinot. Elle se tient coite dans un coin, pour une fois, elle garde son humeur bilieuse pour elle, elle macère dans sa rage et la grenadine douceâtre de sa limonade. Elle cherche encore qui peut bien être l'auteur de la sinistre plaisanterie qui lui a été faite, cet après-midi, au dépouillement d'arbre de Noël. C'est moi, coucou, c'est moi. J'aime les dépouillements d'arbre de Noël de l'Anusvérité. Chaque année, je dépense beaucoup plus que le maigre dix dollars prescrit par Gudu, notre organisateur de loisirs à la grosse bedaine et aux idées courtes. Que voulez-vous, je suis prodigue de nature, et comment réussir, de toute façon, à dénicher quelque chose de vraiment drôle avec dix misérables dollars ? La plupart des Filles ont reçu en cadeau des broches cheap du Salon des Artisans, et la plupart des Zommes, des bouteilles de piquette vinaigrée de la Société des Alcools. L'imagination est une denrée précieuse qui se perd. C'est moi qui ai pigé le nom de Gripette Boissinot, la chanceuse.

Quand elle a déchiré le beau papier d'emballage bleu ciel parsemé tout plein de petits cœurs rouges, et qu'elle a ouvert la belle boîte oblongue en carton rigide rose foncé, et qu'elle a écarté l'écran de fin papier de soie vert pâle qui protégeait délicatement l'Objet, elle n'a pas compris tout de suite. Elle souriait encore de toutes ses grandes dents jaunes de vieille fille pingre qui s'aperçoit qu'elle a le cadeau le plus richement enrubanné de tout le secteur. Gadelle a éclaté de rire la première, et après tout le monde a suivi. Gripette brandissait en toute innocence à bout de bras un zizi énorme et rose en beau caoutchouc lisse imitant à la perfection la vraie peau d'homme. Si elle s'était donné la peine de regarder jusqu'au fond de la boîte, elle y aurait trouvé tout un assortiment de petits gadgets recherchés à utiliser ou non selon les caprices du moment, des onguents sucrés, des lumières clignotantes, des protubérances en forme de suce, et même un mode d'emploi écrit en français s'il vous plaît de ma plus belle main d'écriture un peu

retravaillée pour la circonstance — mais non! elle a
refermé la boîte d'un geste cassant, pauvre artiste que
je suis, et elle a mitraillé tout le secteur du regard.
Ç'aurait pu être n'importe qui, Gripette ne plaisant à
personne depuis le temps qu'elle occupe la fonction
d'Économe castratrice de l'Anusvérité et qu'elle est
désagréable comme un lundi matin avec tout le monde.
Gros Lot notre patron l'a consolée du mieux qu'il a pu
et a juré que ça ne se reproduirait plus — il était lui-
même extrêmement soulagé de n'avoir reçu que du
papier à lettres en cadeau, l'année dernière c'est son
nom que j'avais pigé et je l'avais particulièrement choyé,
le chéri, un agrandissement couleur de 24 × 36 d'une
photo de lui embrassant à pleine bouche la secrétaire du
grand Rectum que tout le monde soupçonne officieu-
sement d'être sa maîtresse même si tout le monde fait
comme si de rien n'était.

De nouveau, je sens le regard du beau Minou roux.
Cette fois-ci, il me vise en pleine face, en plein cœur de
moi-même où je me cache pourtant avec un art
consommé. Ses yeux qui ne cillent pas. Des ondes
glauques et fauves qui sont en train de me noyer. Le
retroussis félin de sa lèvre supérieure. Sexuel, sexuel.
Il me regarde de la même façon qu'il regarde Lili Boisjoli
et Lolette Boisfranc, au secours, au secours!

L'Égaré m'empoigne soudain par le coude et me
sauve la vie. Je suis rouge de la tête aux pieds mais
l'Égaré ne s'en aperçoit pas, puisque les néons de la salle
de séjour nous colorent de toute façon comme des
lumignons de sapin de Noël. Le visage de l'Égaré, lui, est
jaune vif.

— Salut, ça va, comment ça va, les Fêtes s'en viennent, hein, pas fâché du tout pis toi, vas-tu quelque part à Noël, fais-tu quelque chose de spécial, l'as-tu lu mon rapport, qu'est-ce que t'en penses, l'as-tu lu ?

Le visage jaune vif de l'Égaré est plus suppliant et tourmenté que celui de dix mille pietà croulant sous le poids de dix mille cadavres. Je l'entraîne un peu à l'écart.

— Oui, très bon. Beau travail. Félicitations.

— Tu trouves ? Oui ? Vraiment ? Non mais sans farce ?

Les musiciens viennent de fermer leur clapet et le couvercle de leurs boîtes à instruments. Gudu vocifère par-dessus les caquètements et le cling-cling des verres qu'il est temps de passer à table maintenant, que la cafétéria nous attend avec ses tourtières fumantes du Lac Saint-Jean Bilopage et son champagne mousseux capiteux Baby Duck. La horde salive et se précipite vers les ascenseurs et les escaliers. Le barman est content.

Minou roux est disparu avec les autres dans la bousculade, tant pis. Je concentre toute mon attention sur l'Égaré puisqu'il ne reste que lui, moi et le barman dans la salle, que le barman est trop poilu et que je suis relationniste, après tout. Son maudit rapport.

— Oui, la Commission des Communications en a pris connaissance, d'ailleurs tout le monde te félicite, il y a là plein de remarques pertinentes, de recommandations judicieuses, de mesures très applicables...

Tu parles. Je vasouille, je barbotte, je maudis Gros Lot notre patron de ne pas l'avoir mis au courant. Son rapport de six cent cinquante pages sur lequel il a sué sang et eau pendant douze mois comme un misérable mercenaire, la sainte Commission des Communications se le passe entre les fesses, s'en cure les narines jusqu'à la glotte. Sont-ce des choses à dire à un homme qui a abattu à lui seul le travail de trois commissions d'enquête, et si oui, pourquoi serait-ce à moi qu'incomberait cette exécrable besogne ?

— Oui mais mais mais, s'entête l'Égaré tout à son bonheur, au sujet de mon chapitre sur le plan triennal de la télématique et des télésatellites et des relations franco-belges sur les échanges par ordinateur, est-ce que je dois comprendre que l'Université va s'occuper...

— Oui oui oui, dis-je, stoïque et magnanime, en essayant de l'entraîner vers la porte. L'Université va s'occuper de tout avec la compagnie Control Data.

— Control Data ? fait-il avec affolement. CONTROL DATA ?

— Enfin c'est-à-dire que non... heum... pas Control Data... ah ! ah !... Data-quelque chose, moi, tu sais, les noms, Data-Data douda-douda... enfin, là, exactement comme tu as suggéré dans ton rapport...

— Je n'ai JAMAIS suggéré dans mon rapport que...

Aïe. On ne pourrait pas parler d'autre chose ?

— À propos, comment va ta femme ?

— Je ne suis pas marié, dit-il un peu lugubrement.

— C'est ce que je voulais dire. Comment va ta future femme ?

Quand je m'y mets, je suis plus subtil qu'un troupeau d'éléphants. L'ennui, avec l'Égaré, c'est qu'il est honnête et consciencieux, et qu'il n'y a pas de place à l'Anusvérité pour les gens honnêtes et consciencieux. Pourquoi, l'animal, ne se contente-t-il pas de sa sécurité d'emploi, comme tout le monde ? Je réussis à le semer dans l'escalier, avant qu'il ne me coupe complètement l'appétit.

À la cafétéria, un raz-de-marée boulimique vient de s'abattre sur tout ce qu'il y avait de comestible dans les casseroles du cuisinier. Soixante-quinze paires de mâchoires sont en train de mastiquer avec une effroyable régularité : eins, zwei, drei, slirp, slurp. Il ne reste plus une seule tourtière ; le cuisinier est nouveau, il n'en revient pas, il a encore beaucoup à apprendre sur la voracité des Pique-assiette institutionnels — je le présenterai au barman, pour parfaire son éducation mondaine.

Je commande une assiettée de soupe aux pois épaisse comme de la colle à tapisser, du cole slaw nageant abondamment dans son sang, un petit pain rassis pour éponger le cole slaw, et trois Brador pour tenter d'oublier le reste.

Alice, assise à une grande table déserte avec Gérard G. Girard, me hèle timidement au passage.

— Allô, Ben.

— Allô, Manta Claus.

Elle rit, de son beau petit rire de cristal fêlé. Que dire d'Alice, sinon qu'elle est de qualité supérieure, une sorte de filet mignon égaré parmi les steaks de ronde délicatisés ? Elle a trois-quatre diplômes anusvéritaires qu'elle est allée quérir dans les vieux pays et aux États-Unis, elle n'écœure personne avec sa compétence qui dépasse pourtant celle, réunie et juxtaposée, de tous les Zommes-cadres de la boîte, et elle est jeune et fraîche, ce qui en fait saliver plusieurs. Je dépose mon plateau à côté du sien.

— Je viens juste d'arriver, me dit-elle en pignochant sans appétit dans son assiette. Comment c'était, en haut, à la salle de séjour ?

— Comme d'habitude. Médium-cuit. Pis toi, comment c'était, la tourtière ?

— Comme d'habitude. Trop saignant. En veux-tu un morceau ?

Pince-sans-rire, elle me tend sur le bout de sa fourchette quelque chose de rouge sang, en effet, qui ne ressemble pas à une betterave et encore moins à un morceau de viande hachée.

— Qu'est-ce que c'est ?

— Une fraise. J'en ai trouvé deux dans ma portion.

Ce sont les aléas de la cuisine institutionnelle. L'hiver dernier, j'ai extirpé une cravate entière de ma ration de pâté chinois. Les cuisiniers de la cafétéria sont toujours des Zommes.

— Où t'as caché ton costume, Manta Claus ?

— En bas, dans la salle des ordinateurs. Pis toi, Star War ?

— Dans les toilettes du premier.

— J'espère que personne va le flusher par erreur.

Nous rions, par dérision pour nous-mêmes et la lamentable mascarade à laquelle nous avons accepté de nous prêter. Gugu nous a désignés d'office, Alice et moi, pour être le Père Noël et la Fée des Étoiles de la soirée. How typical ! How original ! Je n'ai pas osé refuser, parce que mes fonctions de relationniste me condamnent justement à trouver au boutte ce genre d'initiative insipide. Alice n'a pas osé refuser par timi-dité. Voilà où mènent la couardise, ses pompes et ses

œuvres. À minuit tapant, nous sommes censés surgir
machiavéliquement en plein milieu du party et de la
salle de séjour, Alice et moi, mascaradés de pied en cap
comme de vieilles cartes de Noël, et sous les yeux
esbaudis de la horde probablement retombée en enfance
à ce moment-là, distribuer à tous et chacun les petits
cadeaux que le grand Rectum lui-même en personne a
choisis et payés de sa poche (des bouteilles de vin pour
les Zommes, des broches pour les Filles). Ce que Gudu
ne sait pas, c'est que nous avons décidé d'intervertir les
rôles, coquins que nous sommes : Alice fera le Père Noël
et moi, la ravissante Fée des Étoiles. Ho ho ho. Quand
Minou Roux va me voir avec mon diadème et ma robe
d'organdi blanc, il va tomber dans les pommes.

— En tout cas, si ça avait pas été avec toi, me dit
soudain Alice, j'aurais jamais accepté de faire cette
niaiserie-là.

— Pourquoi ? Comptes-tu sur moi pour te sauver
du ridicule ?

— Tu sais ce que je veux dire.

— Non.

— Qu'est-ce que tu fais ici, toi, Ben ?

— J'encaisse mes chèques de paye.

— C'est pas ta place, ici.

— Qu'est-ce que t'en sais, Sherlocke Holmine ?

— C'est un compliment que je te fais là, rajoute-
t-elle suavement.

— Arrête. Les compliments me font faire pipi dans
mes culottes. Qu'est-ce que tu fais ici toi-même, Alice-
doesn't-live-here-anymore ?...

— Moi, c'est pas pareil. Je trouve le monde exécrable, ici, mais j'aime ma job. Toi, t'aimes ni le monde, ni ta job.

M'énerve, la gamine. Commence à m'énerver sérieusement.

— Ça te le dirait pas, d'ouvrir une clinique de Cri primal ? Me semble que tu serais bonne, dans le Cri primal.

— Excuse-moi. Je voulais pas te blesser.

— Je suis pas blessé. Je suis masochiste.

Elle rit. Il n'y a vraiment pas de quoi. Gérard G. Girard, à côté, se met à rire aussi. Nous le regardons tous les deux avec surprise, tant cet informaticien quelconque, quelconque de la tête aux pieds, a le don de se faire oublier. D'ailleurs, il n'est pas en train de rire, mais de pleurer à gros sanglots.

— Il vient d'apprendre que son contrat n'est pas renouvelé, me chuchote Alice, en catimini.

J'avale la moitié de ma troisième Brador tiède pour me donner le courage de dire quelque chose de fraternel, mais rien ne vient. La grande douleur de Gérard G. Girard me laisse froid comme un glaçon.

— Allons allons allons allons ! éructé-je finalement, avec la douceur d'une râpe à fromage.

— Tu trouveras vite autre chose, ronronne Alice en lui flattant l'épaule.

— Sois un homme, mon garçon.

— Ce n'est pas la fin du monde, voyons.

— La fin du monde, c'est de rester ici.

— Pense aux vacances que tu vas pouvoir prendre...

— Pense au ski de fond que tu vas pouvoir faire...

— J'haï-is le ski-i de fon-ond, parvient à gémir Gérard au milieu de ses larmes.

— La vie s'ouvre devant toi, dit Alice sans tenir compte de l'interruption.

— L'avenir appartient aux audacieux.

— À chaque jour suffit sa peine.

— Un de perdu, dix de retrouvés.

— Vouloir, c'est pouvoir.

— Cœur qui soupire n'amasse pas mousse.

— Pierre qui roule rira la dernière.

Nous finissons par lui soutirer de maigres sourires, à force de faire les insignifiants. Alice réussit même à le convaincre qu'il n'y a rien au monde de plus excitant qu'un bon bain chaud et un beau gros dodo, et qu'il retrouvera instantanément la sérénité et le bonheur en rentrant chez lui, dans son deux-pièces et demie.

La cafétéria s'est vidée, il n'y a plus âme qui vive autour de nous. La horde est remontée à la salle de séjour, puisque c'est là que ça se poursuit ad nauseam, buffet de petits gâteaux Woolworth, re-bar et re-beuverie, disco mobile et cruisage divers. Alice soupire.

— J'ai envie de m'en aller.

— T'es en service commandé, Manta Claus.

— Je m'en fous. J'ai envie de m'en aller pareil.

Elle me regarde tout à coup avec un sourire qui me fait perler un millier de petites gouttes de sueur sur la nuque.

— Viens avec moi.

— Où ça ?

— N'importe où. Chez moi. Chez toi. Dehors, dans la neige.

— Non.

— Dans un bar de troisième ordre. Dans un motel des Laurentides.

— Non.

— Pourquoi ?

Je ne réponds rien ; son sourire et ses yeux se ternissent en même temps, petit à petit, comme si un voile d'eau s'était mis à pleuvoir dessus. Silence. Elle se lève sans me regarder.

— Je suis homosexuel, dis-je comme on se jette à la mer.

— Hein ? fait-elle sans comprendre.

Je ne répète pas, elle a très bien entendu. Elle éclate d'un grand rire nerveux.

— Je te crois pas, dit-elle.

— Bon.

Elle plisse les paupières en me dévisageant, comme si le secret de ma libido allait m'apparaître sur le front en lettres écarlates.

— Depuis quand ? demande-t-elle stupidement.

— Depuis ma naissance. Depuis vingt-cinq ans.

— Je suis désolée, Ben. Excuse-moi, oh excuse-moi.

Il n'y a pas de quoi, Alice. Ce n'est pas de ta faute, ni de la mienne d'ailleurs, peut-être celle de mon père mais là encore, il faudrait voir : les psychanalystes, sexologues, et autres décortiqueurs professionnels de l'âme ne s'entendent pas tous sur les motivations profondes de la Chose.

Ça n'est pas joli joli en haut, ça commence à prendre des allures et des odeurs de ménagerie, de porcherie, de fourrière ou de caverne cro-magnonienne, selon les spécimens que l'on observe. Le même barman a repris les choses liquides bien en main, cette fois il a décidé de mettre les portions doubles et triples pour vider les bouteilles au plus sacrant et faire une histoire courte avec la soirée. La disco mobile est arrivée. Le grand Rectum en personne est arrivé. Il n'y a que moi qui n'arrive pas à arriver et qui me demande où porter mes pas et mes regards pour ne pas m'exposer trop tôt aux radiations nocives de la Grande Névrose. Tiens : Alice a décidé de rester ; elle est en train d'improviser une triomphale et lascive chorégraphie sur la piste de danse, tandis que vingt-cinq pachydermes claudiquent autour d'elle comme s'ils avaient la maladie de Parkinson. Tiens : Lolette et Lucille ont exactement la même robe sur le dos, pauvres robes. Tiens : l'Égaré essaie de tirer les vers du nez de Gros Lot qui, lui, essaie de pogner les fesses de Lili Boisjoli : le monde est parallèle. Tiens : les petits gâteaux de Gudu — roses, vert lime, orange vif... — viennent d'être déposés sur la table ; je me demande combien il faut en manger pour tomber raide mort sur le tapis. Tiens : le petit train-train des bassesses quotidiennes se poursuit : le grand Rectum est entouré par un fan club de cadres supérieurs qui le tètent à qui mieux mieux et qui sont eux-mêmes tétés par les petits professionnels ambitieux qui sont eux-mêmes tétés par les employés de bureau qui... Entreprise de succion gigantesque et parrainée par l'État. Tiens, tiens, tiens : Minou

Roux qui est seul et qui regarde vers la piste de danse ; il a mis son beau visage pervers, son beau visage de faune en quête d'une proie. Oserais-je aller lui parler ?

Je suis tout à coup pris d'assaut par les vingt paires d'yeux vindicatifs des Filles qui sont écrasées sur des chaises à côté du bar et qui en ont marre marre et qui veulent un Zomme mort ou vif pour les faire danser. Du calme, il y a erreur sur la personne. J'empoigne la main froide et moite de Gadelle Beauregard et je la traîne sur la piste des pachydermes, malgré ses petits cris de protestation ravis. Combien de fois, chère et disgracieuse Gadelle, lui ai-je servi de chevalier servant pendant qu'elle me servait d'alibi. La vie est un échange de bons procédés.

Alice me lance soudain des signaux sibyllins par-dessus les épaules tressautantes de la horde : notre heure approche, camarade-fée ; à nos marques, prêts, partons. Je lui signale à mon tour de descendre la première, que j'irai la rejoindre. Il faut d'abord s'occuper de Gadelle, qui est en train de me ramollir dans les bras.

— Tu chais, Ben, che te l'ai chamais dit, mais che te trouve chou pis charmant pis pas chiant comme les chautres...

Merci Gadelle, ça me va droit au cœur. Elle m'enfonce les baleines de son soutien-gorge dans l'estomac et elle se met à pleurer oh non sainte mère de Dieu miséricorde divine...

— Mon mari est partchi... che chuis toute cheule à Noël... che veux t'inviter... chil te plaît... dis oui chil te plaît...

Je l'embrasse sur la joue pour gagner du temps, je l'installe dans les bras déserts de Gudu qui se cherche justement une partenaire et je m'éclipse vers la sortie, en emportant sous mon aisselle la bouteille de Pineau des Charentes qui s'ennuyait sur un coin du bar momentanément délaissé par le barman. Minou Roux a disparu de la circulation, tant pis, see you in another life Kitty, che m'en fais réalicher mon dechtin féerique chans toi.

La robe. La robe blanche m'attend dans les toilettes du premier, fantôme inhabité qui se colle à moi comme un second épiderme dès que j'enlève mes vêtements et que je l'enfile. Je me mets à rire, à trembler inexplicablement, à avoir des sueurs froides. Son contact est douceâtre, insupportable, répugnant et magnétique, je le savais, je le savais que tu aimerais ça, hermaphrodite larvaire, monstre, monstre de lâcheté. Dans les toilettes du premier, je cale la bouteille chaude de Pineau pour me donner le courage d'assumer ce que je suis en train de devenir, ce que je suis depuis toujours sous mon masque de respectabilité écœurante. La robe me met à nu comme si elle était transparente.

En sortant des toilettes, je me retrouve soudain face à face avec ma mère. Ma mère, rajeunie de trente ans, me regarde avec son sourire d'ingénue et ses grands yeux noirs. Elle a mis sa robe de mariée et son diadème de fleurs brillantes, elle est belle comme sur ses vieilles photos de noces que je connais par cœur. Nous avançons l'un vers l'autre lentement lentement pour ne pas rompre le charme, je tends les mains pour la toucher, elle tend aussitôt les siennes avec ce geste gracieux qui m'est si familier, dans une seconde nous allons nous prendre les doigts, nous étreindre jusqu'à l'âme...

Ouch. Quelque chose de dur m'arrête les doigts, manque de me briser les phalanges.

Debout, face au grand miroir du corridor, je regarde, stupéfait, cette caricature de moi-même qui disparaît presque sous l'immensité blanche de la robe et le laid petit diadème de faux diamants. Ne reste de vivant que les yeux, les deux yeux noirs comme de la laque qui me dévisagent froidement, les grands yeux froids de ma mère.

Ressaisis-toi ressaisis-toi. Je me ressaisis. Je suis Ben, je suis ivre, ce n'est pas encore le temps de passer de l'autre côté du miroir, il faut que j'aille rejoindre Alice dans la salle des ordinateurs dinateurs nateurs teurs.

Floqueti-floc-floc, ma robe se traîne derrière moi dans les escaliers comme quelqu'un qui me suivrait. Plein de petits bruits sinistres me frôlent les oreilles au passage, frr... crr... pchch... Quelles sortes de spectres peuvent bien hanter les corridors des bureaux la nuit, qui sont ces âmes serpentines qui sifflent sur ma s'tête ?...

Je suis rendu sain et sauf au sous-sol, je ne me suis pas égaré, j'ai pensé à tout, même à emporter la petite carte plastifiée qu'il faut glisser dans la petite serrure de la petite porte de la grande salle des gros ordinateurs teurs teurs pour y entrer hé! hé! Alice! Où es-tu, Alice-in-Wonderland? Il fait froid comme dans un cimetière, ici, les bruits sont assourdissants, on ne s'entend pas crier, les imprimantes et les rubans magnétiques se hurlent des obscénités informatiques par la tête... — ah la voici la voici la voilà, ma grosse Mère Noël assise toute rouge par terre en m'attendant...

— Alice! You-hou! Ali-i-ce!

Elle ne bouge pas. Elle me regarde mais elle ne me voit pas. Son costume de Père Noël est trop grand pour elle et tout déchiré, on dirait, au milieu. Ce n'est pas bien, Alice, d'avoir déchiré ton beau costume et de t'être toute salie comme ça, regarde-toi méchante petite fille, une grosse prune sur le front et même des égratignures mauves sur la joue où es-tu allée jouer encore ?

Le regard d'Alice est vide. Les mains d'Alice tremblent toutes seules comme des petits oiseaux transis. La voix d'Alice est fêlée.

— Je viens d'être violée... violée... violée...

Tais-toi Alice tu dis des choses monstrueuses, viens t'en, partons d'ici. Je n'arrive pas à la faire bouger. Elle pèse deux mille livres, elle est plus inerte qu'une pierre. J'entends des coups terribles qui enterrent le ronronnement de ferraille des ordinateurs, tout à coup, qui menacent de me faire éclater les tympans — ARRÊTEZ ! Je me prends la poitrine à deux mains. C'est mon cœur qui fait du bruit, qui est en train de devenir fou.

— Viens-t'en, Alice, bouge, LÈVE-TOI, torrieu !

Alice ne réagit plus, quelqu'un a brisé Alice. Du secours, vite, vite. Je cours, je cherche la sortie, je m'enfarge dans ma robe, j'arrive face à face avec...

Lui. Minou Roux. Je recule. Minou Roux s'avance vers moi, je suis emprisonné dans les rêts de son regard perfide, de son sourire mauvais.

— Tiens tiens... qu'est-ce que nous avons là... La belle petite fée...

Il s'approche de moi. Sexuel, sexuel. Je hurle. Il faut que je le tue : cet homme vient de violer Alice. Je sanglote. Il soulève ma robe.

— Et tout nu sous sa belle robe... tout nu... Tss tss...

Il se penche sur moi. Ses yeux épouvantables. Je vais le tuer. Je suis changé en glace, en feu brûlant, je m'abandonne atrocement au plaisir qui monte, au secours, Alice, je ne suis pas un héros ce n'est pas le pays des merveilles Alice Alice, le Chat de Chester nous dévore tous les deux... ah... aaaalice...

C'est fini. Dépucelé pour toujours.

Je ne sais pas comment je fais pour quitter la salle des ordinateurs. Je ne sais plus qui je laisse derrière moi, je monte les escaliers en traînant les pieds sous ma robe blanche, sous ma robe grise. Alice. Trouver du secours pour Alice.

En haut, c'est le cauchemar. La musique disco bat son plein. Gudu et Gadelle sont couchés en dessous de la table. Le feu a pris dans le sapin et le glaçage synthétique des petits gâteaux. Gros Lot et l'Égaré sont en train de se battre à coups de poings. Le grand Rectum en personne est en train de vomir dans l'environnement paysager. Les zombis qui traînent encore sur la piste de danse ne se retournent même pas quand je me mets à hurler. Disco disco.

Viens-t'en, Ben, cet endroit n'est pas bon, cet endroit sent le soufre et le maléfice, allons-nous-en chez nous.

Chez nous chez nous. Le premier manteau du bord fera l'affaire. Celui-ci par exemple, en lapin blanc, en beau petit lapin duveteux qui ressemble à de la fourrure de Lièvre de Mars comme dans le livre de Lewis Carroll qui s'appelle qui s'appelle comment déjà ?...

Je déboule une partie des escaliers : c'est la faute de la robe qui s'est empêtrée dans ma cinquième jambe. Où est-ce, chez nous, par quelle porte sortir ? Le portier me regarde avec des yeux ronds ronds. Je lui emprunte son téléphone, c'est très important, je me rappelle tout à coup que quelqu'un a besoin d'aide quelque part, quelqu'un compte sur moi, vite il faut appeler la police les pompiers le prêtre le premier ministre.

Une chance, je sais le numéro par cœur. Drelin drelin. Ça sonne longtemps. Ça décroche.

— Allô ? fait une voix rogue à l'autre bout du fil. Allôallô ? répète la voix de mon père, à Amos, Abitibi.

Mon père. Il attend, de toute évidence, que je donne suite à la conversation, mais je suis bien embêté. Qu'est-ce que je peux bien lui vouloir ?

— Allô, c'est moi, dis-je enjoué.

— Benoît ? jappe mon père. Benoît !

— Oui, c'est moi.

— Benoît, calvaire ! Sais-tu quelle heure qu'il est ?

— L'heure ? Attends un peu...

Il ne me laisse pas le temps de regarder mon bracelet-montre.

— Deux heures du matin ! On dort ! Qu'est-ce que tu veux ?

— Je sais plus où je reste...

— Calvaire, Benoît, bout de cri, ON DORT! Tu rappelleras demain matin! Es-tu malade, es-tu saoul?

— Je suis gai, dis-je sans gaieté de cœur. Est-ce que tu savais que j'étais gai?

Mon père, à Amos, Abitibi, ne semble pas comprendre, alors je me mets à lui expliquer laborieusement:

— «Gai» dans le sens de pédale, comprends-tu, de fifi, de tapette...

Il comprend. Il raccroche. Je ne sais pas d'autres numéros de téléphone par cœur, alors je sors. Je sors dehors où c'est la nuit et où tous les chemins ne mènent nulle part, joyeux joyeux joyeux Noël.

SANS CŒUR ET
SANS REPROCHE

Autant vous le dire tout de suite, les histoires d'amour ne m'intéressent pas outre mesure et ne titillent qu'exceptionnellement mes glandes lacrymales. Je parle des histoires des autres, bien sûr, celles que Guy des Cars s'obstinera à usiner jusqu'à ce que Cupidon en personne, l'estomac révulsé, finisse un beau jour par le larder de flèches pour le faire taire, celles que la tévé et le cinéma nous étalent bien laborieusement et bien flasquement sur l'écran pour peupler nos soirées de rêves sucrés et granuleux. Les histoires d'amour, c'est personnel, si vous voulez mon avis : ou bien on en a une, ou bien on n'en a pas et si on n'en a pas, la vie est assez écœurante comme ça sans qu'un sadique sirupeux vienne vous roucouler la sienne dans les oreilles. Mais si on en a une, eh bien c'est autre chose, tout autre chose, on connaît soudain le poids et la fragilité immenses de l'amour et tous les mots sont impuissants à décrire les remous vertigineux qui nous aspirent vers le haut, et l'on se fout bien des histoires des autres, à ce moment-là, vu que l'on voyage béatement dans des régions interstellaires qui sont peut-être la seule réalité qui vaille, après tout. Mais passons. Je m'en vais quand même vous raconter l'histoire d'amour de Françoise et Benoît, parce que vous êtes des romantiques incontinents — je le vois bien à vos yeux humidifiés par l'émotion dès que de beaux jeunes gens insignifiants font mine, devant vous, de se bécoter le museau, la lippe et la voûte palatine —, parce que les tranches de cœur frais apprêtées à n'importe quelle abominable sauce constituent toujours votre plat de résistance favori, bande d'anthropophages sentimentaux, et pour toutes sortes d'autres raisons qui ne vous concernent en rien.

Entendons-nous bien, cependant : il s'agit d'une histoire banale dans laquelle les rebondissements dramatiques ne foisonnent pas. Les héros n'ont d'héroïque que le nom : pas le moindre petit cas de leucémie rampante et insidieuse, pas la moindre lésion cérébrale et fatale chez l'un et l'autre des protagonistes. Des gens normaux, ordinaires, aussi en santé que leur permettent les abus d'alcool, de nicotine, de chanvre indien et de lipides de toutes sortes qu'ils ne peuvent s'empêcher de commettre pour tirer un peu de plaisir de l'existence. Vous voilà prévenus, ne venez pas me casser les pieds si le dénouement n'est pas assez sanglant à votre goût.

Il existe actuellement dans la jeune intelligentsia moderne toute une clique d'esprits tortueux et perfectionnistes qui se compliquent incroyablement la vie, au nom de l'Autonomie. J'y reviendrai. Qu'il suffise de mentionner, pour l'instant, que Françoise et Benoît étaient de ceux-là lorsqu'ils se sont rencontrés, pour la première fois, dans un petit bar de la rue Saint-Jean que

je ne nommerai pas, à moins que le propriétaire n'accepte
de me verser à boire gratuitement pendant au moins
dix jours d'affilée.

C'était un lundi soir d'hiver, calme et quelconque.
Dès que Françoise était entrée dans le bar, flanquée
d'une amie à l'allure suicidaire, ses pas somnambu-
lesques — hasard ou fatalité — l'avaient guidée tout au
fond, juste à côté de la banquette où lisait paisiblement
Benoît. Il y avait aussi sur la banquette, près de Benoît,
une créature mal définie amochée par l'alcool, une sorte
de vieil hobo pacifique que l'on retrouve fréquemment
dans les bars et qui s'avèrent parfois docteurs en mathé-
matiques ou ex-détenteurs d'un prix Nobel de la paix.
Françoise s'assit sans regarder personne, l'amie s'échoua
à son côté dans un plouf mélodramatique, Benoît ne leva
pas les yeux de son livre et le hobo marmonna quelques
paroles inintelligibles. Le temps passa.

L'amie — appelons-la Marie, ça ne sera jamais
qu'une figurante dans notre histoire — débitait à
Françoise un chapelet ininterrompu de plaintes mono-
cordes sur la vie, l'amour, la mort et toutes ces choses si
profondes depuis un assez long moment, vraisemblablement, du moins à en croire le silence accablé de
Françoise, lorsque le hobo poussa une espèce de râle
guttural et un peu effrayant. Toutes les têtes se tour-
nèrent vers lui, y compris celles d'un petit groupe de
personnes — les seuls autres clients de la place —
installées à quelques tables de là. Le septuagénaire
éthylique ne venait pas de mourir banalement d'une
crise cardiaque. Au contraire, ses joues avaient pris une
coloration violente, soudain, et il montrait d'un doigt

stupéfait les murs du bar, en continuant à émettre des
sons douloureux. « Affreux !... finit-il par glapir distinctement. Affreusement horrible !... »

Les têtes se détournèrent du hobo pour converger
avec curiosité vers la cause apparente de ce grand
débordement d'émotion : les murs du bar. Les dits murs
du bar ne présentaient en soi rien de particulier, si ce
n'est qu'ils étaient recouverts des toiles d'un artiste de la
région. Il est vrai que l'artiste en question versait
joyeusement dans le barbouillage informe et agressivement bancal, mais qui peut se vanter, en notre
époque troublée, permissive et culturellement médiocre,
de savoir discerner le beau du laid. Bon. Le hobo en
avait contre l'art de l'artiste en question, il désap-
prouvait nettement. Le petit groupe de personnes
installées à quelques tables de Françoise, Benoît et
compagnie, se replongèrent, de mauvaise humeur, dans
leur discussion intestine, Benoît émit un petit ricanement approbateur à l'endroit du hobo, Françoise
s'attarda avec amusement sur les méchants dessins
exposés, l'amie Marie tenta de reprendre son déprimant
soliloque, bref, tout faillit rentrer dans l'ordre. Le vieux
ne l'entendait pas de cette oreille : il se leva et se mit à
bramer furieusement des injures à l'endroit des tableaux,
allant même jusqu'à menacer de les éventrer si on ne les
enlevait pas de sa vue.

— Des cochonneries ! hurlait-il. Des z'horribles
z'horreurs... Des laideurs qui font mal au cœur !...

Et ainsi de suite. Or, parmi le petit groupe de
personnes installées, comme je vous disais, à quelques
tables de là, se trouvaient des amis de l'artiste décrié, et

ils commençaient à juger la plaisanterie un peu lourde. Un grand barbu se leva en faisant quasiment basculer sa chaise par terre, et il brandit son poing en direction du hobo.

— Si c'te vieux débris se farme pas, j'y casse la gueule.

Le vieux débris, enchanté, stimulé par l'opposition, n'en vociféra que de plus belle, en choisissant de nouvelles épithètes plus éloquentes encore. Le grand barbu se dirigea férocement dans sa direction.

Benoît se leva à son tour et posa calmement son livre sur la table.

— Moi aussi je trouve ça laid, dit-il d'un ton neutre. Je dirais même plus, je trouve ça hideux, répugnant et stercoraire.

Alors là, grand branle-bas de combat. Les z'amis de l'artiste firent voler la table devant eux, Benoît et le barbu s'apprêtèrent à se colleter méchamment, le waiter, affolé, fit irruption dans la mêlée et le petit vieux, ricanant, se mit en devoir d'enlever les tableaux du mur.

Soudain, une voix à la fois ferme et stridente s'éleva de l'échauffourée naissante et eut le don, bizarrement, de paralyser tout le monde :

— Monsieur Riopelle ! Voyons ! Asseyez-vous, monsieur Riopelle.

Françoise tirait doucement le vieil hobo par le bras, l'obligeait à laisser là les toiles, à s'asseoir pesamment sur la banquette, le maintenait d'une poigne ferme et respectueuse.

— Calmez-vous, monsieur Riopelle. Il faut laisser leur chance aux jeunes, à ceux qui commencent... hein, monsieur Riopelle ?

Après un silence énorme, atterré, les z'amis de l'artiste du bar allèrent tous lentement se rasseoir, et c'est ici, enfin, que commence vraiment mon histoire, ou plutôt, celle de Françoise et Benoît.

Vous qui n'êtes pas nés de la dernière pluie, vous aurez deviné sans peine que le hobo ne s'appelait pas plus Riopelle que moi Simone de Beauvoir. Françoise et Benoît se retrouvèrent assis à la même table, ployés, — mais discrètement — sous la même quinte de rire. L'amie Marie finit par partir, le groupe de l'autre table se clairsema peu à peu, le vieil hobo — qui n'était rien de moins qu'un robineux professionnel — sombra dans un sommeil comateux. Françoise et Benoît, cependant, n'en finissaient plus de bavarder, de s'ébaudir et de se trouver spirituels, et voilà que la main de Françoise, comme par inadvertance, s'égarait fréquemment sur la cuisse de Benoît, et voilà que dans leurs yeux dansait une drôle de lueur commune qui, de temps à autre, les rendait silencieux, et voilà qu'ils se retrouvèrent, un peu plus tard, fondus et confondus dans le grand lit de Françoise, à rire encore et encore, mais de tous les pores embrasés de leur peau.

Cette liaison nocturne, qu'on se le dise bien, ne constituait pas en soi un événement exceptionnel, ni pour Françoise, ni pour Benoît. Tous les deux frisaient joyeusement la trentaine, ils étaient rompus aux aventures légères et pétillantes que l'on avale goulûment comme du champagne le temps de quelques tours d'horloge, aux brusques élancements de passion qui les menaient irrésistiblement dans le lit d'un(e) inconnu(e) à la voix trop sensuelle rencontré(e) dans un bar emboucané.

Quelquefois, l'aventure avait des suites heureuses : les partenaires d'une nuit devenaient des amants réguliers, pendant un temps, du moins, puis la relation se muait en une sorte de complicité affectueuse, rarement encombrante.

D'autres fois, l'aventure s'avérait nettement désastreuse : on était réveillé le matin par une angoisse indéfinissable, proche du dégoût, et on s'étonnait encore d'être étendu aux côtés d'un étranger quelconque, insipide, avec qui la communication était impossible, mais que les fumées de l'alcool avaient pourtant fait paraître brillant, la veille.

Pour en revenir au cas qui nous préoccupe, le tout avait glissé comme sur du velours, à partir du moment où Françoise et Benoît avaient amorcé le premier contact, jusqu'au lendemain où ils se séparèrent. En fait, ils n'avaient pas très bien dormi : on aurait dit que leurs corps, en se découvrant, en s'effleurant, allumaient des incendies à répétitions qu'ils ne parvenaient pas à éteindre, et puis il y avait cette hilarité épuisante qui les avait secoués toute la nuit. Au matin, la faim les avait tirés du lit, courbatus, les yeux cernés, d'excellente humeur malgré tout, et ils avaient poursuivi sur la même lancée, œillades, fous rires et confessions. L'omelette était bonne, Benoît savait faire le café filtre — ô surprise —, Françoise n'était pas une adepte maniaque des lentilles, du sucre brun et des produits naturels — ô bonheur. Bref, c'est enchantés qu'ils se laissèrent à la porte de chez Françoise, en se répétant combien la rencontre avait été plaisante, et tout et tout, et dernière petite accolade, et ultime petit clin d'œil, et ricanements en coin, et nonchalant « C'est ça, à la prochaine ». Voilà pour le début.

Le reste de la semaine, Françoise se consacra à ses occupations habituelles avec un surplus d'énergie et de fébrilité qu'elle ne jugea pas, sur le coup, suspect. Les «occupations habituelles» de Françoise, il faut le dire, auraient suffi, en temps normal, à absorber la vitalité d'une demi-douzaine de personnes moins dynamiques. Françoise était une militante née, que les difficultés pécuniaires de M. Philémon Tremblay, 3e avenue, chômeur — manchot, amiantosique et tuberculeux —, et les tribulations de Mme Roberte Roberge, rue Couillard, locataire — aux prises avec des augmentations de loyer directement proportionnelles à la taille de ses coquerelles «king size» — empêchaient sérieusement de dormir. On la retrouvait donc dans tous les regroupements où il y avait des actions concrètes à poser pour améliorer le sort du monde en général, et la qualité de vie de ses voisins, en particulier.

Benoît ne demeura pas non plus inactif, les jours qui suivirent, mais à sa façon à lui, intérieure et réfléchie, qui revêtait souvent les apparences d'une rêvasserie stérile. Il était chargé de cours à l'Université Laval, au département de littérature, plus précisément, mais ce qu'il y faisait s'apparentait davantage à de la sociologie révolutionnaire qu'à des études littéraires. Il y avait une espèce de puissance, sereine et spontanée, dans ses exposés les plus anodins («Pourquoi les pauvres n'ont-ils pas le goût de lire ?» — «La littérature féministe est-elle vraiment de gauche ?» — «À qui l'industrie du livre profite-t-elle ?») qui avait le don d'allumer des flambées de discussions passionnées chez ses étudiants et parfois même, à son grand étonnement, de susciter à l'extérieur de l'Université des manifestations houleuses et des distributions de tracts carrément subversifs qui se réclamaient de lui.

Quoi qu'il en soit, la semaine passa comme à l'accoutumée, ou presque : c'est seulement aux alentours du vendredi soir que les problèmes d'argent de M. Philémon Tremblay et les bébittes de Mme Roberte Roberge provoquèrent chez Françoise une sorte d'indifférence hargneuse et qu'elle se mit, soudain, à penser à Benoît et à la nuit qu'ils avaient partagée. Ce dont elle se rendit compte, surtout, c'est qu'elle y avait pensé sans arrêt, insidieusement, malgré la diversité des tâches auxquelles elle s'était astreinte et ça, ce n'était pas normal, pour une petite aventure-de-fin-de-soirée-de-rien-du-tout. Elle se surprit même à considérer avec humeur son téléphone qui ne sonnait pas — ou qui sonnait mal, si vous voyez ce que je veux dire —, à déprimer, très vaguement, à se demander s'il appellerait et puis à se dire qu'il n'appellerait pas, et à se rappeler ses mains soyeuses comme du velours et sa fossette amusante au menton, et à se dire qu'elle devrait peut-être retourner dans le petit bar au cas z'où, puis à se convaincre que non, il devait avoir une femme et cinq enfants — c'est toujours comme ça quand les hommes sont intéressants.

Comme il n'avait pas été question, tacitement, de rendez-vous futurs ou d'engagements formels et que lui-même n'avait pas osé en provoquer un par fierté ou par dieu sait quel sentiment inavouable, Benoît, de son côté, avait ourdi, au milieu de ses plans de cours, des machinations complexes qui lui permettraient de revoir Françoise tout en n'ayant l'air de rien. Il y avait, bien sûr, le téléphone — car il avait effectivement retenu le numéro de Françoise, toujours en n'ayant l'air de rien — mais ce mécanisme de rencontre par trop primitif ne risquait-il pas de déplaire à celle qui lui avait paru flotter subtilement bien au-dessus de ces mesquines

contingences pratico-pratiques ? (passons...) Restait —
dans les moyens qui n'ont l'air de rien — la rencontre
fortuite. Benoît avait jeté à quelques reprises de rapides
coups d'œil dans le petit bar de la rue Saint-Jean —
que je ne nommerai pas à moins que le propriétaire etc.
etc. — et il n'avait pas vu Françoise (elle n'y était pas,
elle attendait, chez elle, à côté du téléphone), et il ne lui
en avait pas fallu davantage pour se persuader qu'elle
ne devait pas tenir à le revoir, elle si belle, si libre, si
dégagée-des-mesquines-contingences-pratico-pratiques,
et déjà comblée, assurément, par les assiduités d'une
dizaine d'hommes plus intéressants que lui.

Bon. Deux idiots, je vous l'accorde, mais prenez
patience, le pire n'est pas encore venu.

Comme il y a une limite à tout, même à la déveine la
plus noire et à la sottise la plus crasse, ils finirent par se
rencontrer dans la petite tabagie près de chez Françoise
où Benoît — bizarrement — venait chercher son journal
depuis quinze jours. Ils se reconnurent aussitôt, évidemment, il ne s'embrassèrent pas, pris tous les deux
par une émotion stupéfiée et dévorante qui leur fit
balbutier des absurdités sur la neige qui tomberait ou
ne tomberait pas, le temps qu'il faisait et ferait, mais ils
parvinrent, quand même, à se donner rendez-vous pour
le soir, avec un reste de désinvolture qui sonnait faux :
« Si t'as rien d'autre à faire, bien sûr... » Ils se retrouvèrent donc le soir chez Françoise ou chez Benoît, ça n'a
plus d'importance, et ce fut le coup de foudre, décisif,
brutal, qui leur coupa les jambes, qui les précipita l'un
vers l'autre comme des laves en fusion. Ils se revirent le
lendemain, et le surlendemain, et tous les soirs après,
durant des semaines, des semaines, avec la même
électrifiante ardeur, dans le même parfait délire.

C'est ici, peut-être, qu'il convient de reparler de l'autonomie en lettres capitales — je ne vous avais pas oubliés, mes agneaux — au nom de laquelle on commet bien des sacrifices, surtout lorsqu'elle prend la rigidité d'une vertu.

Chacun de son côté, Françoise et Benoît se plaisaient à penser — tout bas, quand même, ils avaient la modestie de leurs convictions socialisantes — qu'ils appartenaient à une certaine élite évoluée, mature, tout entière vouée à la recherche et à la libération de soi-même, qui avait appris à fonctionner par ses propres moyens (ce qui est l'Autonomie, à peu de chose près, que le petit Robert me pardonne). Sur l'amour, il s'ensuit qu'ils avaient des théories aérées, assez différentes de celles de Jean-Paul II, tiens, et qui condamnaient l'agglutinage systématique en couples et la possessivité maladive. Je ne vous apprendrai rien en vous disant que le hic, quand on a des théories et qu'on est un peu sincère, c'est de les faire coïncider avec la pratique.

Au début, l'euphorie était facile, elle se créait toute seule, d'elle-même, il n'y avait qu'à se laisser porter par cette vague de fond incroyablement puissante à laquelle ils croyaient ne plus croire, et qui les laissait pantelants et comblés.

Tous les jours, quand la noirceur commençait à tomber, Françoise allait rejoindre Benoît à l'Université, où l'attendait avec un semblant de nonchalance dans le fond d'un café, ou se lançait à corps perdu dans la concoction d'un repas gargantuesque pour eux deux, qu'elle savait ne pouvoir goûter que du bout des lèvres,

l'émotion de l'amour lui paralysant l'estomac et l'appétit
aussi sûrement qu'une nausée. Tous les jours, Benoît
s'impatientait de ne retrouver le sourire indéfinissable
de Françoise qu'à la fin de l'après-midi, et il ne se lassait
pas alors de la happer violemment dans une étreinte
affamée, de la sentir chanceler de désir contre lui, de lui
ronronner à l'oreille des vétilles bouleversantes qui leur
mettaient à tous les deux le cœur dans l'eau et qui leur
faisaient échanger avec une gravité soudaine des regards
chavirés.

Jusqu'à ce que... Bon. Jusqu'à ce qu'ils prennent peur
en réalisant à quel point le roulant bien huilé de leur vie
se trouve indiscutablement perturbé. Ils se mettent à
jongler, chacun de son côté, à trouver de plus en plus
suspect l'état de quiétude et de sécurité dans lequel ils
sont nouvellement plongés jusqu'au cou. Françoise, qui
avait toujours prôné avec lyrisme la nécessité de l'indé-
pendance créative et de la solitude sanctificatrice,
découvre avec anéantissement qu'elle a BESOIN de
Benoît : elle le rejoint, le soir, avec un empressement et
un ravissement indéniables, qui la culpabilisent ; elle le
retrouve, à toute heure du jour, juché confortablement
en plein cœur de ses pensées alors qu'elle se croyait bien
isolée, à l'abri au milieu de ses locataires et de ses
chômeurs. ... Est-ce qu'elle n'est pas en train de sacri-
fier à l'atavisme féminin, de s'engluer dans le rôle
millénaire de la presque épouse dévorée par l'Autre ?...

Benoît, lui, se surprend à réagir avec violence à une
blague amicale que lui fait un de ses étudiants qui l'a
surpris avec Françoise. Il a tout à coup l'impression
désagréable que son image le trahit, qu'il a perdu peu à
peu le contrôle de ses propres émotions, qu'il joue à

l'amoureux transi dans une caricature de mélodrame
qui ne le concerne en rien, qui ne concorde d'aucune
façon avec ses principes libertaires... Il se met à douter
de l'authenticité de ce sentiment dévorant qu'il éprouve
inexplicablement pour Françoise, à le trouver malsain,
mièvre, contraignant, banalement conformiste. L'évidence lui saute aux yeux : il est bel et bien en train de
s'enferrer dangereusement dans un bonheur petit-
bourgeois.

Bref, c'est Benoît qui porte le premier coup, auda-
cieusement, virilement. Il décroche son téléphone et
fait le mort pendant quelques jours. Françoise, que ce
mutisme soudain inquiète et désole, finit par le rencontrer par hasard, un soir de déprime qu'elle erre dans
le Quartier latin. Elle l'aperçoit tout à coup par la
fenêtre d'un café, entre sans réfléchir, se dirige vers lui.
Il l'accueille avec de grands débordements d'affection,
comme si de rien n'était, s'informe de sa santé et du
bien-être de M. Philémon Tremblay, chômeur, s'embrouille dans une fumeuse péroraison sur le dernier
Altman qu'il vient d'aller voir au Cartier avec Manon
ou Sandra ou Marie, que voici justement, à côté de qui
il est précisément assis, et dont il tapote — presque
distraitement — la cuisse. Françoise entre dans le jeu,
comme si de rien n'était, sourit joyeusement à Manon
ou Sandra ou Marie, surenchérit avec passion sur le
style de Altman qui est si particulièrement attachant et
si inopinément américain, finit par se lever, embrasse
Benoît avec une politesse excessive, resourit joyeusement à Manon ou Sandra ou Marie, et sort du café,
brisée, les jambes flageolantes, le cœur soulevé par
une envie incoercible de vomir et de hurler. Elle se
traîne jusque chez elle en se morigénant à voix haute,
en se donnant des coups de pied intérieurs pour

s'empêcher d'avoir mal. Il n'y a pas de quoi fouetter un
chat, au fond, ce n'était donc que ça, qu'une passade
légère à laquelle elle a cru exagérément, comme une
adolescente impubère, voilà tout... Françoise est presque
soulagée, malgré cette douleur terrible qui lui rampe
dans le ventre : elle peut, enfin, continuer en toute
quiétude à croire que l'amour n'existe pas. Elle s'allonge
sur son lit, allume la télévision, s'interdit formellement
de pleurer, et finit par sombrer dans un sommeil sans
rêve, comme si de rien n'était : le stoïcisme est une
vertu tout à fait indispensable à l'Autonomie...

Mais le lendemain, qui téléphone, chez Françoise, à
la première heure ? Benoît, tout sucre et tout miel,
ravagé secrètement par une inquiétude tenace qui l'a
gardé éveillé toute la nuit : si Françoise, blessée au
premier degré par sa conduite inexplicable, refusait
carrément de le revoir ?... Et pourtant non. Françoise
lui répond avec sa voix de toujours, gentille et cha-
leureuse, et elle lui dit qu'elle va bien, et ils se donnent
rendez-vous pour le soir. Ils se retrouvent, miraculeusement, comme si de rien n'était : avec la passion et
la fougue coutumières, à rire et à s'étreindre comme de
vieux complices. Françoise ne pose pas de questions,
Benoît ne fait pas de confession. Tacitement, ils gardent
le silence sur ce qui s'est — peut-être — passé la veille et
les autres jours avant.

À partir de ce moment, le style est lancé. Benoît,
persuadé qu'il a eu raison d'introduire cette aération
nouvelle dans leur liaison — non seulement Françoise
ne lui en tient pas rigueur, mais elle semble saluer le
changement avec une bonhomie inébranlable, peut-être
le souhaitait-elle, au fond — Benoît, donc, multiplie les
rencontres avec Manon ou Sandra ou Marie, en

instaure d'autres avec Sylvie, Laura et Julie, et bannit le
mot culpabilité de son vocabulaire et de son quotidien.
À force de faire comme si de rien n'était, Françoise finit
par se persuader qu'elle vit là une situation saine,
naturelle, privilégiée en quelque sorte — les couples
traditionnels cèdent tellement facilement à la possessivité et à la jalousie névrotique... —, que sa relation avec
Benoît s'avère, dans le fond, tout à fait satisfaisante et
lui apporte exactement ce dont elle a besoin — ne se
voient-ils pas, elle et Benoît, au moins deux fois par
semaine et n'est-ce pas, à chaque fois, toujours aussi
extraordinaire, aussi passionné ?... que demander de
plus ?... Ce ne sont évidemment que des vestiges de
culture romantique, de vieux restes décadents dont elle
n'a pas eu le temps de se départir, qui la font encore
sursauter douloureusement et ressentir une angoisse
aiguë, inexplicable, chaque fois qu'elle surprend Benoît
en train d'échanger avec une autre fille des gestes de
tendresse familiers... D'ailleurs, elle décide que quelques
galipettes épidermiques lui feraient, à elle aussi, le plus
grand bien, et elle se remet à la bonne vieille drague
dans laquelle, ma foi, elle n'était pas loin d'exceller
avant de rencontrer Benoît. Et c'est au tour de Benoît
de sentir monter en lui comme une houle glacée à voir
le sourire indéfinissable de Françoise s'accrocher aux
yeux de quelqu'un d'autre, à guetter — mine de rien —
la main sensuelle de Françoise qui frôle une autre jambe
que la sienne. Mais ce sont les règles du jeu, maintenant, il n'y a rien d'autre à faire que de continuer
d'arborer, coûte que coûte, cette allure désinvolte et
crâneuse, que d'avaler un peu plus nerveusement le
reste de sa bière avant de chercher du regard avec
quelle femme il pourrait bien rentrer, cette nuit, pour
ne pas être en reste.

Et puis un soir, Françoise est assise avec une amie —
appelons-la Marie, tiens — dans le petit bar du début de

l'histoire, et elle est justement en train de pérorer à voix haute et claire sur les mérites et les avantages de sa relation avec Benoît, lorsque celui-ci entre à l'improviste. Il aperçoit Françoise et lui envoie, de loin, un clin d'œil complice. Il s'assoit à la même table qu'une belle blonde — une autre, décidément — qu'il connaît déjà puisqu'il engage avec elle une conversation passionnée, ponctuée d'attouchements furtifs et de petits baisers sans conséquence, sans conséquence se répète Françoise qui a reconnu aussitôt la crampe diffuse qui lui noue maintenant l'estomac mais qui n'en continue pas moins de parler avec une fièvre redoublée de la fidélité, oui, de la sorte de fidélité intérieure, viscérale, qui existe quand même dans sa relation avec Benoît, même si, selon toute apparence, hein, même si... Et puis, elle se tait, tout à coup. Elle s'interrompt en plein milieu d'une phrase, comme ça, sans crier gare, même qu'elle ne fait plus mine d'être intéressée par la conversation, elle s'engourdit dans une drôle de torpeur que l'amie Marie ne parvient pas à secouer. Lorsque la belle blonde se lève pour aller aux toilettes ou au diable — c'est tout comme — Françoise, brusquement, se glisse à côté de Benoît et elle lui dit, d'une petite voix rauque, sans lui laisser le temps de l'embrasser ou de lui sourire, qu'elle vient de découvrir qu'elle n'est pas douée pour le grand jeu de la coolerie et qu'elle se retire, elle abandonne, elle est fatiguée d'avoir mal à l'estomac, elle est épuisée à force de se raconter des histoires. Benoît ne lui rétorque rien, elle laisse échapper un bonsoir définitif qui ressemble à un adieu, et voilà qu'elle est déjà dehors, engoncée dans un calme olympien, l'amie Marie à sa poursuite.

On les retrouve toutes les deux beaucoup plus tard, dans un autre bar il va sans dire, à dévider dans l'alcool le sempiternel écheveau des rancœurs féminines — il n'a jamais été capable d'amour, j'aurais donc dû le savoir, dire que j'ai investi dans cette relation, mon Dieu que les femmes sont folles d'aimer tant tellement pour rien, waiter, cinq autres bières, cinq autres bières pour oublier combien les temps sont durs et les hommes trop mous... Françoise baigne dans une espèce d'ivresse lyrique, elle s'est retrouvée, même si elle a perdu Benoît, au moins la douleur est-elle franche, sans tricherie, il sera plus facile de l'apaiser, de la cautériser, en commençant même ce soir par ce godelureau aux yeux doux qui tourne autour d'elle et qu'elle décide de lever brutalement — pour la libido, uniquement pour la libido, et pour réchauffer un peu, aussi, le côté gauche de son grand lit, les nuits sont tellement fraîches...

Quand elle rentre, finalement, chez elle, au bras de cet inconnu qui se révélera peut-être bon amant, avec un peu de chance, Françoise trouve Benoît — qui d'autre! — défait, grelottant sur son palier, les yeux abîmés par une moiteur qui ressemble à des larmes. Il lui dit qu'il l'aime — quoi d'autre! —, qu'il n'a pas envie de la perdre, tout ça sur un ton qui ne trompe pas, sur le palier de cet appartement vieillot, dans la lumière oblique de la presque aube, avec cet inconnu planté là comme une patère dérisoire et qui finit par s'en aller parce que plus personne ne s'occupe de lui.

Voilà. J'en suis rendue à l'épilogue, mes petits cœurs. Mais la fin, la vraie fin, où est-elle, quelle est-elle (que fait-elle? de la dentelle?) me demandez-vous avec des yeux de ptérodactyle non rassasié. Bon. Je vous vois venir, avec vos gros sabots new wave. Françoise et Benoît pourraient se marier, tiens, pourquoi pas, ça se

pratique encore couramment, ça a repris du poil de la
bête depuis quelques années et ça connaît même une
recrudescence de popularité inimaginable chez les
moins de 25 ans. N'y comptez pas trop, mes petits
blaireaux. Je vous ai quand même laissé entendre que
Françoise et Benoît étaient de jeunes gens intelligents,
bien au courant de la vie ou, du moins, de quelques
vérités premières, à commencer par celle-ci : les arts
matrimoniaux se transforment inévitablement, dans
tous les cas, en arts martiaux. Okay, d'accord, très bien,
vous résignez-vous avec des soupirs d'ornithorynque
flatté à rebrousse-poil. Avec ou sans mariage, avec ou
sans enfants, Françoise et Benoît pourraient connaître
un long bonheur sans faille, long long long comme une
éternité. Mouais. Pour ne rien vous cacher, ça me ferait
plaisir, à moi aussi. Mais ce n'est pas ainsi que ça se
passe, dans la vraie vie, quand l'amour n'est pas arrangé
avec le gars des vues ou la collection Harlequin. Je vais
vous le dire, moi, ce qui arrive à Françoise et Benoît :
après les sinuosités et les tortueuses tentatives que
nous leur avons connues, ils réussissent à établir un
juste équilibre entre l'autonomie et l'implication amoureuse — ce qui est rare, ce qui est rarissime. Ils vivent,
en effet, une relation privilégiée, un amour passionné,
et passionnant, pendant trois ans. Ou cinq. Ou huit. Et
puis un jour, ils décident d'un commun accord de se
séparer parce que le moment est venu, parce qu'ils se
feraient mal à essayer de ressusciter ce qui se meurt entre
eux, parce que ça ne dure pas toute la vie, hélas, et qu'ils
sont exigeants, et qu'ils refusent de faire semblant. Je
ne dis pas qu'ils coupent tous les ponts, non. Quand on
est arrivé à une communion intense, quasi totale, avec
quelqu'un — ce qui est rare, ce qui est rarissime —
quand on a eu une vraie histoire d'amour, bref, on ne se
laisse jamais tout à fait, il y a ce compartiment cadastré,
dans le cœur, que personne d'autre ne peut remplir.

Tenez : encore l'année dernière, à la date anniversaire de leur rencontre, Françoise a reçu de Benoit, par courrier express, un grand colis rectangulaire. Elle était chez elle, avec des amis et un amant de passage — appelons-le Max, ou Pierre, ou Victor-Hippolyte — quand elle a ouvert le colis. C'était une reproduction, la reproduction d'un drôle de hibou hirsute, plaqué comme un diablotin au milieu de paysages embrouillés. Françoise s'est mise d'abord à rire, en reconnaissant le Riopelle, puis elle s'est mise à chialer, si vous voulez tout savoir, à chialer comme un veau, comme une Madeleine, à chialer à s'en faire éclater les viscères, inconsolablement, intarissablement, même que nous avons dû appeler Benoît à notre secours pour réussir à la calmer un peu.

C'est pour ça qu'il y a l'alcool, et le colombien, et les belles histoires à l'eau de rose. C'est pour ça que je vous ai parlé de Françoise et de Benoît, et que je m'en vais, de ce pas, caler quelques carafons de mauvaise piquette. Il y a des vérités indigestes, des vérités qui s'avalent à la petite cuiller, doucement, doucement, pour ne pas se faire chavirer l'estomac. Celle-ci, par exemple.

La vie, quand on est fort, on sait que c'est une route qu'on est tout seul à suivre, même s'il y a l'amour, même s'il y a des gens debout comme des haltes qui nous retiennent le cœur. Il faut continuer, continuer jusqu'au bout, aller toucher la petite lumière qui brille seulement pour nous, aller étreindre sa lumière, chacun sa petite lumière, au bout au bout de la route.

BEACH BLUES

Le lundi 2 mars

La mer. Violette et violente, tripes et viscères liquides embaumant au grand vent avec une totale désinvolture, épouvantablement immense sous la chape de lumière qui l'allume et la fait brasiller jusqu'au fond de l'espace, à l'infini, elle est là devant moi, elle se précipite à ma rencontre et je recule, je me laisse tomber par terre, effrayée, subjuguée, anéantie, frissonnante de partout. Tu m'as encore une fois, grande salope, c'est toujours la même chose à chaque fois que je te retrouve, tu m'avales le cœur, tu me fais brailler de nervosité et de stupeur, tu m'immobilises à quatre pattes devant toi et je peux rester comme ça pendant des heures à te regarder, complètement saoule, pénétrée par l'obsédante conviction que je touche enfin au magique et au sacré de l'univers.

Arrivée à San Diego hier soir, avec un épuisant retard de six heures, dû à je ne sais quel problème de moteur qui a retenu l'avion à l'aéroport de Toronto. «Better happening down here than up there», comme répétait en riant le Californien quinquagénaire et déjà bronzé assis dans le DC8 à côté de Claude — et qui n'avait cessé, d'ailleurs, durant tout le trajet, de lui lancer des perches de conversation que Claude (réfugié dans sa fatigue et sa froideur très nordique) s'obstinait à ne pas saisir. Le bachelor que Claude avait pris la peine de réserver deux semaines auparavant, à La Jolla, était déjà loué. Il faisait noir, un noir liquide à force d'être humide. Claude fulminait, fouillait avec désespoir dans ses réserves d'adresses, finissait par nous dénicher une chambre, dans Pacific Beach, tandis que moi, je le laissais s'empêtrer virilement dans son rôle de guide, je savourais avec délectation l'éclat juvénile des visages brûlés par le soleil, des dents blanches, des T-shirts propres qui se bousculaient autour de nous, je respirais en riant toute seule les odeurs d'hibiscus et de magnolias sauvages qui me semblaient voleter partout dans l'obscurité comme des fantômes. Ô la séduisante facilité des pays qui ont échappé aux glaciations et aux mammouths, ô l'insidieuse fascination qu'exerce toujours quelque chose d'enfin chaud, doux et parfumé sur ma pauvre peau d'Esquimaude blanche mésadaptée...

Le soleil, soudain, émerge du smog jaune qui achève de mourir à l'horizon, se met à rebondir sur les falaises d'Ellen Scripps Peak, d'Alligator Head, et je le suis du regard, avec une sorte d'anxiété, je le vois embraser à toute allure les bras rocheux de La Jolla Cove avant de se jeter sur moi, dans un déferlement de chaleur volcanique. Jouissance, jouissance. Perte de conscience. Je roule lentement sur le ventre, en poussant des petits piaulements de chatte en rut, je me laisse envahir

jusqu'à la moelle par cet obscène bien-être qui tombe
d'en haut comme une manne céleste. Je suis seule.
Personne pour être témoin de ma luxure, personne
pour me regarder stagner sur le sable comme une
nymphomane cataleptique. Devant moi, l'eau, l'espace,
et des pélicans blancs qui s'adonnent nonchalamment à
la pêche et au vol — des pélicans ! penser que chez nous,
ce sont les moineaux neurasthéniques, les moineaux-
assistés-sociaux qui s'ébattent dans les airs... Ne pas
penser à chez nous. (Ne pas penser à la neige, loin
derrière, chez nous, au cimetière Belmont sous la neige,
au visage blafard de Max G., aux petits yeux blêmes du
docteur Nô, au visage neigeux de ma mère. Ne pas
penser à maman, ma petite maman, ma vieille petite
maman qui dort ensevelie sous la neige. Finie, terminée, kaput, la maman. Chut.)

De petits points noirs luisants se meuvent sur l'eau,
loin à ma gauche, et je n'ai aucune peine, malgré la
distance, à deviner que ce sont des mordus du « surf-
board» qui sont en train de se mesurer aux vagues,
moulés comme des marsouins dans leur habit de
caoutchouc lustré, inévitablement blonds, bronzés et
musclés, je le jurerais. Par acquit de conscience, je me
regarde longuement dans mon miroir de poche. Ce que
j'y vois n'est pas joli, joli, et aussi peu californien que
possible. Un visage couleur d'os, marbré de sueur et de
plaques rouges irritées, des cheveux noirs, drus, avec
d'invraisemblables mèches blanches, aux tempes, que je
ne me résous pas — encore — à teindre. Le masque
fatigué d'une sorcière blanche, qui surfe péniblement,
de reculons, vers ses quarante ans. Vieille. Je vieillis, tu
vieillis, nous vieillissons. Vieillissement. (Chut.)

Et tandis que je me minéralise béatement sur le
sable, bercée par les odeurs de la mer, du vent, la
tiédeur insinuante du soleil, la pensée me vient soudain

que je n'ai guère aperçu de gens de plus de vingt-cinq
ans, depuis mon arrivée à San Diego. Que font-ils donc
de leurs vieux, ici ? Est-ce qu'ils les dissimulent dans le
tréfonds des placards de leurs villas en stuc rose ? Est-ce
qu'ils les jettent à la mer ?... Je me lève sur un coude, et
je ris toute seule en cherchant du regard, sur la ligne
écumeuse de l'horizon, les ossements blanchis qui
devraient dériver sur l'eau, gonflés par le ressac, les
colonnes vertébrales, les clavicules, les fémurs de tous
ces pauvres vieillards qu'on a peut-être largués à la mer,
au large de La Jolla Cove...

Il n'y a rien, bien sûr, rien que des mouettes et des
pélicans, de grands pélicans blancs qui se laissent porter
paresseusement par les vagues, en bramant avec ironie
dans ma direction.

Le mardi 3 mars

Il est revenu la nuit dernière, le cauchemar que je
pensais pourtant avoir définitivement vaincu, dont je
croyais les vapeurs sinistres à tout jamais extirpées de
mon inconscient. Comme on se connaît peu et comme
on est fragile... Qu'est-ce qui l'a fait germer, encore, telle
une mauvaise graine, qu'est-ce qui a pu lui donner
naissance, après une journée si belle, pendant laquelle je
me suis sentie dans un état de si totale plénitude,
pacifiée avec la vie, avec les autres, pour la première fois
depuis des mois ?...

Une journée si belle... La mer, le soleil, les fleurs
tropicales, des relents persistants du vieil Éden perdu et
retrouvé, tout à coup... Claude est venu me rejoindre
vers 18 heures, chez Pannikin, où je buvais un café en
m'amusant à lire les annonces classées du « Reader »

dans lesquelles le solide pragmatisme américain, éclatant de partout, me semblait receler des discordances dérisoires, une sorte d'incompatibilité chronique avec la beauté et la luxuriance des décors naturels dont j'étais encore imprégnée : « Will do anything for $1500... » — « Make hundreds weekly, at home... » — « Stop ! Need money ? Sell your own time... » — « Let me show you how to earn easily $ 500... »

Nous avons parlé, très peu, il m'a trouvée en forme, il me l'a dit, je l'ai trouvé fatigué et pâle, je ne le lui ai pas dit, nous avons décidé d'aller manger des fruits de mer chez T.D. Hay's, à quelques pas seulement de notre chambre d'hôtel. Là, assis tout contre l'immense fenêtre teintée du restaurant, nous avons savouré du crabe, du chablis, en regardant le Pacifique, d'une beauté ocre et blanche à couper le souffle, déployé jusqu'à notre table, on aurait dit, sous la chapelure laiteuse que lui faisaient, mêlés ensemble, les reflets du soleil couchant et les myriades de pélicans plongeant en vrille à sa surface. Claude m'a pris la main sous la table et, je me souviens très bien, je me suis sentie une autre, brusquement, une étrangère jeune et radieuse, soulevée par quelque chose de presque étouffant, du bonheur, sans doute. D'ailleurs, nous avons fait l'amour tout de suite en rentrant, avec hâte, comme si nous étions très jeunes, en effet, et pressés de ne jamais nous quitter, de ne jamais mourir. La si belle journée...

Puis la nuit. Je dormais profondément, sans rêver, il me semble, lorsque cela a commencé, et une partie de moi, surnageant à la frontière de la conscience, s'est mise à gémir : « Oh non... pas encore... » Il s'agissait bien de la même atmosphère, trouble, oppressante, de la même obscurité — tout se passe en noir et blanc comme dans un vieux film d'époque —, et, bientôt, de l'exact déroulement de ce scénario morbide que je dois avoir

imprimé quelque part, sur des cellules opaques de mon
cerveau.

Je suis assise dans un endroit sombre — qui ne m'est
ni connu, ni particulièrement hostile, a priori. En fait, il
s'agit d'une sorte de salle d'attente, avec de vieux bancs
en bois, comme dans les gares de trains européennes,
mais sans fenêtre, sans porte. Je SAIS que quelque
chose de terrible va m'arriver incessamment, mais je ne
suis ni triste, ni paniquée, plutôt terrassée par une
espèce d'indifférence morne, glaciale, qui m'enveloppe
comme un suaire. Quelqu'un dit à côté de moi, très
distinctement : « C'est le cancer. Oui, c'est bien le
cancer... », puis se met à jacasser de choses sans importance, à rire. Je suis bientôt environnée par un concert
caquetant de voix qui parlent entre elles, avec une
extrême indifférence pour ma personne : je reconnais,
parmi elles, la voix de Claude, puis celle de ma mère, et
même celle de Claire, ma voisine de palier, avec qui
j'entretiens des relations très amicales dans la « vraie »
vie. En même temps, la salle dans laquelle je me trouve
se métamorphose tranquillement, les murs semblent se
rapprocher, puis se dissoudre, et je découvre tout à
coup avec horreur que le lieu dans lequel je suis
maintenant étendue de tout mon long est un cercueil,
qui épouse de plus en plus les dimensions de mon corps.
À droite, émergeant sournoisement de l'obscurité, il y a
quelque chose d'horrible qui est en train de se glisser
vers moi et que je ne dois à aucun prix regarder, sous
peine d'être frappée par un châtiment abominable. Je ne
peux m'empêcher d'entrevoir deux taches floues, lumineuses comme des prunelles d'animal, qui se dirigent
lentement vers moi, et je me dis avec effroi : « C'est la
Mort, c'est la Mort qui s'en vient... », et je serre les
mâchoires, et je crispe les paupières, et je me répète,

comme une litanie, en m'accrochant désespérément à cette issue possible : « C'est un rêve. C'est juste un rêve. Vite, il faut que je me réveille. Vite, vite... »

Habituellement, ma frayeur est tellement intense, à ce stade-ci du cauchemar, que je me réveille en effet, mais seulement à demi : je distingue les contours des meubles de la chambre dans laquelle je me trouve — la nuit dernière, je VOYAIS battre les rideaux de la fenêtre que nous avions laissée ouverte — et, en même temps, le cauchemar a pris une densité palpable et se poursuit, inéluctablement, les « yeux » continuent de se rapprocher de moi avec un réalisme décuplé, et ce n'est qu'après d'interminables secondes de la plus vive panique que je me réveille tout à fait, en poussant des cris.

Tout cela est banal, il me semble, et d'un symbolisme puéril et gros comme le bras : vraisemblablement, je souffre d'isolement, et j'ai peur de la mort. Bon. De savoir cela, avec la certitude d'un analyste, ne m'enlève pas, hélas, les sentiments terrifiants que j'éprouve à chaque fois, ni n'explique la récurrence maladive du cauchemar. Claude a été gentil, comme toujours, il a eu, d'instinct, les gestes que l'on a envers les petits enfants apeurés : il m'a entourée, cajolée, bécotée, et, bien sûr, ce matin, il n'a pu s'empêcher d'avoir l'air terriblement fatigué, pour que je sente bien, néanmoins, à quel point mes terreurs névrotiques lui ont gâché son sommeil, et bousillé toute sa journée de travail à l'Université.

Il fait un soleil triomphant, encore aujourd'hui. J'ai ramassé des moules, tout à l'heure, avec un petit Français dont la famille est établie à La Jolla — ils sont toute une colonie de Français, d'ailleurs, à vivre ici, les seuls à consommer des moules, il va sans dire, dans cet univers de mangeurs-de-burgers.

Le petit Français, qui s'appelle Maxime, revient en galopant vers moi et me tend un grand sac de plastique destiné à transporter mes moules, qui commencent à souffrir de la chaleur. Il doit avoir dix ans. Il a de tout petits cheveux hérissés droit sur le crâne — son père doit être militaire — et un curieux nez en trompette qui le fait ressembler à un petit insecte fureteur. Il me demande, d'un air entendu, si ce que je suis en train d'écrire est un roman, et lorsque je réponds non, il a l'air déçu, mais n'en prend pas moins la peine de me donner, sur un ton docte et protecteur, un cours exhaustif sur la meilleure façon d'apprêter les moules marinières.

Je me sens lasse et neurasthénique, tout à coup. Même la mer ne réussit pas à chasser tout le morose qui est en train de m'emplir les intérieurs, comme une menace de grain. Ce soir, après les moules, je prends un bain chaud, pour calmer les brûlures que commence à me causer le soleil, et, en cachette, j'avale deux Librium, pour être sûre de dormir. Sans rêver.

Le mercredi 4 mars

Le reflux a laissé, ici et là dans les anfractuosités des rochers, de petits lacs artificiels qui grouillent de vies animales miniaturisées, terriblement vulnérables : il me suffit d'y poser le pied pour que tout un émoi se crée, instantanément, une panique générale qui fait s'enfuir dans tous les sens les bébés crabes, les têtards, un fourmillement d'insectes marins auprès desquels je fais figure, sans doute, de monstre démesuré et apocalyptique. Il est rassurant, après tout, de penser qu'il y a, autour, des êtres plus petits que nous, encore plus insignifiants et dépourvus, qui se démènent férocement pour survivre. Ça aide — je ne sais trop comment —, mais ça aide à affronter l'hallucinante immensité de l'univers, de l'espace, de la mer...

Je surveille les pélicans, qui ont élu domicile sur une crête rocheuse, à quelque cent mètres du rivage. Il y a tant de grâce et d'habileté réunies chez ces grands oiseaux à l'allure mythique, tant de sérénité dans la façon qu'ils ont de se mouvoir, de se nourrir, de traverser des siècles et des millénaires de vie terrestre, on dirait, sans heurt apparent... Je suis arrêtée à la Bibliothèque de l'Université de San Diego, ce matin, après avoir largué Claude à sa réunion de travail, et j'y ai lu quelques lignes, dans une encyclopédie qui traînait sur une table. Les «pelecanis onocrotalis» forment un genre de palmipèdes de la famille des pélécanidés, remarquables par la forme de leur bec, dont la mandibule supérieure est aplatie et terminée par un onglet crochu, et dont l'inférieure est formée de deux branches osseuses, qui portent une membrane large, dilatable, en forme de sac. (Bon.) Ils ont, en outre, la face et la gorge nues, les ailes aiguës, la queue échancrée, les tarses courts, réticulés, et les quatre doigts réunis par une seule membrane fort large (ils sont beaucoup MIEUX que ça...). Ils aiment à vivre en société, sur les bords de la mer, des lacs, des rivières. Ils se nourrissent de poissons, dont ils remplissent leur poche pour les avaler ensuite, à mesure que la digestion s'achève (petits futés, va !). C'est sur les rochers voisins de l'eau que les femelles vont faire leur ponte — deux à cinq œufs d'un blanc parfait. D'après une croyance populaire, le pélican se déchire les flancs pour faire boire son sang à sa couvée. Cette croyance, née de l'habitude qu'a le pélican de presser son sac œsophagien contre sa poitrine pour en faire sortir les aliments qu'il destine à ses petits, lui a valu de devenir l'emblème de l'amour maternel...

J'ai refermé le livre, d'un geste sec. Ils écrivent n'importe quoi, dans ces encyclopédies.

Qui a dit que la mémoire — ou l'oubli — pouvait être d'un quelconque réconfort, à certains moments ? Qui a prétendu qu'il existait, d'ailleurs, quelque part dans le monde, un réconfort pour chaque mal qui nous affecte ?

J'ai perdu d'un coup tout ce qui me restait de légèreté et d'insouciance, quand maman est morte. Quand maman est morte, l'enfant qui était en moi est morte aussi, et il ne m'est resté que cette carcasse vieillissante en qui je ne peux pas me reconnaître. Les mères vont, les mères viennent. Elles sourient, elles ont des gestes caressants, elles réussissent à vous faire croire qu'elles sont éternelles. La mienne avait des yeux pétillants, d'une incroyable jeunesse. Elle irradiait une énergie féroce, intemporelle, à laquelle je n'arrivais pas à me mesurer. Elle m'aimait. Elle me donnait tant de tendresse, depuis toujours, tant de tendresse. «P'tite 'Çoise. P'tit Ange-do»... Qui me renommera de ces sobriquets ridicules, fondants et chauds comme du caramel ? Qui saura jamais m'aimer autant, m'aimer comme je suis, sauvagement, avec tant de complaisance et d'abandon ? Qui me fera confiance viscéralement, comme elle, envers et contre moi-même ? Personne. Il n'y a plus personne. Comment me souvenir que j'ai été enfant ?... Morte depuis l'automne dernier. Je ne m'y fais pas. Je jure que je ne m'y ferai jamais. Ce que je pleure, inconsolable, en même temps que ma mère, que la seule mère que j'aurai jamais, c'est la petite fille en moi, la petite fille en-allée pour toujours, sa corde à danser sous le bras.

Requiescat in pace.

Je surveille les pélicans. Maxime, lui, tout en feignant de s'amuser avec des algues, me surveille discrètement, de loin. Il s'ennuie. Il arrive près de moi, pour exhiber avec fierté un crabe qu'il a réussi à attraper et qu'il sait tenir comme un pro, par le bas du ventre. Il me demande, intrigué, pourquoi je pleure, et je commence par lui dire que je ne pleure pas, puis, la confiance aidant, — après tout, s'il y a quelqu'un pour comprendre, c'est bien un enfant... — je m'abandonne tout à fait, je lui dis que maman, ma petite maman, ma seule et unique maman, morte, enterrée, finie... Il me dévisage avec perplexité un court instant. « Moi aussi, ma mère est morte, ça fait longtemps ! » me crie-t-il triomphalement, en s'éloignant vers les rochers. Et il rit.

Il n'y a plus d'enfants.

Le jeudi 5 mars

Il est deux heures trente du matin, à Québec. Ici, la nuit ne fait que commencer, avec un mugissement de vent continu et des pâleurs sourdes qui proviennent des belvédères et ne trouent que parcimonieusement l'obscurité. Aussitôt le soleil couché, il n'y a plus rien, dans ce pays, même pas d'insectes et de papillons nocturnes : il fait noir, et c'est tout. Claude dort, comme s'il était

deux heures trente du matin. C'est le décalage horaire :
Claude porte encore son décalage horaire sur les
épaules, en grimaçant de souffrance et de fatigue.
(Cinquième station : Jésus tombe de sommeil.)

La journée a été gaspillée, perdue. Feu le jeudi cinq
mars. Il y avait relâche, aujourd'hui, à l'Université, pour
Claude et la troupe de communicologues qui se réu-
nissent depuis trois jours pour discuter ensemble, avec
toute la componction nécessaire, de l'avenir des micro-
ondes et des satellites technologiques. Claude a eu la
lumineuse idée de me présenter Marsh — un collègue
de travail délicieux, sympathique et brillant, dixit Claude
— et la délicieuse épouse de Marsh, Beverley. Tous les
Californiens ont des épouses délicieuses et tous les
êtres délicieux me portent sur les nerfs. Je n'aime que
les angoissés, les tourmentés, les insupportables, qui
vous éclatent dans les mains à la moindre occasion, de
joie furieuse ou de désespoir hilarant. Nous avons passé
l'après-midi et le début de la soirée sur le bord de la mer,
à Pacific Beach, à boire de la bière, à papoter, et à
manger des Bar-B-Q et des «dips» à l'américaine. Le
soleil tapait dur, Beverley abritait son gentil museau
sous un gigantesque chapeau de paille et me prenait la
main, de temps en temps, pour bien me montrer à quel
point elle m'adorait. Les Californiens adorent tout le
monde, sans distinction d'esprit et de sexe. Les hommes
parlaient ensemble, ils recréaient brillamment les
propos de la réunion interrompue comme si leur vie et
la nôtre en dépendaient soudain, les satellites n'arrêtaient pas de se croiser dans les airs et de déployer leurs
antennes mobiles sur leurs orbites géostationnaires à
des milliers et des millions d'années-lumière de moi.
Beverley, pour sa part, essayait de m'entraîner dans des

discussions abyssales sur l'amour conjugal et les relations de couples si difficiles à vivre malgré et à cause des
rôles artificiels, la question fondamentale demeurant
toujours, hélas et bordel, qui, mais qui va faire la
vaisselle, ce soir...

Et cela est devenu intenable : à un moment donné, je
me suis sentie horriblement féminine, une petite chose
émotive qui discute bravement de «vrais» êtres et de
«vraies» passions, une délicieuse babiole sensible qui se
livre à des introspections savantes tandis que son
homme, à côté, est en train, une fois de plus, de diriger
l'univers du haut de sa science cosmogonique. Je suis
allée me baigner, seule, même si l'eau était glacée. Par
quel sortilège mystérieux se retrouve-t-on toujours,
peu importe son degré d'avancement et de maturité,
dans les mêmes ghettos inévitables, séparés par les
mêmes barrières, mâles et femelles cheminant sur des
routes parallèles, désespérément parallèles ? J'ai regardé
Claude, à la dérobée. Il avait tellement confiance en lui-
même, en sa logique aristotélicienne, il se prenait
tellement au sérieux alors qu'autour, ça éclatait de
toutes parts, violemment, en luminosité et en couleurs
mirifiques, l'espace, le vent, les nuages, le ciel, le soleil,
la mer, la vie, la VIE...

Ça ne s'est pas terminé là, malheureusement. L'air
devenait frisquet, nous sommes allés chez Marsh et
Beverley boire quelques vodkas sirupeuses. J'ai bien
essayé de m'éclipser en prétextant une migraine, mais
Claude m'a jeté un regard si suppliant, tout cela
semblait avoir tellement d'importance pour lui, que j'ai
abdiqué. J'ai visité l'appartement en faisant AH! et
OH! aux bons moments — c'était grand, luxueux et

clinquant —, je me suis penchée avec une sollicitude
très maternelle, en compagnie de Beverley, sur le
berceau de Marsh junior, leur petit ange de deux ans,
tandis qu'à côté, les hommes naviguaient toujours dans
les espaces intersidéraux. Au milieu de la soirée, Marsh
a sorti un joint de colombien, gros comme un cigare, et
l'a fait circuler. Je me suis dit que ça y était, cette fois, il
allait sûrement se PASSER quelque chose, nous allions
nous mettre à rire comme des fous, idiotement, à casser
des assiettes, à danser du ventre, à commencer une
partouze sexuelle effrénée...

Rien.

Apparemment, ils étaient tous très bien acclimatés
à l'effet dévastateur du colombien, sauf Claude — qui
s'est contenté de reconstruire furieusement Cap Cana-
veral, avec l'aide de Marsh — et moi, qui en ai pris mon
parti et dévoré tous les chips à la crème sure qu'il y
avait dans la maison, en écoutant tristement Beverley
m'entretenir de sa maternitude épanouissante. Toutes les
femmes libérées finissent quand même par vous parler
de leurs rideaux et des couches de leur petit ange, un
jour ou l'autre.

Et maintenant, Claude dort. Claude, cet homme
étranger avec qui je partage, depuis dix ans, mon
intimité relative. Je le regarde dormir. Je le déteste de
dormir du sommeil fade et monotone du juste, je le
déteste d'être communicologue, d'avoir 42 ans, de les
faire pleinement, et de ne plus réussir à me faire
palpiter le cœur lorsqu'il me regarde.

Impossible de dormir. Librium, madame ?...

Non. Je ne veux pas de Librium, je ne veux pas
dormir, je veux la VIE, la vie et son cortège étincelant,

ses chars allégoriques dans les rues, ses pompes et ses
œuvres triomphales, ses bals-musettes, ses danses
échevelées, ses beuveries monstres, son sexe éclatant et
sauvage, je veux la vie, maudit, avant qu'il ne soit trop
tard !

Le vendredi 6 mars

« Et je suis là, debout, dans ce qui, somme toute, ne
fut que ce qui fut... Je ne serai que ce que je suis. Je
n'aurai jamais été ce que je fus. Rien d'autre. Seul.
Inutilement seul et déchiré de mon rêve. Oh si cela
pouvait saigner, un rêve, où se fait la déchirure... »

Sacré Aragon, qui a su mettre au monde des mots
pleins et beaux comme un arbre, comme un fruit, qui
reviennent vous hanter au moment où vous vous y
attendez le moins...

J'ai marché jusqu'à Seal Rock, cet après-midi, pour
voir de plus près à quoi jouent exactement les surfers-
marsouins, sur leur frêle planche de bois laminé, dans
leur survêtement noir sexy. Ils jouent à se tenir en
équilibre sur les vagues, comme s'ils étaient de vrais
marsouins, en effet, au lieu de grands corps longilignes
— fatalement blonds, bronzés et musclés. Il y en a un,
surtout, que je regarde depuis un moment, qui sait
jouer prodigieusement bien. À chaque fois, il a l'air de
s'engloutir pour toujours dans le creux du ressac, mais
la vague suivante le soulève de nouveau en pleine
lumière, comme un elfe, et il danse sur l'eau, avec l'eau,
la mer l'accompagne et le guide dans ce pas de deux
d'une lancinante beauté. Il finit par s'échouer sur le
rivage, à quelques pieds de moi, et il ne m'accorde qu'un
regard bref, absent, avant de repartir en courant vers

l'eau, sa planche sous le bras : toutes les choses et les êtres, alentour, doivent lui paraître tellement ternes et médiocres auprès d'Elle, la grande Bleue, qui l'accepte comme partenaire, le temps d'une fusion intensément sensuelle...

À partir de quel moment voit-on tout à coup sa vie distinctement tranchée en deux, et la plus grande partie derrière, de plus en plus loin derrière ?... Il me semble que les dés sont jetés, maintenant, et que moi aussi, je n'aurai été que ce que je fus. Et c'est insupportablement peu. Je me souviens encore de mes rêves et de mes ambitions — non plus comme de grandes choses brûlantes qui ont le pouvoir d'oppresser et d'exalter — mais comme des bouts de papiers jaunis, que le temps a rendus secs et désuets. Il faudrait avoir une sonnette d'alarme à l'intérieur, qui fait bondir et sauve la vie, au moment du premier compromis important, celui qui entraînera tous les autres. Bientôt, on ne vit plus que de compromis ; et peut-être qu'après tout, on l'a très bien entendue, cette dérangeante sonnette d'alarme, et que l'on s'est empressé de se fourrer dans les oreilles des tonnes d'ouates et de boules Quies pour être sûr de ne plus jamais l'entendre... (Mon Dieu, laissez-moi vivre petitement et morosement, que mon rythme cardiaque ne s'altère pas trop, que je ne connaisse pas l'angoisse qui mine, la liberté qui insécurise, l'exaltation qui rend fou, je vous en supplie, laissez-moi vivre comme une roche, comme un veau...)

Où sont-ils, les beaux livres que je n'écrirai jamais, et dont j'imaginais déjà, à vingt ans, les titres flamboyants dans l'obscurité comme des étoiles guidantes ? Où sont mes folies d'antan ?

Je délire. C'est le soleil. Sacrée Françoise. On ne laisse plus sa job à quarante ans, sa bonne job bien payée de scribouilleuse professionnelle, de scénariste bureaucratique, d'écrivaine stérile au service de l'État et de Max G., son employeur immédiat. C'est à quarante ans que les femmes sont belles, et blablabla, et ron-ron-ron petit patapon.

Je revois la tête, la bonne tête ronde de Renault, du docteur Renault, de celui que j'appelle, depuis des années, pour rire et par amitié, le docteur Nô. Pensez : il m'a posé mon premier stérilet, m'a fait voir le premier la couleur du col de mon utérus, m'en a fait voir de toutes les couleurs. Nous avons même eu une aventure ensemble, il y a longtemps de cela, quelque chose de trépidant et de follement sexuel, qui a duré deux semaines.

Il se passait des choses mystérieuses dans mon organisme, des retards menstruels inexplicables qui me faisaient entrevoir l'ombre possible, à la fois indésirable et émouvante, d'un embryon égaré dans mon ventre comme un oiselet tombé du nid. « Alors, docteur Nô... Je suis enceinte, oui ou non ? » « Tu vas rire, Françoise... Je crois que c'est un début de ménopause... » Il a ri. Nous avons bien ri, surtout moi. « T'es pas fou, docteur Nô ? J'ai 39 ans. Je vais en avoir quarante la semaine prochaine... Je suis bien trop JEUNE !... » « Ça arrive, ça arrive fréquemment, c'est pas grave, tu ne voulais pas d'enfants, non ?... »

No, docteur Nô. Je ne voulais pas d'enfants, mais je ne voulais surtout pas qu'on me dise que je ne pouvais plus en avoir — l'absence irrévocable de la POSSI-BILITÉ de créer, l'eau tarie, les robinets rouillés, toute la tuyauterie déglinguée, finie, hors d'usage... à l'aube à peine naissante de mes quarante ans...

La ménopause. La sécheresse. La vieillesse. La mort.
Bonne fête, Françoise, p'tite 'Çoise, p'tit Ange-do.

Sacré docteur Nô.

Je suis bien, ici. Le vent me prend pour un récif, il me
gifle en plein visage, sans ménagement. Il n'y a qu'un
seul pélican dans les airs, qui tournoie très haut, il me
semble, au-dessus de ma tête. Je suis bien parce que je
sais que tout cela est temporaire, qu'il s'agit de vacances,
d'un moment rare, précieux, à serrer comme une violette
séchée dans un endroit coussiné de sa mémoire.

La semaine prochaine, il faudra retourner. Il faudra
bien retourner là-bas, chez nous, dans la neige, là où
m'attend, ramassée sur elle-même comme une limace,
comme un chancre, ma double stérilité.

Le dimanche 8 mars

Je sais maintenant pourquoi je déteste si fort les
dimanches. C'est la journée où les bêtes, abruties de
fatigue, sont lâchées dans l'arène et que, les gestes
gourds, les pattes ankylosées, les yeux plissés par la
lumière trop vivante de l'oisiveté, elles trébuchent sur
les brins d'herbe, se répandent partout comme une
mauvaise nouvelle, vous grignotent patiemment votre
espace vital. Ça sent la famille et la religion. Ça sent les
vacances organisées, estampillées, bien en règle avec les
horaires et la bonne éducation : à dix heures nous-nous-
levons, à onze heures nous-nous-lavons-les-foufounes,
à midi nous-dînons-chez-maman, à deux heures nous-
allons-sur-la-plage, à cinq heures nous-rentrons-nous-
relaver-les-foufounes, à six heures nous-mangeons-au-
restaurant, à huit heures nous-écoutons-la-télévision, à
dix heures nous-faisons-dodo... (Il ne faut pas présumer

de ses forces et abuser des bonnes choses : c'est le
samedi soir, bien entendu, que les foufounes ont peut-
être servi à autre chose qu'à être lavées.)

Le troupeau a envahi Pacific Beach. Ils sont là des
dizaines à s'épivarder sur le bord de l'eau, à entretenir
leur forme impeccable, à soigner leurs muscles striés à
l'aide de jogging, de push-up, de sit-up, de Frisbee, de
surf, de torsions de tronc, d'épaules et de fesses préa-
lablement badigeonnées, il va sans dire, d'huile à la noix
de coco. La plage ressemble à un gigantesque gymnase,
fourmillant de saines et viriles occupations : c'est Ben
Weider qui serait content. Il n'y a pas de gros, ici, pas de
cellulite, pas de chairs pendouillantes, molles et blanches
(les obèses doivent se terrer, avec les vieux, dans le
tréfonds des placards de leurs villas en stuc rose). Les
jeunes hommes bronzés galopent comme des tigres le
long de la mer, leurs boucles blondes follettes s'agitant
plaisamment au vent ; ils jettent en passant des regards
appréciateurs sur les jeunes filles bronzées qui, en sens
inverse, galopent comme des gazelles le long de la mer,
leurs beaux cheveux de couverture de magazine Vogue
ondoyant esthétiquement sur leurs épaules. Du haut de
mon balcon de chambre d'hôtel — d'où on me paierait
cher pour me décrocher —, je jette moi-même un
regard appréciateur sur toute cette belle jeunesse galo-
pante, en adressant mentalement des vœux de circonstance aux demoiselles-gazelles. C'est aussi la journée
des doubles chromosomes X, aujourd'hui le 8 mars.
C'est la journée où les Y n'ont qu'à bien se tenir.

Claude et moi, durant toute la fin de semaine, nous
avons eu «des mots», comme on dit en langage poliment
constipé. En langage honnête et intelligible, cela veut

dire que nous nous sommes déchiré les entrailles,
infligé mutuellement des blessures si profondes et
cruelles que je n'entrevois pas de cicatrisation possible,
ni maintenant, ni plus tard. Je ne sais plus comment cela
a commencé et ça n'a pas d'importance, au fond. Pour
l'instant, ce qui est important, ce à quoi je m'applique
consciencieusement, avec un zèle redoutable, c'est me
saouler corps et âme à la bière Coors — entreprise
difficile, s'il en fut, la bière Coors s'entêtant à affecter
davantage ma vessie que mon âme.

Tristan et Yseult. Lancelot et Guenièvre. Bonnie et
Clyde. Claude et moi. Nous sommes tellement éloignés
du couple héroïque, du couple glorieux qui court main
dans la main sur les berges lumineuses de l'océan —
pendant que les mouettes pouètent-pouètent mélan-
coliquement, que le soleil ardent embrase l'horizon et
que le réalisateur crie « Coupez ! » —, nous sommes
tellement éloignés du couple tout court. Nous nous
sommes connus à l'âge où l'on a déjà sa propre vision du
monde, irréversible, à l'âge où l'on navigue chacun pour
soi sur son iceberg personnel. Et ça continue comme ça,
de pis en pis, ou de mieux en mieux — selon la
conception que l'on se fait de la vie à deux : nos icebergs
respectifs se frôlent parfois, s'éloignent démesurément,
se heurtent à grand fracas les jours de vent fort. Je
traverse une mauvaise passe, indubitablement. Claude
en traverse peut-être une, lui aussi — allez donc savoir
ce qui se cache sous la surface moirée de son iceberg. Il a
l'angoisse discrète, tout autant que la joie et l'orgasme,
il s'applique à ne pas trop provoquer de remous autour
de lui. Sa discrétion ne m'est d'aucun secours : lui
tout entier, d'ailleurs, ne m'est plus d'aucun secours ; il
est là, simplement, il s'obstine à continuer à ressembler à

quelqu'un que j'ai déjà beaucoup, passionnément, aimé. Il y a longtemps.

Le temps. Sale cochon que le temps. Le temps passe. Il n'y a plus d'amour fou, de juvénilité, de prologues possibles — j'ai toujours aimé les prologues. Il n'y a plus de bières Coors. On n'a pas idée d'être si avare : redonnez-moi-z'en, de tout, de l'amour, du temps, j'en veux encore, ça ne peut pas se terminer idiotement comme ça, rien dans les mains-rien dans les poches, des pattes d'oie en dessous des yeux et une motte de glaise à la place du cœur...

Le cauchemar est revenu la nuit dernière, et la nuit d'avant. Il n'y a plus rien à faire, je le sens très bien, rien qu'à m'installer le plus confortablement possible dans l'horreur. Hier, tandis que j'étais étendue dans mon « cercueil » et que les terrifiantes lueurs s'approchaient de moi, je me suis convaincue, bizarrement, pour la première fois, qu'il FALLAIT que je regarde à droite, que la solution se trouvait dans l'affrontement de ces prunelles qui me font si peur. Je n'ai pas réussi à tourner la tête, tellement la panique me paralysait.

Claude est parti se promener, seul. On est tous très seuls sur cette maudite galère qui va Dieu sait où. Il doit essayer de désamorcer les mots durs que j'ai eus envers lui — quels mots précisément, je ne me rappelle plus, je sais seulement qu'ils étaient acérés et efficaces. J'excelle dans les joutes oratoires méchantes. Si les joutes oratoires méchantes avaient leurs olympiades, je décrocherais la médaille d'or, à coup sûr.

Je m'appuie la tête. Je lève les yeux. Je suis saoule. Je vois un grand pélican qui décrit des cercles concentriques au-dessus de moi, encore et encore, comme s'il

me prenait pour un poisson hors de l'eau et voulait
m'avaler vivante. Petit, petit, viens un peu ici, petit...
Est-ce que ça s'apprivoise, un pélican ? Est-ce que ça
accepterait de vivre en cage, à côté d'un bureau, à
inspirer une femme vieillissante et seule qui se débat
avec le monde ?

Le lundi 9 mars

Je n'arrive pas à me sentir coupable. J'ai beau fouiller
laborieusement dans les interstices de mon esprit, tout
ce que j'y trouve, c'est une sorte de ricanement bête,
ininterrompu, une vague d'allégresse muette qui n'attend
qu'un mot de moi pour bondir au-dehors comme une
panthère. La voix de Claude, au téléphone, me demande
si j'ai passé une bonne journée. Je réponds oui, rapidement, en contenant à grand-peine le ricanement qui
— oups ! — a failli s'évader de ma bouche. La voix de
Claude m'informe qu'il soupe à l'extérieur, avec des
collègues, mais que si je veux venir, il n'y a pas —
véritablement — de problème... Non, non, je le remercie,
suavement. J'ai très bien perçu la réticence, dans l'invite,
mais je m'en fous comme de mon premier soutien-
gorge. Rien ne pouvait mieux arriver dans le meilleur
des mondes. Moi et mon ricanement bête, on va pouvoir
se laisser aller un peu, se faire un bon petit gueuleton,
en tête-à-tête. La voix de Claude est cérémonieuse et
tiède, comme lorsqu'il souffre des dents, ou de rancune
chronique.

Horrible femme. Pas le moindre sentiment de culpabilité. À la place, ce fou rire goguenard et débile et deux
belles ecchymoses, sur les fesses, à l'endroit où les
aspérités du rocher me sont entrées dans la peau.

Il faisait gris et froid, aujourd'hui, ce qui ne m'a pas empêchée de longer, à pied, la côte de La Jolla, en m'asseyant de temps à autre pour mieux humer les odeurs salées du varech et regarder la mer secouer furieusement sa crinière de géante, à perte de vue. C'était beau, c'était sauvage. À la hauteur de Cold Fish Point, j'ai aperçu soudain un surfer intrépidement accroché à sa planche, ballottant entre ciel et eau comme une épave en détresse. Je me suis assise dans une encoignure de rocher, à l'abri du vent, pour l'observer. Il se débrouillait très bien, même si l'énormité des vagues menaçait, à tout moment, de le déséquilibrer. À la fin, il s'est laissé glisser jusqu'au rivage, dans un grand mouvement souple de couleuvre, et je l'ai reconnu. Le marsouin de Seal Point. Celui qui se distinguait de tous les autres, vendredi dernier, par sa grâce aérienne.

Nous étions à portée de voix. Il ne m'a pas vue, sur le coup. Il était affairé à enlever son survêtement de caoutchouc noir lorsque je lui ai crié quelque chose d'affreusement banal et idiot, comme « Fine ! » ou « Very nice ! » Il a regardé dans ma direction, a pris le temps d'émerger complètement de sa combinaison — nu comme un ver, ma parole, à l'exception d'un tout petit minuscule rien ROUGE en guise de slip... —, de s'éponger le torse et les cuisses, de s'envelopper les épaules dans un jacket de laine, avant de se diriger vers moi, à grandes foulées tranquilles : « What did you say ? »... Et voilà. C'était parti, ma kiki. La sainte Vierge sait à quel point mes intentions n'étaient pas libidineuses — consciemment, du moins... — lorsque cette exclamation admirative m'a échappé, à quel point je ne croyais, en quelque sorte, qu'applaudir moralement, encourager chastement une prouesse de haute voltige esthétique.

Le marsouin s'est assis à côté de moi ; il avait vingt-quatre ans, à peu près, des yeux candides, un beau

sourire frais et appétissant comme la pulpe d'une
pomme. Nous avons entrepris une conversation de
sourds-muets, en nous criant dans les oreilles pour
tenter de dominer les clameurs conjuguées du vent et
de l'océan. D'où est-ce que je venais, pour avoir une tête
si peu californienne et un accent si peu américain ?
Comment s'y prenait-il pour ne pas tomber, et l'eau
n'était-elle pas horriblement froide ?... Bientôt, nous
nous sommes contentés de rire, parce qu'il n'y avait
vraiment pas de discussion possible, dans un sens ou
dans l'autre. Il a demandé la permission de se caler dans
le trou du rocher, contre moi, pour mieux s'abriter du
vent, et il a allumé un joint d'herbe, que je me suis mise,
philosophiquement, à partager avec lui, malgré l'endroit
et le moment apparemment peu propices — à Rome, je
fais toujours comme les Romains, même s'il s'agit
d'engloutir des pasta pour déjeuner...

Nous nous sommes tus. Nous étions bien, comme
ça, épaule contre épaule, nous nous communiquions
notre chaleur respective, sans le moindre embarras.
Nous regardions la mer, en tirant des bouffées d'herbe.
Il aimait la mer au moins autant que moi, ça se voyait
dans la façon respectueuse et tendre qu'il avait de
l'observer. À un moment donné, une vague plus gigantesque que les autres s'est ruée devant nous, projetant
son écume très loin dans les airs, et nous avons eu,
exactement en même temps, le même sifflement d'admiration. Ça nous a fait rire, nous sommes devenus très
gais, tout à coup, nous nous sommes mis à nous
toucher les mains, sans raison, et sa peau s'est mise à
me brûler fort à travers mes vêtements. Il était beau et
jeune, jeune et incroyablement sexy, il me faisait penser
à un pot de miel odorant, sucré, dans lequel on ne peut
s'empêcher de mettre le doigt. C'est comme ça, mon

Père — je me confesse à Dieu tout-puissant — que je me suis sentie, soudain, inopinément, une âme de louve affamée — miam-miam, approche un peu, petit Chaperon, que je te croque le bas-ventre, viens un peu là, petit Romulus, petit Rémus, que je t'allaite aux tétins de mon expérience... — et qu'il s'est senti, lui, une âme de brebis consentante, il faut croire, puisque, en riant comme des psychopathes, nous avons glissé sur les algues séchées et nous nous sommes mis à faire l'amour.

Quand je suis partie, il n'en revenait pas. Je suis probablement la première vieille de quarante ans qu'il se tape, et — dans ce pays de jeunesses balbutiantes et vagissantes — possiblement la dernière, pauvre enfant. Moi, j'ai marché, seule, jusqu'à la voiture, et je suis rentrée directement à l'hôtel, parcourue jusqu'aux orteils par des secousses d'hilarité.

Je suis assise, face à la fenêtre, le soir tombe, et je ris toujours, mon omelette aux tomates-persil-câpres-fromage sur les genoux...

Le mardi 10 mars

« What's your name ?... Where are you from ?... Do you skate ?... Have you been to the Zoo ?... Bazaar del Mundo ?... Balboa Park ?... Man, you've GOT to go !... »

Il a retrouvé ma trace jusqu'ici, jusqu'à La Jolla Cove, et maintenant, il m'abreuve de questions, il échafaude des projets, il est resté sur sa faim. Ce matin, ce n'est plus pareil : le soleil est revenu en force, la mer

se berce sur elle-même, mollement, et je le regarde avec
surprise, décontenancée d'avoir eu quelque chose en
commun avec lui. Qui est-il ? Qu'a-t-il fait de sa
planche ? Il l'a laissée là-bas, à Seal Rock, il avait envie
de marcher un peu et puis il m'a aperçue — quelle
bienheureuse coïncidence ! quel hasard prodigieux ! Je le
regarde parler, du coin de l'œil. Sa peau a décidément la
couleur des abricots mûrs — et le goût, aussi, si je me
rappelle bien —, sa peau appelle les morsures anthropophages. Je ne sais pas trop quoi faire de lui, ce matin.
Je finis par lui effleurer l'épaule du bout du doigt, pour
lui enlever des grains de sable. Il se met à genoux, à mes
côtés, il me considère avec des yeux démesurément
graves : « You turn me on... You really turn me on... »

Est-ce qu'on ne pourrait pas en rester là, finalement,
garder simplement en mémoire l'insolite folie de l'étreinte
sur le rocher, les odeurs d'herbe et d'algues séchées ? Il
semble que non. Il semble que tous nos gestes nous
suivent à la loupe, que n'importe qui peut surgir à
l'improviste pour nous demander des comptes, exiger
de la logique (Qu'as-tu fait du collier que je t'ai donné il
y a vingt ans et que tu avais dit que tu porterais
toujours ?... Nous nous sommes parlé, sur la rue, il y a
cinq ans, pourquoi ne me salues-tu pas ?...). Je suppose
que la logique, ici, serait que nous renouvelions jusqu'à
saturation, jusqu'au dégoût mutuel, ce qui fut une
expérience excitante et pleine.

Nous tombons dans les généralités, dans l'ordinaire.
Mon signe du zodiaque. Son signe du zodiaque. Sa job.
Ma job. Il a troqué — à mon intention, sans doute —
son petit slip rouge pour un petit slip noir : il est aussi
mignon, aussi croquable qu'hier, mais qu'y puis-je si ma
tête et mon sexe n'ont pas le cœur à l'ouvrage,

aujourd'hui ? Parce que le temps passe, qu'il est si
incroyablement jeune et que je suis si déplorablement
quadragénaire, j'accepte de le revoir, je lui promets de
lui consacrer ma journée et ma soirée de demain
(Qu'as-tu fait de ton cœur que tu avais PROMIS de me
donner pour toujours ?...). Il m'embrasse sur les lèvres,
avant de partir ; il disparaît en sautant à cloche-pied sur
les rochers. Il y a quelque chose de profondément
redoutable dans le pouvoir de joie que l'on détient
parfois sur les êtres, et c'est sans doute la certitude de
devoir y mettre un terme.

Les pélicans s'ébrouaient sur la crête rocheuse, à
cent mètres dans la mer. J'étais en train d'observer leur
va-et-vient gracieux lorsque soudain, surgissant de
derrière moi, un immense pélican s'est mis à décrire un
cercle autour de ma tête, puis s'est posé au milieu de la
crête, parmi les autres. Il s'est alors produit quelque
chose d'étrange, d'indéfinissablement angoissant : après
quelques flottements ondoyants, quelques battements
d'ailes, tous les pélicans — le plus gros au centre — ont
semblé se fondre en un alignement parfait et se sont
immobilisés, la tête uniformément tournée dans ma
direction. J'ai eu la sensation troublante qu'il y avait là
comme un symbole, comme un signe que je n'arrivais
pas à déchiffrer, une sorte d'hypnose exercée à distance
par leurs regards multiples et calmes. Maxime est
arrivé à côté de moi, m'a fait sursauter, je me suis
tournée vers lui, et le charme s'est rompu. Quand j'ai
regardé à nouveau la crête rocheuse, les pélicans
s'étaient éparpillés en désordre sur la mer. Du reste,
tout cela n'avait dû être qu'une hallucination fugace,
causée par les abus que le soleil me fait commettre.

Ô le douloureux repas que nous avons pris ensemble,
Claude et moi, ce soir, dans un restaurant à lumières

tamisées conçu expressément pour que les non-amoureux
s'y sentent aussi déplacés que des ours polaires dans le
désert... Nous n'avons échangé que quelques mots —
d'une absolue neutralité — qui ont réussi, quand même,
à me donner la lancinante impression que nous marchions
tous les deux sur des œufs de caille. Je lui ai dit que
j'allais rentrer tard, mercredi soir, de garder la voiture
après m'avoir déposée à La Jolla. Il n'a pas posé de
questions. Il m'a dit qu'il devait se rendre à Phoenix,
jeudi matin, pour une réunion impromptue de deux
jours avec des chercheurs. Je n'ai pas posé de questions.
Une fois nos horaires divergents étalés sur la table,
nous n'avons plus eu rien à nous dire. Les rides de son
front, plus incisées que d'habitude, me criaient qu'il
souffrait autant que moi de tout cela, de notre maladresse, des mots tapis derrière les silences, que nous
n'arrivions pas à prononcer, et du spectre, surtout, du
spectre de la rupture, surgi tout à coup entre nous deux
comme une évidence brutale, comme un abîme.

Le mercredi 11 mars

La chambre est grande et sent l'humidité. J'écarte
doucement les draps pour regarder bouger les bulles et
onduler les vaguelettes, au moindre mouvement que
j'esquisse. Dormir dans un lit d'eau ne semble pas une
sinécure : entre autres choses, comment être sûr qu'un
quelconque monstre aquatique ne va pas vous bouffer
les fesses par en dessous, durant votre sommeil ?... Cela
n'a pas l'air, en tout cas, d'entrer dans les préoccupations
immédiates de mon amant-surfer, qui respire avec une
inaltérable sérénité. Il faut croire que je suis condamnée,
pour l'éternité, à regarder dormir les autres. Qu'est-ce
qui rend les hommes si propices au sommeil, si facilement
submersibles dans le néant, alors que moi, je veille et
j'insomnise ? Ça ne peut être qu'un autre néant, celui-là

bien installé dans leur cerveau, qui les protège de la ratiocination et de l'angoisse nocturnes. Ou alors une injustice flagrante qui m'est faite, qu'il faut absolument dénoncer, pour laquelle il faut traîner le Sort devant les tribunaux.

Il s'appelle Mike, il a vingt-trois ans et demi, il travaille sur les chantiers de construction, quand il y a de l'ouvrage. Son sommeil le livre en pâture à mon inspection : il est aussi dénué de défense qu'un chiot qui vient de naître. Un peu de salive perle doucement sur sa lèvre bombée. Il est plus immobile qu'une chose, plus attendrissant qu'une image sainte... Tout, dans sa tête, doit être propre, lisse et rose, sans circonvolutions inutiles. Je me laisse encore une heure de répit à ses côtés, avant de prendre un taxi pour Pacific Beach et mon hôtel.

Lorsqu'il est venu me rejoindre sur la plage, ce matin, il voulait m'emmener partout, il avait concocté un menu touristique si indigeste que j'ai failli changer d'idée et me contenter de somnoler par terre, toute la journée. Bazaar del Mundo ? (Traquenard pour les touristes.) Old Town ? (Ibidem.) Black Beach ? (Trop loin, trop escarpé, trop... trop nudiste.) Le Zoo ? (Pour l'instant, l'homo californianus me suffit, comme espèce bizarre.) Les courses de Del Mar ? (Are you kidding ?) Patin à roulettes dans Balboa Park ? (ARE YOU CRAZY ?...) Il ne s'est pas découragé pour autant. Recroquevillés dans la Volkswagen 1967 qu'il avait empruntée à un de ses amis, nous avons ratissé tranquillement les rues de son quartier à lui, Ocean Beach, vaguement «bum», rocker, vieux-restant-de-flower-power-trip-décrépit-sur-les-bords, mais croulant

néanmoins sous une luminosité éclatante, avec des
fleurs partout, des falaises pourpres, la présence triomphale de la mer et du soleil insinuée jusqu'au fond des
venelles les plus étroites. Il voulait m'emmener chez lui
tout de suite, pour remettre « ça » ; « ça », justement, pour
moi, devenait une chose lointaine, édulcorée, un projet
mou et rosâtre qui ne m'attirait décidément plus. Il
n'était pas question, malheureusement, de le lui refuser :
ça aurait été de la fausse représentation, ça aurait exigé,
de ma part, une énergie que je n'avais pas (Où est donc
le sexe juteux que tu avais PROMIS de me donner ? ?...)
Je l'ai fait patienter : en exigeant d'assister au coucher
de soleil sur la mer, en fumant un joint d'herbe, en
engouffrant trois invraisemblables repas dans un, à un
« All-you-can-eat-special-Restaurant », en me démenant
désespérément pour tenter de ressentir quelque chose,
au moins, une émotion, une chaleur, une sorte de
complicité... Rien. Il était beau et gentil, son désir le plus
profond était de parvenir, un jour, à se payer un
« Jacuzzi » et un voyage à Hawaii, son désir le plus
immédiat était de coucher avec moi. À la fin, tandis que
je l'accompagnais dans son bar favori et que j'essayais
de boire un peu de folie à même mon verre de scotch, il
m'a semblé voir apparaître — flottant comme un
étendard au-dessus de la musique western, de la piste
de danse, des tables de ping-pong, des machines à pop-
corn, des corps survoltés — la vraie image de l'Amérique,
jeune, inconsciente, narcissique, attachée irréductiblement à des vétilles, des choses clinquantes, des lueurs
fugitives, du vent...

   Nous avons fait l'amour. Comme ça, à froid, sans
l'aiguillon de l'aventure et du hasard, tout m'a paru
fatidiquement terne. Il n'y a pas de solution : je suis trop
vieille pour l'amour, et trop vieille pour le sexe sans

amour. Il était plein de bonne volonté, mais nettement plus doué sur la mer que sur un lit d'eau. «I like you, you're so different» m'a-t-il dit en guise de conclusion, avant de sombrer dans le sommeil. You bet que je suis différente. Les autres sont jeunes et belles, ont des cheveux marmoréens, des corps de déesse, et la tête légère comme un coquille de noix. Je ne le reverrai jamais.

Ce que je cherche ne se trouve pas ici. Ce que je cherche se trouve sans doute derrière, dans mon passé, dans ce temps d'avant la tombe de ma mère, d'avant la trahison de mon corps et celle, multiple, de mon esprit. Où est passé le tunnel qui m'a emmenée jusqu'ici, que je le reprenne au plus vite ?

Le jeudi 12 mars

Neuf heures, à l'aéroport de San Diego. Nos voix, machinales, dévidant des mots sans surprise, semblables à des messages enregistrés. «Tu reviens demain ? Bon. — Tu m'attendras, pour la note de l'hôtel... — Le ciel est couvert. — Oui, on dirait qu'il va pleuvoir...»

Le vide. L'impression de déchirer, par jeu, par désœuvrement, un beau livre enluminé d'or, un manuscrit précieux et ancien auquel on tenait énormément. Et maintenant, est-ce que je l'embrasse ? Pourquoi ne m'embrasse-t-il pas ? La main de Marsh, au loin, ondoie chaleureusement dans notre direction. Une seule pensée, absurde, obsédante, me frappe l'intérieur du crâne comme un gong : Est-ce qu'on s'embrasse, maintenant ? Marsh arrive à nos côtés, il se jette sur moi avec enthousiasme, il m'étreint comme si nous avions fait les quatre cents coups ensemble, du temps de notre

jeunesse folle. Du calme, man. Prends sur toi, man. Je
regarde Claude. Claude regarde ailleurs. Il a le visage
blanc, fatigué, le front sillonné de rides, quelque chose
d'abrupt et de voilé dans le regard qui le fait jurer avec
tout ce qui bouge autour, qui ne le fait ressembler à rien
ni à personne. Je lui trouve tout à coup une beauté
rocailleuse et poignante qui me fend le cœur, qui me
met des tremblements convulsifs aux genoux. Est-ce
que je l'embrasse, maintenant ?

Il finit par me regarder. Il cueille par terre son porte-
documents en cuir roux (celui-là même que j'avais
bourré aux trois quarts, un soir de folie, de papier à
lettres bleu sur lequel étaient inscrits au moins deux
cents fois les mots je t'aime-je t'aime-je t'aime —
pourquoi faut-il que la mémoire vienne nous relancer
au visage sa nostalgie déchirante...), il articule quelques
mots, d'une voix qui se veut neutre — «Au revoir, à
bientôt, Françoise...» et soudain, la glace se brise, un
torrent d'eau cristalline et farouche nous submerge,
nous arrache à la rive et à nos racines précaires, nous
nous broyons les épaules, nous nous soudons les lèvres,
nous nous accrochons l'un à l'autre comme les atomes
d'une même molécule... — ô mon frère, mon complice,
mon autre moi-même, mon amour que je fuis parce que
tu me ressembles trop... Marsh grelotte un petit rire
contraint, fait mine de s'éloigner : «C'mon... He's only
leaving for two days...» Get lost, man.

Je ne suis pas folle. Les pélicans sont alignés, face à
moi, sur la crête rocheuse, et ils ne me quittent pas des
yeux. Lorsque je m'éloigne d'un côté ou de l'autre du
rivage, ils continuent de m'observer, ils bougent la tête
de façon très perceptible dans ma direction. Le plus
gros, au centre, étend subitement les ailes : tous les

autres l'imitent, dans un grand froissement de plumes, et c'est comme une avalanche neigeuse qui se déploie sous mon regard, une sorte de ballet pathétique auquel j'assiste avec recueillement, parce que je sais qu'il m'est destiné. Il y a des choses que je commence à comprendre.

Le rêve. Je l'ai refait ce matin, alors que l'aube commençait à peine à colorer la fenêtre. Je suis assise dans ma salle d'attente. Les voix connues, indifférentes, m'environnent, mais je glisse, je glisse vers mon destin, vers ce cercueil qui m'enserre comme un écrin, tout à coup. Je sais que les taches lumineuses se rapprochent de moi, à droite, je me tourne tranquillement vers elles, je les regarde, et aussitôt un grand calme m'envahit, comme un alizé tiède. Il n'y avait pas à avoir peur, ce n'était donc que cela, deux grands yeux clairs, béants comme des fenêtres, deux prunelles gigantesques, d'oiseau, peut-être, mais non, ce sont des ouvertures, des ouvertures sur l'infini, sur l'éternité, vers lesquelles je suis aspirée, à travers lesquelles je me faufile avec une immense sérénité. Et c'est un éblouissement de lumière, une sensation de légèreté comme je n'en ai jamais connue, je flotte, je flotte au-dessus d'une étendue scintillante que je sais être la mer, ma voix me dit, surgie de très loin dedans moi, que je suis passée, que j'ai, finalement, réussi à passer...

Le vendredi 13

Elle est là devant moi, elle a toujours été là, brassant des choses inexplicables dans ses remous intérieurs, côtoyant avec une superbe indifférence les mouvements des petits êtres terrestres, si puérils dans leurs actes chenus, leurs désirs limités, elle sera là après, quand il n'y aura rien d'autre, quand tout se sera tu sous la corrosion. Comment ne pas voir que c'est elle qui me regarde, qu'elle me fait des signes à travers la blancheur mate de ses oiseaux, qu'elle m'appelle, qu'elle m'offre de voir l'insondable, de toucher la clé de tous les mystères, qui sommeille au fond, là-bas, comme une arme ?... Attends-moi, attends-moi avant de te refermer sur toi-même pour toujours, Mer, ô grande immuable changeante vieille éternelle Mer...

J'entre dans le froid de l'eau, dans le ventre de l'eau, l'eau se referme autour de moi et que tout le reste est petit, inutile — parties, les terreurs sourdes à guetter ce que veulent dire les visages, à tenter de décrocher l'amour, le bonheur, comme des numéros gagnants... Un peu de temps, seulement encore un peu et je redeviendrai une Autre, je le jure, je saurai distinguer l'Essentiel de ce qui gît péniblement sous des surfaces brillantes... Attends-moi, toi aussi, grand oiseau blanc vers lequel je nage, là-bas, attends-moi avant d'effectuer ta métamorphose finale, celle qui te livrera à l'autel du soleil pour y être incendié, et pour renaître de tes cendres, pourpre et or, enfin délivré de la mort...

Des voix. Des voix connues, indifférentes, qui jacassent autour de moi, empilées les unes sur les autres. Maman ? Est-ce toi, maman, qui me fais sur le front cette caresse si fraîche et si légère ? J'ouvre les yeux, brusquement.

Au-dessus de moi, le petit Maxime, avec son curieux nez en trompette, un grand homme aux épaules droites, aux cheveux rasés — un militaire, sans doute — et Claude, le visage ravagé par l'inquiétude. Ils me regardent tous. La voix du militaire commence une litanie : «C'est le petit... le petit qui l'a aperçue... m'a

averti... sortie de l'eau tout de suite... inconsciente...
respiration bouche à bouche... les vagues... nager si
loin, de la folie... de la folie... » Je souris à Claude. Je leur
souris à tous, je me lève, malgré leurs exhortations, je
fais quelques pas dans la pièce — une grande pièce
claire, décorée à l'européenne. Je me sens bien. En
passant devant un miroir, je m'arrête quelques secondes
pour observer l'étonnant reflet que me renvoie la
glace : un visage mince, bronzé, des yeux brillants, des
cheveux drus, très noirs, sans aucune mèche blanche
aux tempes. Je les remercie, tous. Je me sens merveilleusement bien.

Ce n'est que le début.

L'HUILE DE CŒUR

(c'est étrange   c'est étrange
comme ils m'ont attaché les côtes
lié les deux poignets et les bras les épaules
avec des fers ployés sous le chant des machines
et j'entends des bruits durs au lieu de cris d'oiseaux
et j'entends des roues lisses qui grincent sur ma peau
mes mains sont des grenailles patinées par le temps
je vois la mer dehors et je n'y puis courir
c'est étrange   étrange mon amour
comme cette eau qui glisse dans les parois de mon cœur
ressemble à l'huile
qu'on met
dans les moteurs)

Le monde est un grand entonnoir vide, dit Benoît
Chose — et personne ne réplique parce qu'il a parlé
seul ou presque seul devant ELLE qui fait semblant de
ne rien comprendre — le monde est un gigantesque
entonnoir vide — pas de réponse — un vitupérant

entonnoir plein d'immondices rocailleuses — rien — le monde est à crever de pleurer, à jeter loin comme une cerise pourrie dit Benoît Chose, et il se tait lorsqu'il s'aperçoit que le silence comme une lune ronde ronde bat contre ses tempes.

ELLE le surveille. ELLE ne se lasse jamais de le surveiller. ELLE épie la moindre défaillance qui amollirait ses gestes déjà gourds de mécanique trop bien rodée, qui le jetterait sur le pavé ruisselant la gorge tendue et lisse sous la lame du bourreau. Non. Benoît Chose, parfaitement maître de lui-même, glisse une à une les cartes numérotées qu'ELLE avale sans le moindre sourcillement comme si la terre était faite pour les donneurs et les receveurs de cartes numérotées, qu'ELLE avale avec un ronronnement anodin de chat repu dans le déclic sempiternel des heures déréglées.

— Hé Benoît Chose viens voir il a neigé

Voix en coulisses de Jean Baptiste Nicolas Georges qui sont ailleurs et qui n'existent pas puisqu'ils sont ailleurs. Voix inutiles et défaites et labourées et vieillies par le travail ou la peur de quelque chose plus terrible que le travail — peut-être la mort. Benoît Chose n'a pas le temps. Pas le temps. Il y a ELLE, bien sûr, et les dossiers multicolores si lourds avec des larmes de papier, des supplications tremblotantes qui finissent toujours par je-vous-en-supplie-je-suis-si-malheureuse-mon-mari-est-mort-je-n'ai-pas-d'argent qu'on ne feuillette jamais d'ailleurs pour ne pas s'attendrir, les dossiers rêches croulant sous les paumes moites qu'il faut classer dénombrer vérifier reclasser ouvrir et refermer avec des numéros pointus tout en haut de la page sauf les zéros qui ressemblent à des ballons crevés par la chaleur.

Benoît Chose se prend à regarder les cartes, à faire tinter le plastique contre ses ongles écaillés. Un. Trois. Cinq. Six presque effacé. Huit. Il n'y a pas de treize, les gens de la Commission par un dernier geste de pudeur superstitieuse ayant décidé que ça ne se faisait pas que ça pouvait porter malheur. Benoît Chose aime bien le chiffre treize le pauvre mouton noir de la famille des numéros que tout le monde fuit en poussant des cris. Pas lui. Il sait que le malheur ne vient pas ne peut pas venir des numéros — de la bouche doucereusement souriante des hommes peut-être — mais pas des numéros. ELLE.

Il L'avait oubliée. ELLE réclame à grand renfort de cris, à glapissements terrifiants son dû qu'il s'empresse de LUI tendre les jambes vacillantes et comme prises d'une faiblesse soudaine, s'il avait fallu qu'il reste une seconde de plus en contemplation devant ces stupides plaquettes transparentes une seconde encore et il n'ose plus penser ses mains de pigeon voyageur alertes malgré leur fatigue vont et viennent entre ELLE et les dossiers sans s'essouffler jamais et sans se plaindre.

il-n'y-a-plus-de-temps-plus-d'espace-plus-rien-que-cette-nappe-pernicieuse-qui-claque-et-reclaque-l'étouffante-vapeur-de-ses-membres-d'acier-contre-les-murs-faits-en hommes-tissés-de-sueurs-froides-métalliques-écoutez-écoutez-le-cliquetis-calme-des-coups-de-pied-qui-se-per-dent-il-était-une-fois-des-machines-et-des-hommes

— Benoît Chose ! Il a neigé !

Il remonte à la surface d'un geste de tête inconsidérément féroce : une fois de plus, Benoît Chose a failli se perdre au piège de SON ronronnement insidieux à ELLE.

(comment te dire
je m'égare sur les quais fragiles du rêve
il y a des hommes qui meurent de regarder la mer
d'autres qui sommeillent sous la paupière du jour
en guettant des étoiles
moi je suis avec toi
je rêve que je suis avec toi
et l'hallebarde dressée du soleil plombe sur ta peau
et le vent sur tes hanches fait des musiques sauvages
comme si la vie n'allait jamais finir
je m'égare dans la crue diluvienne de tes jambes
comment te dire mon amour
que je voudrais crisser là horaires et calculs
étreindre les mirages de ton corps et du mien
avant de mourir)

Quel âge as-tu Benoît Chose ?

Quinze ans monsieur le Professeur.

C'est effrayant c'est honteux à ton âge Nelligan et
Rimbaud étaient des génies ou commençaient à l'être —
ne nous égarons pas — cesse de fouiller dans ton nez
petit cochon regarde-moi quand je te parle étaient
presque des génies je dis bien alors que toi imbécile
heureux triste petite tête d'hypophyse sous-développée
tu ne seras jamais un homme mon fils a-t-on idée d'être
aussi ridicule et aussi ignare est-ce que tu m'écoutes ?

Non monsieur le Professeur.

Benoît Chose se souvient de son enfance aux doigts
tachés d'encre. La règle de bois que le maître abattait
sur les phalanges la grande salle obscure aux odeurs
incertaines de soutane et d'urine les pépiements discon-
tinus montant de la cafétéria comme d'un ventre de

basse-cour les livres qu'on transportait sur la tête pour épater les filles de l'école en face, Benoît Chose se souvient de tout.

Il ne comprenait jamais pourquoi il fallait que les carrés aient quatre angles droits alors qu'ils étaient si pleins, si douloureusement nobles lorsqu'ils s'étiraient en lignes sinueuses comme des serpents, pourquoi les poules n'avaient pas des mâchoires de tigre hérissées d'arbalètes empoisonnées, pourquoi on ne pouvait décrocher les planètes avec des tiges longues terminées par des hameçons d'argent. Benoît Chose ne comprenait jamais rien. On avait essayé de lui montrer les fins mécanismes de la poésie et de la versification — rimes riches pauvres embrassées doublées croisées sonnets stances octosyllabes alexandrins. Le maître disait : il faut écrire comme Lamartine Hugo se laisser dériver vers les zones éthérées où le cœur palpite et meurt d'inanition ; Benoît Chose écrivait : dans la lune il y a une dune brune qui ressemble à une prune. Le maître disait : la poésie est un essor pénible et merveilleux qui touche aux limites du divin et du·surréel avec les visions extatiques d'anges et de luths en délire ; Benoît Chose écrivait : dans la lune il y a une dune brune qui ressemble à une prune. À la fin, on lui avait clairement laissé entendre qu'il n'était pas doué pour ces sortes de choses que rustre il était il resterait jusqu'à la consom-mation des siècles des siècles amen, et Benoît Chose sans se fâcher avait abandonné la poésie en soupirant.

Il est peut-être deux heures maintenant, impossible de savoir exactement, il n'y a pas de montres pas d'horloges pas d'aiguilles en forme de temps à la Commission, seulement le pinceau lumineux du soleil qui vient battre contre les vitres quand il fait beau.

Benoît Chose a des dossiers dans les mains mais il ne
sait plus qu'il a des dossiers dans les mains, il aurait des
grenades des lambeaux d'écorce ou de chair sanglante à
la place des dossiers que ça ne changerait rien à rien,
que les murs blancs continueraient de tournoyer sur
ses paupières comme des outres trop pleines, que la
clameur haletante du bureau achèverait d'endormir les
velléités de révolte de ses membres engourdis, que tout
se confondrait dans la ronde inextricable des années des
mois des semaines des siècles étoffés dans un mirage
dément. C'est ainsi que l'on meurt, se dit Benoît Chose
et ses yeux pour la première fois   LA fouaillent
avec hargne, ELLE et son impassibilité chuintante de
déesse inassouvie.

Il sait qu'ELLE comprend tout qu'ELLE devine ses
secrets tressaillements, son amertume de bête prise au
piège, qu'ELLE en jouit sans doute comme l'on jouit de
la démarche humiliée de l'adversaire des mains inutiles
qui retombent le long du corps du regard blessé qui
n'ose plus demander grâce. Comment en serait-il
autrement depuis vingt ans qu'ils se côtoient l'un
l'autre, comment en serait-il autrement depuis vingt
ans qu'il adopte cette attitude résignée de condamné à
mort — malgré les éclairs soudains qui lui traversent les
prunelles par intermittence les rêves décolorés plaquant
sur son visage des sourires fugitifs que même Son
grondement rageur à ELLE ne parvient pas à éteindre
complètement. Il LUI échappe quelquefois   de plus en
plus rarement   il se perd dans une brume insaisissable
où ELLE n'existe pas, où une autre se débat dans les
fibres étroites de son cœur. Mais il y a aussi les grands
moments d'angoisse pendant lesquels il n'est plus qu'un
cri intérieur qui se disloque une pensée chaotique
battant faiblement de l'aile comme une hélice tronçonnée

ELLE l'avale tout entier sous le mirifique de SA voix et il oublie qu'il est un homme qui a peur.

Un jour, Benoît Chose n'est pas venu travailler. ELLE est devenue comme folle   les dossiers de couleurs voltigeaient   jusque sur le rebord muet des fenêtres   les cartes de plastique fondaient en larmes bruyantes sur les mains atterrées de Jean Baptiste Nicolas Georges qui n'y comprenaient rien. Il a fallu le retour inopiné de Benoît Chose pour qu'ELLE se calme lentement, qu'ELLE accepte, avec les derniers soubresauts d'un ressentiment que l'on devinait profond, de reprendre le chaînon ininterrompu du travail. Les gens de la Commission ont dit à Benoît Chose qu'ils ne lui permettaient plus de prendre des journées de congé ou de maladie en dehors des fins de semaine — les yeux gonflés par la colère   les mentions de devoir de lâcheté entremêlées comme des lianes avec l'index accusateur pointé sur sa poitrine   Benoît Chose n'a pu que s'incliner cérémonieusement avec des sanglots rageurs dans la gorge. C'est ainsi qu'ELLE a assujetti peu à peu SON emprise sur lui.

Maintenant c'est peut-être trop tard, se dit Benoît Chose, maintenant peut-être, à moins d'efforts sur-humains   lever le bras droit en cadence   jeter à ras bords toutes ces feuilles poisseuses   se mettre à parler à parler à pa-a-a-rler-mais-voilà-que-les-mots-déjà-se-déforment-il-n'y-a-plus-de-temps-plus-d'espace-plus-rien-que-cette-nappe-pernicieuse-qui-claque-et-reclaque-l'étouffante-vapeur-de-ses-membres-d'acier-contre-les-murs-faits-en-hommes-tissés-de-sueurs-froides-métalliques-écoutez-écoutez-le-cliquetis-calme-des-coups-de-pied-qui-se-perdent-il-était-une-fois-des-machines-et-des-hommes-flash-tourbillons-stop-verts-jaunes-rouges-les-feux-de-

signalisation-comme-des-araignées-géantes-grimpent-
grimpent-crispent-leurs-poignets-velus-S.O.S.-criait-la
-femme-esse-ô-esse-esse-ô-esse-esse-ô-esse-essôesse

— Benoît Chose Chose Ose il a neigé gé é

S'accrocher aux voix de Jean Baptiste Nicolas Georges. Revenir à la surface lentement précautionneusement à petites goulées d'air rapides broyées entre les dents comme des pierres précieuses que l'on aurait failli échapper dans quelque trou d'égout malodorant. Essuyer d'un geste faussement détaché la sueur dégoulinant en rigoles transparentes sur le front la nuque les cheveux la tête encore menacée quelques secondes auparavant par les rouages machiavéliques de SA voix.

(je ne sais pas comment finira le jour
des lumières se traînent aux cataractes soyeuses de la
fontaine
il y a des paumes brûlées levées comme des sanglots
nocturnes
à chaque éclat translucide du vent
je transporte mes tempêtes dans des sacs métalliques
je joue à la loterie avec ton nom ma mie
si je perds
c'est le roi de cœur qui prendra la relève
avec ses mains brûlantes de chasseur d'hirondelles
si je gagne
c'est moi et toi et toi et moi
je t'achèterai des ballons rouges
pour que tes yeux ne s'éteignent jamais
assez brûlé de sémaphores aux cinq points cardinaux
assez joué avec la lune
regarde-moi par-dessus le train rapide de tes gestes
donne-moi des secondes-âme de ton temps à toi

que je sache enfin ce qu'il y a derrière les puits du ciel
que je prenne ma peur à deux bras verglacés
pour la noyer dans les arches troublantes du fleuve
noir)

Maintenant Benoît Chose sait où il en est   il a
l'intuition du temps comme les pêcheurs ont l'intuition
des marées et des étoiles sans lever le nez de leurs
pèlerines grasses. Il approche cinq heures   la ruée
machinale vers les cloaques brumeux du dehors   les
portières qui s'ouvrent et se referment sur des épaules
plus lasses drapées dans des costumes sombres à odeur
de naphtaline et de lendemains tout semblables. Dans la
tête de Benoît Chose des idées couleur de terre remuée
se font jour   qui n'accrochent pas aux dossiers rêches et
aux cartes de plastique   qui n'accrochent plus à l'incan-
descente montée de SA voix à ELLE.

Il se place devant ELLE ses mains tremblent un peu
car ce n'est plus pareil   ce qui va se passer entre eux
deux n'est inscrit sur aucun agenda personnel   le fruit
du hasard uniquement comme une bouffée d'air torride
qui aurait embrumé les murs circulaires du bureau.
Écoute dit Benoît Chose   écoute bien j'en ai assez
écoute-moi je ne veux pas mourir avec toi j'en ai assez
assez assez   les mots chavirent les uns sur les autres
Benoît Chose ne trouve rien d'autre à dire devant le
silence imperturbable qu'ELLE lui oppose comme toutes
les fois qu'il a essayé de secouer le joug à deux mains
ELLE se moque de lui de sa faiblesse humaine   Benoît
Chose n'y tient plus il crie il explose   ÉCOUTE-moi
cette fois pour de bon je m'en vais sale ferraille
entretenue c'est la dernière fois je m'en vais.

Je m'en vais, dit Benoît Chose   j'aime une femme que tu ne connais pas avec des cheveux sur les tempes qui s'espacent de ne pas m'avoir plus souvent avec elle avec mes cheveux à moi qui blanchissent de ne pas tenir le soleil sur ses épaules   et les enfants les mille enfants que nous n'avons pas s'amusent sans nous sans nous sur la grève.

ELLE se cabre   ELLE hoquette   les dossiers s'amoncellent sur ses bras en plaques diffuses désordonnées   les cartes numérotées sur le plancher font des taches brillantes qui ressemblent à des larmes   — ne pleure pas, dit Benoît Chose c'est inutile il y en aura d'autres comme moi — ELLE gémit — il y en aura plein d'autres qui t'aimeront plus que moi — ELLE se tait maintenant entre les paroles décousues de Benoît Chose et le grincement monocorde des chaises que l'on déplace tout autour   loin derrière.

C'est le geste de Benoît Chose   le geste tordu de ses phalanges et de ses paumes ouvertes comme pour une offrande   une supplication flexible qui déclenche tout, alarmes repliées comme des poings sauvages, sonneries stridulantes de l'explosion qui chuinte qui crache une fumée liquide jusque sur les pantalons impeccables de Jean Baptiste Nicolas Georges   jusque sur le rebord muet de la fenêtre, les rainures mouvantes de l'huile rouge n'en finissent plus de dégouliner.

Par terre, la bouillie d'homme et de machine, à ne pouvoir distinguer l'un de l'autre.

Dehors, la neige.

F. COMME
DANS FRANÇOISE

Françoise s'arrête devant un miroir. Les deux ou trois coups de peigne qu'elle assène rageusement à ses cheveux trop courts, trop bruns, ne changent rien à l'image flottante que j'ai sous les yeux, moi qui la connais par cœur, jusqu'aux veinules bleues qui courent sur ses jambes actives, jusqu'au gonflement douloureux des articulations de son petit doigt. Un peu de poudre, du fard sur les joues, et c'est fini. Quand Françoise s'arrête devant un miroir, elle n'y reste jamais longtemps.

— J'ai l'air du diable, hein ?

— Mais non.

La fatigue qu'elle a accumulée depuis des siècles, semble-t-il, se répand en nappes insidieuses sur son visage, fait saillir les pommettes, lui mange peu à peu les yeux, comme une petite bête sournoise qu'on aurait oublié d'abattre et qui se vengerait, par désœuvrement. Je ne le lui dis pas. Du reste, elle le sait bien que la vieillesse l'a déjà stigmatisée, même si elle fait semblant de ne rien voir. Françoise a cinquante-trois ans.

Tous les matins, elle se lève à sept heures trente. D'aussi loin que je me souvienne, elle n'a jamais eu besoin d'horloge pour compter le temps à sa place. Sa vie est si régulière, si précise que, depuis des années, un délicat engrenage a dû éclore dans son cerveau sans qu'elle s'en aperçoive. Elle boit deux cafés noirs, coup sur coup. Elle fume une cigarette, distraitement, en laissant tomber la cendre sur ses genoux, sur la table, n'importe où. Elle parle à voix basse, toute seule : « Où ai-je mis mon stylo ? Il ne faut pas que j'oublie le gâteau pour l'anniversaire de Louis. Voyons : cinq mille cent dix, plus quatre mille six cent trente-deux... Le plombier a téléphoné. Mon Dieu, qu'il neige, dehors !... » Pendant une heure, elle jongle avec des chiffres, des projets, des noms sans corps et sans visage, tandis qu'elle avale des toasts, et que ses mains lavent mécaniquement la vaisselle. À huit heures trente, elle fait des téléphones, qui s'achèvent toujours de la même manière, laconique et incisive : « Bon, c'est ça, je compte sur vous. » À huit heures quarante-cinq, elle est déjà sur le palier de la porte, et l'on dirait, à la regarder attentivement, qu'une ride supplémentaire vient de s'inciser dans sa peau grise, que ses épaules étroites s'affaissent d'un centimètre de plus que la veille.

Toute la journée, elle tape des lettres à l'Agence. Elle connaît les formules de salutation par cœur, en anglais et en français, et il lui arrive, parfois, quand elle est présentée à une nouvelle connaissance, de marmonner un rapide : « Veuillez agréer, cher Monsieur, l'expression... »

Le midi, elle vient manger à la maison ; entre deux bouchées, elle prépare le repas du soir, met ses comptes à jour, fait un peu de couture et repart en coup de vent. Quand elle rentre du bureau, à cinq heures quarante-cinq, elle a eu le temps, « en passant », dit-elle, d'arrêter à l'épicerie ou au garage, de commander des rideaux neufs, de déposer des robes chez le nettoyeur, d'acheter une nouvelle voiture, une maison, la lune, s'il était possible. Elle ne se plaint jamais. Elle mange brièvement, n'importe quoi, par nécessité, par habitude. Après le souper, l'hiver, elle déblaie l'entrée même quand il n'y a pas de neige ; l'été, elle tond la pelouse ou taillade maladroitement ses arbres. Elle ne se couche qu'à regret, après avoir nettoyé la vaisselle, la cuisine, les planchers, infatigable, rapide, sans gestes démesurés ou inutiles. Elle ouvre rarement la télévision, ne fréquente pas les cinémas, ne connaît rien aux arts, ne lit jamais, si ce n'est la rubrique nécrologique du journal, qu'elle dévore à chaque soir, avant de s'endormir, avec une sorte d'anxiété muette.

La vie de Françoise s'étire comme une glace obscure, éternellement polie, éternellement recommencée, sans passion ni amertume. Je ne lui connais qu'une faille, un repli sournoisement tapissé d'ombre, qui vient briser la régularité de ses habitudes : le samedi soir, Françoise ne s'occupe ni de cuisine, ni de ménage, ni de couture. Elle sort, toute seule, et ne rentre que tard dans la nuit. Je ne sais pas où elle va, je ne sais pas qui elle rencontre, mais quand elle revient de ces escapades mystérieuses, ses yeux sont comme gorgés d'une lumière artificielle, et ses mains sont fébriles.

— Crois-moi, crois-moi pas, je l'ai achetée dans une vente.

Françoise s'habille. Et comme tous les samedis soirs, avant de partir, elle enfile une robe neuve, des bijoux cliquetants, elle s'enveloppe d'un nuage parfumé qui m'irrite.

— Où est-ce que tu vas ?

Elle se contente de rire, pour toute réponse. Elle garde son secret, tout en se tortillant dans sa robe trop ajustée, qui lui découvre des genoux qu'elle n'a plus très ronds. J'enrage. Moi qui la connais par cœur, je ne la reconnais plus. L'évidence me saute aux yeux : elle doit avoir un amant.

Françoise est mariée, bien sûr : mais c'est un contrat si terne, si totalement dénué d'intérêt, qui l'unit à Ernest, que je m'étonne encore de les voir ensemble. Lui travaille la nuit, comme veilleur dans une entreprise industrielle. Ils se parlent peu, ils n'ont rien à se dire. Quand Françoise rentre du bureau, elle a toujours l'air un peu surprise, un peu ennuyée, de le voir si fidèle à lui-même, si patiemment obstiné à sommeiller dans un fauteuil, un journal sur les genoux. Elle le déplace comme un bibelot un peu encombrant : « Ernest, lève les jambes, il faut que je passe la balayeuse... Ernest, ça t'ennuierait d'aller dormir dans la chambre ?... Ernest, ne reste pas planté là, tu me déranges...» Et lui, il obéit, avec l'air de penser à autre chose. Ils ne se font jamais de scènes, ce n'est pas leur genre. Quelquefois, ils se regardent, et une telle froideur se répand alors dans la pièce, que la terre doit s'arrêter de tourner une fraction de seconde. Mais ça ne dure pas longtemps. D'ailleurs, Ernest n'est jamais tellement présent. Après son travail, il est si fatigué qu'il ne pense qu'à dormir. Et quand il se promène dans la maison, les mains ballantes, les yeux vides, il ressemble à quelqu'un qui dort tout éveillé. Il n'attend rien, ne demande rien, si ce n'est peut-être la plongée apaisante dans une nuit sans fin, le sommeil éternel...

Ils se sont connus de la façon la plus banale qui soit : par correspondance. Quelqu'un d'autre a planifié leur rencontre, quelqu'un d'autre semble continuer à tirer les ficelles de leur vie commune. Ils se sont mariés parce que c'était raisonnable, après tout, et qu'il n'y avait rien d'autre à faire. Maintenant, ils se gardent mutuellement, comme on garde de vieilles photos et des lettres d'amour jaunies, par sentimentalisme.

Il semble que Françoise soit née pour cette existence végétative, ni heureuse, ni malheureuse. Elle n'a pas connu de drames, de tragédies, de deuils inconsolables : elle n'a rien connu du tout, à vrai dire, et même si ses reproches se font rares, peut-être aspire-t-elle à une vie plus mouvementée que ce coma gluant dans lequel elle s'enlise. Et si elle avait un amant, après tout ?... Que dirait Ernest, s'il venait à l'apprendre ? Sortirait-il de sa léthargie, lui qui ne connaît du monde que l'épuisante réalité d'une veille prolongée ? J'en doute. Il bâillerait, peut-être, et il s'endormirait en rêvant qu'il s'parle.

— C'est effrayant comme les hommes sont entreprenants de nos jours ! Encore aujourd'hui, je me suis fait accoster sur la rue... Penses-tu ! À mon âge ! Ça prend quelqu'un qui a du front !

Je l'écoute. Elle m'étonne tellement que j'oublie de répondre. Elle fait semblant d'être indignée, mais je vois bien qu'elle jubile, qu'elle arrondit le dos comme un chat que l'on caresse. C'est l'autre Françoise qui parle, celle du samedi soir, celle qui se noie sous les bijoux, les parfums, celle dont l'étrange coquetterie m'exaspère, celle qui a un amant, sans doute. Je ne comprends plus rien. Une rage froide m'envahit, un besoin tyrannique de l'humilier, de l'écraser, de la remettre à sa place de vieille mécanique bien lubrifiée. J'ai envie de lui crier : « Regarde-toi donc

dans un miroir!» Mais je me tais. Françoise achève de
s'habiller. Elle s'aperçoit soudain qu'elle a un bas qui
file, et elle se précipite dans sa chambre. Je l'entends
murmurer entre ses dents : « Mes bas ! Où sont mes bas
neufs ?...»

Se pourrait-il que quelqu'un se soit penché sur
les yeux flétris de Françoise et y ait vu autre chose que
de la lassitude ? Se pourrait-il qu'il l'ait trouvée belle,
cet homme sans visage que j'imagine fort et puissant, se
pourrait-il qu'il ait gratté suffisamment l'écorce pour
découvrir en elle une femme jeune que je ne connais
pas, qu'elle ne connaît sans doute plus elle-même ? Et,
dans ma tête, je vois défiler une cohorte d'admirateurs,
une pléiade de vieux beaux qui s'inclinent sur le passage
de Françoise, lui baisent les mains, lui susurrent à
l'oreille des compliments douceâtres et écœurants.

Quand, enfin, elle ouvre la porte pour se faufiler à
l'extérieur, je ne réponds rien au retentissant «bonsoir!»
qu'elle me lance. Je me surprends moi-même à considérer
avec haine cette petite silhouette rectangulaire qui
s'éloigne dans la nuit, au volant d'une vieille voiture
américaine, nimbée d'une auréole de mystère qui
l'embellit soudainement.

Françoise a un amant. Depuis longtemps, peut-être.
Un homme, quelque part, l'attend avec angoisse, avec
impatience. Il consulte sa montre, il trépigne, il halète,
comme tous les amoureux du monde. Il la bichonne, il
l'entretient, sans doute, il lui achète ces robes, ces
parures dérisoires dans lesquelles elle s'enroule avec

ravissement tous les samedis soirs. Un flux d'images grotesques déferle en moi. Une fois de plus, je me tiens à quatre pour ne pas la suivre. Une fois de plus, je me dis que je ne connaîtrai jamais que la Françoise défraîchie, abîmée, qui évolue dans la vie de tous les jours comme une automate, tandis que l'autre, la brillante, l'ardente, continuera de s'éloigner de moi en silence, en secret.

Et puis, tout à coup, cela m'apparaît tellement intolérable que je ne refrène plus ma curiosité féroce. Je me précipite dehors, je monte dans ma voiture, et je roule à vive allure, en souhaitant que Françoise soit demeurée fidèle à cette vieille habitude qu'elle a d'errer vaguement sur la route, de s'arrêter à tous les coins de rue, de guetter peureusement le chauffard ennemi qui fondrait sur elle et l'écartèlerait, corps et âme, dans une mort atroce qu'elle n'envisage que dans ses pires cauchemars.

Il neige. Devant moi, la voiture de Françoise se tasse frileusement à droite, pour éviter les phares liquéfiés qui, en sens inverse, l'inondent de lumière. Françoise fume, au volant, et c'est la seule extravagance que je décèle dans sa conduite prudente, aussi remplie d'humilité qu'à l'ordinaire. Elle s'arrête brusquement pour éviter un piéton, klaxonne. J'ouvre grands les yeux, je scrute attentivement le visage de l'homme qui traverse la rue, le menton fourré dans le col de son paletot. Serait-ce lui ? Mais non. Dans le brouillard léger qui s'élève de la chaussée comme une fumée, l'homme disparaît, anonyme pour toujours, tandis que Françoise s'est remise à rouler doucement.

J'allume la radio : une musique mielleuse stagne maintenant dans la voiture, une musique de samedi soir, lourde comme des effluves de tabac et d'alcool. Je n'entends rien, je ne suis attentive qu'aux lumières rouges de la vieille voiture américaine, dans laquelle Françoise se tient, toute droite, la nuque raidie par l'attention. Elle pense à cet homme, sans doute, qui va la plonger dans un univers troublant dont elle n'avait jamais perçu l'affriolante séduction auparavant, elle pense à ce qu'elle va lui dire, elle pense aux heures qu vont s'écouler trop vite... Ou peut-être ne pense-t-elle à rien, après tout.

Elle ralentit. Elle se gare. Nous sommes arrivées.

Maintenant, elle se dirige vers le grand hôtel qui nous fait face, d'où jaillit un éclaboussement de lumière et de bruits assourdis. Un hôtel, bien sûr ! Comment n'y avais-je pas pensé avant ? C'est dans les chambres d'hôtel que l'on oublie son passé, que l'on enterre sa mémoire, c'est dans les chambres d'hôtel que des corps altérés se rejoignent, pour une nuit moite et épuisante qui n'en finit plus.

Françoise marche vite. Je la suis presque en courant, avec des ruses de Sioux, bien inutiles d'ailleurs. Comment me verrait-elle, elle qui plonge tête baissée dans l'aventure, comment songerait-elle à regarder derrière son épaule, elle à qui rien n'est arrivé d'inoubliable avant ce soir, avant les autres samedis soirs ?...

Sa démarche a pris de l'assurance, apparemment, et c'est d'un pas presque triomphal qu'elle gravit l'escalier, qu'elle franchit le seuil, tandis que le portier s'efface devant elle avec une déférence qui ne m'échappe pas. Il me semble même qu'elle lui sourit d'un air complice, qu'ils se disent quelques mots, comme s'ils se connaissaient depuis toujours, comme si son sang à elle n'était rien de moins que royal, et que lui, l'obséquieux serviteur, lui savait gré d'être demeurée malgré tout aussi humble et débonnaire. Je me sens brusquement tellement loin de Françoise que j'ai envie de rebrousser chemin. Moi, que la confiance personnelle étouffe, la plupart du temps, moi qui défonce les portes à grands coups de sourires supérieurs, je voudrais être ailleurs, dissoute dans l'air comme une brise, enfouie à dix pieds sous terre, n'importe où, plutôt que d'avoir à affronter le regard vigilant de ce gardien de palace. Et si Françoise m'avait caché ses illustres origines ? Si le « grand monde », habitué à percer les déguisements et les apparences, l'avait reconnue comme l'une des leurs, et l'accueillait, tous les samedis soirs, avec le respect qu'elle mérite et dont nous l'avions privée ?...

Comme dans un rêve, je franchis le seuil, moi aussi, et le portier s'efface devant moi, mais avec juste ce qu'il faut de condescendance pour être poli. Je me retrouve plongée dans un carnaval débridé, parmi les chasseurs en uniforme, les valises qui passent de main en main, les sourires et les verres qui se heurtent avec un petit bruit de glace joyeusement fêlée. Devant moi, un hall gigantesque où il y a trop de monde, et un bar miroitant où se pressent des visages assoiffés. Je m'empare du premier fauteuil venu, et je m'écroule, anéantie, perdue.

Je ne vois pas Françoise : elle doit être ailleurs, valsant avec le premier ministre, ou conversant amica-

lement avec le frère du roi Baudouin. Pourquoi pas ?
Toutes les suppositions sont permises, maintenant.

Je reste là une heure, sans bouger, partagée entre la
curiosité et l'envie de fuir, prise malgré tout par ce
tourbillon hilarant et animé, où les paroles échangées
ne veulent rien dire, et où les gestes se perdent dans
une élégante théâtralité.

Et puis, à force de regarder autour de moi, de
fouiller entre les lacis de corps, de bras, de jambes
entrecroisées, j'aperçois Françoise. Elle est assise à
l'autre bout du hall, elle a un verre à la main, et, sur ses
lèvres, un sourire plastique que je distingue bien malgré
la distance qui nous sépare. Je m'approche. Elle ne me
voit pas. Je me place sournoisement de biais, pour
mieux l'observer, la dévorer tout entière, elle et les
gestes qu'elle posera, elle et les mots qu'elle dira. Elle
est immobile : un je ne sais quoi de majestueux lui
relève subtilement la taille. Ses yeux ne s'arrêtent sur
personne, mais elle semble dominer l'assistance avec
une indulgence de grand seigneur. Elle boit très lentement, en élevant son verre d'une main brumeuse et
volontairement nonchalante. Je rêve. Je n'ai pas envie
de rire, tellement la stupeur me paralyse.

Elle se lève enfin, va vers un téléphone public qui se
trouve à quelques pieds d'elle, décroche le récepteur,
compose un numéro. Je n'entends pas ce qu'elle dit. Elle
revient après un court instant, son sourire ne s'est pas
éteint et elle porte toujours son verre à la main, avec
d'infinies précautions. Elle est seule, manifestement.

Un homme aux tempes à peine grises, dans la séduisante cinquantaine, est calé dans le fauteuil qui lui fait face; il ne regarde personne, lui non plus, et un profond ennui s'est installé dans ses yeux pâles. Françoise se tourne légèrement vers lui, et je l'entends, avec stupéfaction, susurrer des paroles insensées.

— C'est une belle soirée, n'est-ce pas? Un peu humide, peut-être. Dites-moi, est-ce que vous me feriez le plaisir de boire un verre avec moi?

L'homme s'est levé, et je ne vois maintenant que ses yeux pâles, dans lesquels l'apitoiement se mêle au dégoût, ses yeux de beau mâle chauvin rompu aux adulations, aux caresses, et qu'il darde férocement sur Françoise, pendant une seconde qui me semble éternelle. Il ne répond pas; et je ressens comme une gifle l'insultant silence avec lequel il écrase cette femme sans beauté, sans défense, cette femme brusquement vieillie qui se tasse étroitement sur elle-même, que la honte fait pâlir, et qui, maintenant, ne souhaiterait sans doute que reprendre les mots qu'elle a maladroitement lâchés. Mais il est trop tard, et l'homme disparaît parmi la foule, avec un dernier haussement d'épaules méprisant.

Françoise ne sourit plus; elle regarde droit devant elle. Elle se lève, son verre à la main, et se dirige de nouveau vers le téléphone. Je m'approche suffisamment pour constater qu'elle fait semblant de composer un numéro, que ses lèvres articulent des phrases sans suite, ponctuées de pauses vides que personne, à l'autre bout du fil, ne vient remplir.

Quand elle raccroche et se retourne, je ne suis qu'à quelques pieds d'elle, et je la vois sursauter, rougir, tandis que de son verre dangereusement incliné, des gouttes se répandent en traînées sirupeuses sur sa robe. Le sourire plastique revient machinalement sur sa bouche.

— J'attends quelqu'un... Je pense qu'il ne pourra pas venir... Je viens de lui téléphoner, il m'a dit...

— Menteuse !

Elle incline la tête, et quelque chose de bouleversant sur ses paupières ridulées, dans sa pose affaissée, résignée, me fait désirer soudainement, avec un serrement au cœur, qu'elle proteste, qu'elle me jure le contraire. Je suis prête à la croire, je suis prête à faire semblant, moi aussi, pourvu qu'elle redevienne la Françoise ardente, brillante, celle qui a des aventures et un amant fabuleux.

Elle ne proteste pas. Nous restons là, toutes les deux, à considérer avec lassitude les taches sombres qui s'agrandissent sur sa belle robe neuve. Elle me tend son verre :

— Tiens ! Bois-le, je n'en veux plus. C'est du Grand Marnier, c'est très bon, tu sais... Je pense que je vais rentrer à la maison, je suis si fatiguée...

Tous les jours de la semaine, Françoise tape des lettres à l'Agence. Après le souper, elle lave, récure, coud, cuisine. L'hiver, elle déblaie l'entrée même quand il n'y a pas de neige. L'été, elle tond la pelouse et taille ses arbres. Elle ne se plaint jamais, alerte, énergique, infatigable.

Le samedi soir, elle s'habille, se noie sous les parfums et les bijoux ; elle sort et ne rentre que tard dans la nuit. Rien n'est changé, ou presque. Parfois, je lui demande avec une avidité artificielle :

— Où est-ce que tu vas ?

Et j'ai l'impression qu'elle redevient heureuse, quelques secondes. Elle joue la mystérieuse. Elle se contente de rire, pour toute réponse. Mais ma question sonne faux, et sa gaieté aussi. Elle sait que je sais.

Personne ne s'est penché, et ne se penchera jamais sur les yeux usés de Françoise pour y découvrir autre chose que de la lassitude. Personne ne fouillera jamais, avec tendresse, avec amour, sous l'écorce durcie de son visage, pour y chercher une femme jeune qu'elle ne connaît sans doute plus elle-même. J'ai souvent envie de lui dire que je l'aime comme elle est, sans fard, sans beauté, avec ses mains aux articulations gonflées, ses jambes sur lesquelles courent des veinules bleues. Je ne lui dis jamais. J'imagine parfois qu'elle se sentirait moins seule si j'allais avec elle, le samedi soir, affronter les regards hautains du grand monde : nous ne parlerions pas, nous prendrions un verre, lentement, avec une nonchalance étudiée, en regardant les autres partir, arriver, vivre des aventures trépidantes et théâtrales. Mais je ne le lui offre jamais.

Je la vois se rapetisser lentement, s'épuiser dans cette course aux rêves pour laquelle elle n'est pas faite. Maintenant, le samedi soir, quand Françoise revient de ses escapades qui ne sont plus mystérieuses, elle a le regard brumeux et désespéré des condamnés à mort. Et maintenant, quand je lui dis : « bonsoir, maman ! » moi sur qui les vieux beaux jettent souvent des regards invitants, moi dont les mains paresseuses ne sont pas ternies par l'usure, l'arthrite ou la dactylo, moi qui ne sais rien faire, si ce n'est jongler avec des mots creux, des phrases vides, j'éprouve un remords terrible, lancinant, qui m'empoigne aux entrailles, la nuit, et m'empêche de dormir.

LE HOMARD

— Es-tu fou ? Que c'est j'vas faire avec ça ? Pis comment ça s'mange ?

Comme toujours, les premiers mots de Laura avaient été pour récriminer. Il faut dire que les bestioles, toutes mortes qu'elles étaient, n'en avaient pas moins gardé des allures rébarbatives de combattant : dans le foisonnement de pattes, de pinces et d'antennes qui encombraient maintenant l'évier, on voyait luire ici et là de petits yeux noirâtres et malveillants qui avaient l'air, ma foi du bon Dieu, d'être plus vivants que le reste et de vous considérer avec une haine belliqueuse. Même Marceau s'était arrêté deux fois en cours de route, inquiet, pour écouter claquer le vent contre son grand sac et s'assurer que ça ne grouillait pas, là-dedans, que ça n'allait pas lui happer la main d'un coup sec.

— Ça s'mange comme ça, avec du beurre.

— Du beurre ?

— Ben oui, du beurre, du beurre, c't'affaire !

La voix fatiguée de Marie, dans la pièce à côté, tentait de dissuader les enfants de se battre à coups de fourchettes. Laura s'énervait, son tablier à la main, trop désespérée pour être en colère.

— Du beurre tant qu'tu voudras, chus quand même pas pour étendre du beurre comme ça sur c'tes grandes carcasses-là. Que c'est j'vas faire ? On n'a même pas de beurre, on n'a rien que de la margarine...

— Ça va faire pareil.

Ils marchaient devant lui, Marceau n'avait eu qu'à lever le regard pour être pris doucement, irrésistiblement, par le magnétisme insinuant de leur présence. Ce n'était pas seulement à cause de leurs fourrures, si soyeuses qu'elles avaient l'air d'ondoyer toutes seules sous la neige qui les marbrait d'étoiles aux pattes transparentes ; c'était dans leur démarche même, comme une sorte d'avancée victorieuse, d'animale complaisance à fouler le sol. La femme tournait sans cesse sa petite tête ronde vers son compagnon, lui la pressait délicatement du bras, et une complicité presque monacale les inclinait l'un vers l'autre à chaque mouvement. Au début, Marceau avait pensé : «c'est des artisses de Radio-Canada», mais à force de les regarder avec une espèce d'admiration éperdue, il s'était dit qu'ils étaient trop beaux, trop réels, aussi, mille vies semblaient se disputer à la fois dans leurs yeux, dans leurs dents brillantes, et puis l'homme n'avait pas l'air d'une tapette, décidément. Quand ils s'étaient engouffrés dans leur magasin, Marceau n'avait pu se résoudre à les quitter si brusquement, et il était resté planté là, devant la grande vitrine de la poissonnerie, à remuer les orteils dans ses bottes de mauvaise qualité pour chasser le froid que lui mordait les pieds.

Pierre «Pete» faisait son Jos Connaissant, maniant le casse-noisettes d'une main et la fourchette de l'autre avec un semblant de dextérité qui irritait Marceau au plus haut point.

— Vous voyez, là, l'beau-père, vous prenez votre lobster comme ça, pis vous...

— Laisse faire les conseils ! C'est pas des lobsters, c'est des homards !...

Le premier moment de stupeur passé, Ralph et Nancy avaient découvert une utilité quelconque aux pinces de leur crustacé, et ils se donnaient, en dessous de la table, des coups à se démolir les tibias.

— C'est pour manger, ça, c'est pas pour se battre, disait Marie avec lassitude, mais elle-même, les yeux perdus dans la brume, oubliait de mouiller de margarine fondue ses morceaux de homard et n'arrivait pas, malgré ses efforts, à cacher sa répulsion.

Pete parlait beaucoup, comme à son habitude : du froid qui gondolait les portes à ne plus pouvoir les fermer, de la dernière partie des Nordiques, du nouveau gouvernement qui les mettrait dans le trou à coup sûr, et même des habitudes grégaires du homard qui, paraît-il, ne pouvait marcher qu'à reculons : il savait tout, il était intarissable. Marceau, au bout de la table, souffrait en silence. À chaque fois, il se découvrait avec stupeur des réserves inextinguibles d'animosité pour son gendre, et cela l'effrayait un peu, lui par ailleurs si pacifique.

Il y avait Marie, bien sûr, et c'était l'unique raison pour laquelle Marceau approuvait lorsque Laura parlait de les inviter à souper. Une sorte de gêne réciproque les paralysait, pourtant, quand Marceau et sa fille se trouvaient en présence. Ils n'échangeaient jamais que quelques mots, d'une banalité désolante. Mais qu'auraient-ils pu se dire, de toute façon, à travers les vociférations de Pete, le hurlement des enfants, et les plaintes acrimonieuses de Laura ? Marie s'enfonçait dans une sorte de névrose silencieuse qui faisait à Marceau l'effet d'un reproche. Il découvrait, bouleversé, que sa fille

était peu faite pour la famille, tellement semblable à lui-
même, au fond, aussi insaisissable, aussi rêvasseuse, et
il se surprenait à en vouloir aux enfants de la vieillir
prématurément, et à Pete, surtout, de la plonger
sciemment dans une médiocrité laborieuse.

— Pour quoi c'est faire, p'pa, qu'y marchent rien
qu'à reculons, les z'homards, hein ? Pour quoi c'est
faire ?

Nancy se suspendait de toutes ses forces au poignet
de son père, lui faisait lâcher le casse-noisettes d'une
poigne impérieuse dans son avidité à tout savoir
immédiatement.

— C'est comme ça, dit Pete, that's the way it is, et il
se lança dans une explication généreuse, les mots hors
de sa bouche se mettaient à rebondir comme des balles,
intarissablement, tandis qu'il maintenait à distance la
main sournoise de Ralph qui tentait de larder les côtes
de sa sœur de coups de pinces judicieusement calculés.

Marceau se mordait nerveusement les lèvres.

— Me demande pourquoi tu leur parles toujours à
moitié en anglais, à tes enfants... Me semble que tu
pourrais leur parler français, comme tout l'monde. Me
semble qu'y comprennent le français !...

— Papa, s'il vous plaît, soupira Marie, sentant venir
l'inévitable affrontement.

— R'commence pas ça, dit Laura.

— Me semble qu'y pourrait parler juste en français,
s'entêta Marceau. On parle-tu en anglais, nous autres ?
Me semble qu'on est tout' français, ici !

— Tu peux ben dire ça, jappa Laura, t'es jaloux, tu
sais pas un maudit mot d'anglais !

— Laissez faire, laissez faire, dit Pete d'une voix conciliante. On s'entendra jamais sur ce sujet-là, le beau-père pis moi. Moi, mes enfants, j'veux pas qu'y soyent des citoyens de deuxième classe, plus tard. Mes enfants, j'veux qu'y soyent bilingues en partant, pour qu'ils ayent des bonnes jobs pis des bons salaires.

— Ouais... Si y font comme leur père, ça s'ra pas vargeux !

— C'est assez, papa, c'est assez, là !

Marie crispait ses mains glacées sur les rebords de son assiette, et Marceau se tut soudainement, conscient qu'il était sur le point d'aller trop loin, une fois de plus. Ce n'était pas de sa faute, il y avait cette rancœur qui se tapissait au bord de ses lèvres comme un chat sauvage et qui faisait irruption à tout propos en face de Pete, balayant les bonnes résolutions qu'il ne manquait jamais de prendre, pourtant, quand Marie venait. Mais c'était trop dur, au-dessus de ses forces, vraiment, d'affronter à la fois le regard abruti de sa fille et la jactance insupportable de son gendre qui se faisait comme une gloire, on aurait dit, d'être chômeur.

— Tu aurais pu prendre la belle vaisselle, Laura, dit-il pour faire diversion.

— C'est la seule vaisselle qu'on a, Benoît Marceau. J'me d'mande d'où c'est que tu sors ?

— J'vas t'en acheter un autre set, crains pas...

— Sûrement pas avec la paye que tu fais à la cordonnerie, en tout cas, dit Laura, et Marceau eut envie de lui dire de se taire, mais elle était lancée, ne lui pardonnant décidément pas le coup des homards, j'ai jamais vu ça, disait-elle, lui, y est pire que les homards, y recule au lieu d'avancer, y gagne moins cher à chaque année, j'me d'mande comment on fait pour joindre les

deux bouts, j'ai jamais vu un homme qui manque autant
d'ambition...

Elle était lancée. Marceau jouait avec les antennes de
son crustacé, et il eut l'impression, l'espace d'une
seconde, que la bête le regardait avec des yeux compa-
tissants.

Il aurait pu rester là des heures, devant la grande vitrine
de la poissonnerie : leur vie faisait exprès de s'étaler
langoureusement en long et en large, de s'étirer comme
un beau film tranquille et captivant auquel il n'avait pas
le pouvoir d'échapper. Ils avaient l'air de s'aimer comme
des fous, et même plus, ils flottaient sereinement au-
dessus de tout, l'hiver, la slotche, les odeurs d'essence, et
Marceau, nostalgique, s'engourdissait sur le trottoir, il
ressentait comme une blessure leur bonheur trop débor-
dant. Bon Dieu qu'ils devaient être riches pour s'enrober
comme ça d'amour gratuit devant tout le monde, avec
leurs manteaux de poils exotiques et leurs beaux visages
cinématographiques ! Attendez-moi, avait envie de leur
crier Marceau, que je vous rejoigne, que je vous comprenne,
mais ce n'était pas possible, ils glissaient tous les deux
sous une bulle vaporeuse, ils évoluaient à part, dans un
univers étranger, aussi impalpables que des extra-terrestres.
L'homme ressemblait à quelqu'un, mais à qui, à qui,
Marceau avait beau fouiller sa mémoire, il n'arrivait pas
à mettre le doigt dessus...

Sans s'en rendre compte, Marceau avait poussé la porte
et s'était retrouvé dans le magasin, à leurs côtés. Ils
achetaient tout, à croire qu'il avaient un régiment à
nourrir, ils n'en finissaient plus de choisir des poissons
rares et délicats, toutes sortes de bêtes saugrenues qui
coûtaient bien 10,00 $ la demi-livre. De près, ils étaient
encore mieux, ils irradiaient une chaleur contagieuse, et
surtout, on pouvait comprendre ce qu'ils disaient, mon
amour, mon chéri, mon trésor, ils s'exprimaient dans un
français impeccable, de France sans doute. Marceau
suivait avec ravissement la mélodie caressante de leurs

paroles, il s'en voulait terriblement de ne savoir marmonner que dans une langue commune, si petite, avec des mots tellement pauvres et insignifiants. L'homme se retourna vers lui, et Marceau le reconnut instantanément : cela lui donna un tel choc que le carrelage se mit à vaciller sous ses jambes et qu'il dut se cramponner au comptoir pour ne pas tomber.

Il subsistait comme une aura d'hostilité latente autour de la petite table familiale, Marceau pouvait presque en humer les entêtantes distillations. Les mains verdâtres jusqu'au coude, Nancy s'était mêlée d'éclabousser son frère avec les intestins liquides de son homard ; en un rien de temps, malgré les imprécations doucereuses de Marie, la nappe s'était couverte de cochonneries, le souper était gâché, « à cause de qui, disait Laura, je vous l'donne en mille, y peut rien faire de correct, j'y d'mande de m'rapporter des steaks, pis r'gardez donc avec quoi y r'vient... » Ralph ricanait à voix basse, Marie regardait obstinément par la fenêtre de la cuisine, Pete avait au visage cette espèce de tic douloureux qui lui crispait le menton, sporadiquement, comme sous l'effet d'une décharge électrique.

— En tout cas, l'beau-père, dit-il, en tout cas, vous vous sentez riche !

— Riche ? riche ? Comment ça ?

Laura avait laissé choir son tablier et elle s'épongeait maintenant les mains à même la belle nappe du samedi soir, prise par une inquiétude soudaine, quasi viscérale, à l'idée qu'il se tramait des choses en signe de piastres entre son mari et son gendre.

— Que c'est qu'tu veux dire ? Si y a quelque chose qu'on n'a pas, c'est ben la richesse !

— C'est justement, dit Pete avec une étrange voix de gorge, c'est justement, j'trouve le beau-père ben généreux !

Laura ne comprenait toujours pas.

— Comment ça ? Comment ça ? Pas à cause de ces bestioles-là, toujours ?

Marceau avait levé la tête et il cherchait Pete du regard, les yeux parcourus de zigzags menaçants.

— Comment ça ? répéta stupidement Laura. Ça s'rait-tu que c'est ben cher, ces affaires-là ?

— Ben cher ? Des lobsters ? J'vous l'fais pas dire.

Pete avait parlé avec une économie qui lui était si peu habituelle que les mots retombèrent en boules de plomb autour de lui ; après ça, il s'installa carrément dans la cuisine un silence de fin du monde.

— Benoît Marceau, comment ça t'a coûté, ces affaires-là ?... Benoît Marceau, j't'ai posé une question !...

Dans la poissonnerie, le monde venait de se figer, une fraction de seconde ; la vendeuse, pressée, distante, se penchait vers Marceau en épongeant le comptoir :

— Vous désirez, Monsieur ?

— Oui... six... six comme ça...

Ils sortaient tous les deux, ils disparaissaient sous la neige, elle avec sa fourrure et son rire lumineux, lui avec ce visage volé, emprunté, dérisoire, ce visage que Marceau avait, trente ans avant que la vie s'acharne sur lui, et qu'il ne pouvait oublier parce qu'il était gravé dans ses tiroirs, sur toutes ses photos de mariage : « Mon sosie, se disait Marceau, c'est mon sosie heureux », se répétait-il pendant que la vendeuse lui remettait un colis et qu'il extirpait l'argent, presque la moitié de sa paye, du fond de son portefeuille élimé.

— T'es fou ? T'es devenu fou ?

Les bras de Laura lui en tombaient de surprise ; elle ne réalisait pas encore l'étendue du désastre, ce trou vertigineux dans leur budget pourtant si serré, cette crise d'hystérie qu'il faudrait patcher tant bien que mal, mais comment ? même en ne consommant que du pain et de la margarine tous les jours, la faillite les guettait irrémédiablement, ils se retrouveraient sur le pavé, grevés de dettes, harcelés par les factures à payer, le loyer dû depuis deux mois, le chauffage, l'électricité...

— Vous dramatisez un peu, là, belle-maman, dit Pete, empêtré dans un remords indéfinissable.

— C't'un monstre ! braillait Laura, c't'un fou ! Réponds, sans cœur, dis que'que chose, maudit gaspilleux ! Que c'est j'ai fait' au bon Dieu, pour l'amour, que c'est j'y ai fait' !

Son désespoir ne connaissait plus de bornes. Marceau se confondait en excuses, il se serait aplati sous la table tant cette scène lui devenait pénible.

— C'est pas si grave, Laura, disait-il, j'vas faire du temps supplémentaire... j'vas t'acheter un autre set de vaisselle...

— Maudit sans-cœur !

Il n'y avait pas d'issue, sa pauvreté le poursuivrait comme une tare, comme un reproche, sa vie durant ; il avait tout raté, même sa famille qui se vautrait dans le mesquin jusqu'au cou ; fallait-il qu'il y ait un dieu injuste en haut pour tolérer que l'on naisse malchanceux comme lui, plus recroquevillé qu'une larve, plus petit qu'une poussière, autant dire moins que rien...

— Chus écœuré, crisse, CHUS ÉCŒURÉ, OSTIE ! éclata-t-il.

— Sacre pas devant les enfants, Benoît Marceau !

— Tais-toi maman, dit Marie, et elle posa une main ferme sur le bras de Laura.

Marceau s'était levé, empourpré, tremblotant ; tout lui remontait dans la gorge comme un remède trop fort, les frustrations-cancers qu'il avait toujours tues, le manque d'amour qui creusait autour de lui un vide terrifiant...

Ralph donna, sous la table, un coup de pied à sa sœur.

— R'garde, pouffa-t-il, r'garde, y r'ssemble à un homard !

LE ROSE ET LE NOIR

Asseyez-vous, asseyez-vous donc, si je m'attendais à de la grande visite de même, vous êtes vraiment inspecteur, inspecteur de police avec des enquêtes, des crimes, des bandits, du vrai sang ?... C'est Eugène qui va être tellement mortifié de vous avoir manqué, Kojak, Hawaï Five-0, l'Homme de six millions, Colombo, c'est sa nicotine à lui — mais ne soyez pas trop regardant, doux Jésus, la cuisine est à l'envers c'est pas disable, je finissais justement ma sauce à spaghetti...

Oui, oui, c'est au sujet de Mme Sinclair que vous venez, enfin Mme Bouchard — elle avait repris son nom de jeune fille, non ? — je me disais, aussi, que ce n'était pas normal, une absence d'au moins deux semaines... Il ne lui est rien arrivé, toujours ?... Tss. Vous ne me dites pas. Disparue. Excusez-moi un instant, ma viande est en train de coller au fond, ce rond de poêle-là est bien maudit, il se met à donner de la chaleur sans qu'on lui en demande, vous savez ce que c'est, enfin probablement pas, votre rayon à vous, c'est plus les menottes que les ronds de poêle, hi hi hi !

Disparue. Ça parle au diable. Vous pensez à un
enlèvement, bien entendu ?... Je dis ça comme ça, avec
un fils comme le sien, célèbre, important, presque déjà
premier ministre, ça n'aurait rien de très saisissant,
croyez pas ?... Non, bien entendu, vous ne croyez rien
pour le moment, vous enquêtez, vous faites très bien, il
ne faut jamais rien croire ni personne, vous avez
sûrement votre petite idée derrière la tête mais vous la
gardez pour vous, comme je vous comprends, dans
votre métier, surtout, et puis ce n'est pas à moi à poser
les questions, comme vous dites si bien. Moi ?... Moi,
une idée sur la chose ? Mon cher monsieur l'inspecteur.
J'ai des idées sur tout, si vous voulez savoir, mais on ne
me les demande jamais, hi hi !, vous me faites trop
d'honneur, et si vous me passiez les champignons qui
sont à côté de vous, là, sur la table, vous joindriez
l'utilité à l'honneur.

C'est sûr que je la connaissais, Mme Bouchard...
Mme Sinclair, si vous y tenez, mais je vous jure qu'elle,
elle tenait à son nom de fille, elle refusait de lever les
yeux quand on l'appelait Sinclair, ce n'était pas une
simple lubie de retour d'âge, sérieusement, elle avait
fait changer tous ses papiers d'identité, elle disait que
ses erreurs l'avaient assez poursuivie comme ça sans
avoir à les traîner jusqu'à sa mort, je cite ses propres
mots — c'est bête, d'ailleurs, d'en parler au passé
comme si elle n'était pas toujours vivante, et bien
vivante... Comment ? Oui, oui, jusqu'à preuve du
contraire, évidemment, comme vous dites si bien et
avec tant d'optimisme, hi hi...

De spécial ? Dans le style « enlèvement », vous voulez
dire, avec des bruits de bataille, des cris étouffés, des
hommes en cagoule noire qui courent dans le corridor ?
Hi hi hi hi. Excusez. Non, je ne me moque pas, sérieusement, non, je n'ai rien entendu de spécial. Je la

connaissais, pensez, voisines de palier depuis des années, et avec des murs en carton qui laissent passer les bruits de respiration, elle venait parfois, pas souvent, prendre un café chez nous, gentille, oui, si on veut, mais ça ne me semble pas l'expression exacte pour parler d'elle, différente, plutôt, oui, différente et BIZARRE, très bizarre. C'est monsieur Sinclair fils qui la fait rechercher ? Je demande ça comme ça, bien entendu, il a peut-être déjà reçu une demande de rançon, ce n'est pas de mes affaires mais ça m'étonnerait, l'enlèvement, je veux dire, un homme si bien, si élégant, monsieur Sinclair, et chic avec ça, poli et tout, est-ce que vous croyez qu'il rentrera aux prochaines élections ?

Pour en revenir à Mme Bouchard, je ne voudrais pas faire la mauvaise langue, ni rien, les absents ont toujours tort, les pauvres, et ce n'est pas moi qui vais y changer quelque chose, mais on ne peut pas dire, vraiment, en toute honnêteté, qu'elle n'était pas bizarre — Eugène emploierait un mot beaucoup moins charitable, s'il était ici, et j'en profiterais pour lui demander de m'ouvrir ma bouteille de poivre de Cayenne, celle-ci justement, merci, vous êtes trop bon, est-ce qu'on ne dirait pas, des fois, qu'ils cachètent les bouteilles neuves avec de la Crazy Glue ?... Comprenez-moi bien, je ne veux pas dire qu'elle était folle, loin de là, elle avait même, elle a, je devrais dire, une intelligence au-dessus de la moyenne, une intelligence épeurante, quasiment, elle s'intéressait à toutes sortes de choses compliquées, la vie des étoiles, la reproduction des atomes, la politique en Afrique du Sud, les mœurs des kangourous, je ne sais pas si vous avez remarqué sa bibliothèque lorsque vous êtes entré chez elle ce matin, entre vous et moi, qu'est-ce que ça donne de lire tant de livres, est-ce que ça aide à résoudre les problèmes de chômage, est-ce que ça règle la crise économique ? Non. Bon. C'est comme son apparence, physique bien entendu, elle avait une

façon de s'arranger, vraiment, vous me direz qu'il s'agit
là d'un détail et vous aurez raison, mais pas complètement, car il y a des convenances à respecter, un bon
goût naturel et normal dans la tenue vestimentaire et
l'allure générale, même si tous les goûts sont dans la
nature, qu'ils prétendent. Elle s'habillait en rose, depuis
quelque temps, elle portait toujours sur elle quelque
chose de rose, un foulard, ou une robe, ou un grand sac
de toile, pas un rose raisonnable de femme distinguée,
je dirais, non, un rose provocant de petite jeune fille
dévergondée, si vous voulez savoir, elle disait que
c'était là sa couleur bénéfique — je cite ses propres mots
— et ses cheveux, surtout, ses cheveux, monsieur, elle
les avait flottants sur les épaules comme une Mater
Dolorosa, pas attachés ni teints ni rien, vous conviendrez quand même avec moi qu'il y a des limites, à
soixante-cinq ans, il y a des limites à ne vouloir ressembler à personne !

Elle faisait tout de la même façon, d'ailleurs, c'est-
à-dire rien comme personne, un seul exemple par exemple,
un beau matin je lui demande, elle s'était arrêtée ici
prendre un café, je lui demande comme ça pensant bien
faire, je me disais qu'elle devait se sentir seule, je lui
demande de venir avec moi au club, le soir, on joue aux
cartes, aux dames, il y a des prix à gagner, on se boit un
petit café avec, des fois, du petit gin dedans, hi hi, on a
bien du plaisir et ça ne coûte rien, ce qui est rare, bon, et
elle me demande «quel club ?» et je lui dis «le club de
l'Âge d'or», vous comprenez, j'entame mes soixante-
quelque, moi aussi, même si je ne les fais pas tout à fait,
et là, elle se met à rire, mon cher monsieur, à rire que
mon café m'en reste en travers du gosier, et elle me dit
«quel âge d'or ?» et là, moi, je ne réponds rien parce que
j'ai beau être bonne et même parfois bonasse, je distingue bien quand quelqu'un me rit en pleine face et
quand quelqu'un me pose une vraie question. Parlant

de café, je ne crois pas vous en avoir offert, ce n'est pas pardonnable, et le basilic le thym le laurier le piment que j'ai oublié d'ajouter à ma sauce, où Dieu du ciel ai-je donc la tête, vous êtes sûr et certain que vous n'en voulez pas ? J'ai bien une petite bouteille de gin quelque part, j'en garde toujours en cas de défaillance, ne me dites pas que l'exercice de vos fonctions vous en empêche vous aussi comme les inspecteurs de la tévé que j'ai toujours soupçonnés de nous mentir au nez... Votre foie. Oui. On a tous un foie, bien sûr, certains plus que d'autres, vous me pardonnerez de boire quand même sans vous à la santé de votre foie et de celui de Mme Bouchard où qu'elle se trouve au moment où je vous parle.

Le lendemain du jour de l'âge d'or que je vous contais, elle revient me voir, figurez-vous, et avec deux billets de théâtre par-dessus le marché, pour se faire pardonner de m'avoir ri dans la face, probablement, et aussi, quoi qu'en dise Eugène, à cause de sa nature, ça on ne peut pas dire, généreuse, oui, le genre à donner sa chemise à n'importe qui, encore que le rose ne soit pas une couleur appréciée par tout le monde, hi hi hi!... Bien entendu, moi, j'accepte, innocente comme le lapin qui vient de naître, qu'auriez-vous fait à ma place, surtout que les soirs où Eugène m'a sortie de la maison en trente ans de vie commune, TRENTE, mon cher monsieur, peuvent se compter sur les orteils de mon pied droit. J'aurais bien dû penser que son théâtre, à elle, ne pouvait pas ressembler à celui que j'avais dans la tête, une grande salle avec des bancs en velours et du monde chic habillé vraiment comme quand on sort et des acteurs qui récitent des belles choses il va sans dire, à quoi ça sert d'aller s'asseoir dans la noirceur pour écouter les gens parler comme au mail Saint-Roch, enfin, c'est ce que j'en pense, moi, et vous pourrez me

répliquer que je m'y connais plus en sauce à spaghetti qu'en spectacles, c'est en tout cas ce qu'elle ne
s'est pas gênée pour me laisser entendre, Mme Bouchard,
ce soir-là. C'était une pièce sur la vie de Jésus, à
ce que j'ai cru comprendre, mais les acteurs parlaient
comme des charretiers, «chriss, y a pus de vin»,
«viarge, j'vas en faire», vous conviendrez avec moi
que dans la bouche du Fils de Dieu et de sa sainte Mère
ce sont des mots qui surprennent un peu, ce qui n'était
pas le cas des gens assis autour de moi, tous des jeunes
pour la plupart, qui riaient comme des damnés — c'est
le cas de le dire. Moi j'étais complètement paralysée,
surtout que pour vous montrer comment la salle était
petite, celui qui faisait Jésus n'arrêtait pas de m'envoyer
ses gouttes de sueur jusque dans la face, ce qui me
rendait la concentration bien difficile, mais elle, elle
était comme un oiseau dans l'air, elle riait plus fort que
les autres en buvant de la Brador, je m'en rappelle très
bien, et à l'entracte elle avait l'air de connaître tout le
monde, elle distribuait les bonsoirs à la ronde et les
jeunes l'embrassaient à bouche-que-veux-tu en la
tutoyant et en l'appelant Françoise, des plans pour
attraper des maladies inguérissables et comme si elle
n'avait pas eu l'âge d'être leur grand-mère !

Tout ça pour vous dire que ce n'était pas le genre à
garder sa place, Françoise Bouchard, et à rester tranquillement chez elle en tricotant des pantoufles de
phentex et en mijotant du catsup aux tomates vertes et
de la sauce à spaghetti pour sa famille comme je fais
moi-même depuis plus de trente ans, je ne veux pas dire
que ça ne devient pas un peu monotone à la longue mais
il faut ce qu'il faut, je vais dire comme on dit, quand on
est vieux on devrait se tenir avec des vieux, c'est le bon
sens même qui parle par la bouche d'Eugène quand il dit
ça et il a probablement raison. Je pourrais vous en
raconter bien d'autres comme ça, et des vertes et des

moins mûres mais je suppose que votre temps est
précieux comme ils disent toujours à la télévision que
c'est à se demander ce qu'ils pensent du nôtre qui le
gaspillons à les écouter répéter toujours la même chose,
hi hi, et que vous n'êtes pas venu ici pour que je vous
compose une biographie détaillée de Mme Bouchard
que vous devez déjà connaître par cœur ne serait-ce que
par monsieur Sinclair fils ou père ou par sa fille dont je
ne me rappelle plus le nom exact, Marie, Maryse,
Mariette, tant pis, elle venait pourtant lui rendre visite
presque à chaque semaine. Oui, ah, ça vous intéresse ?
Bon. Bon bon.

Attendez une seconde, le temps que je brasse ma
sauce et que je m'éclaircisse les idées et que je me verse
un autre petit verre de gin, vous me prenez un peu au
dépourvu finalement, après tout, je n'étais que sa
voisine et je ne voudrais pas que vous pensiez que je ne
veux pas que sa famille, enfin monsieur Sinclair fils et
fille la retrouvent saine et sauve comme c'est sûrement
leur intention et le but dans lequel ils vous ont contacté
et pour lequel je m'écoutez avec tant de patience...
Vous ne travaillez pas pour eux précisément, oui, je
comprends, vous faites votre propre enquête comme
une sorte de détective privé, non, je ne voulais pas vous
insulter, vous n'êtes bien sûr pas un détective privé, ça
se voit tout de suite à votre à vos, enfin ça se voit,
même si tout le monde ne peut pas s'appeler Kojak hi hi.

Je ne sais pas ce qu'ils vous ont dit et je ne sais plus
ce que je vous ai dit moi-même, mais n'allez surtout pas
croire que j'en parle en mal, de Françoise Bouchard, je
vous explique simplement comment sa bizarrerie
s'exerçait, si je puis dire, ce n'était d'ailleurs pas
quelqu'un que l'on pouvait facilement détester — sauf
Eugène qui y est parvenu très vite, lui — elle était

toujours si correcte et avenante et souriante malgré ses
vêtements roses et ses grands cheveux gris de folle.

   Il est vrai qu'elle fréquentait beaucoup les jeunes, ça,
c'est certain, mais elle avait le droit, après tout elle était
majeure hi hi, et même très majeure, hi hi hi hi —
excusez, je la trouve bonne... Ils ont dû vous parler de
Marcel T. et de l'autre, le petit Vigneault qui arrivait
toujours ici avec des grandes fleurs abominables qui
ressemblaient plus à des bébittes qu'à de la verdure, il
m'en avait même donné une une fois que je m'adonnais
à ouvrir ma porte au moment précis où il sonnait à sa
porte à elle, par pure coïncidence évidemment, non ?
vraiment non ? ça m'étonne beaucoup, ça m'étonne
énormément surtout de la part de monsieur Sinclair fils
et de Marie-Mariette-Martine qui avaient fait toute
une histoire à ce propos, je me demande d'ailleurs si ce
n'est pas à ce moment que monsieur Sinclair fils a
développé son premier ulcère à l'estomac... Vous n'êtes
pas au courant.

   Ce n'étaient pas les premiers qui se tenaient chez
elle à toute heure du jour et de la nuit, à un moment
donné, j'ai même pensé qu'elle était en train d'ouvrir
une auberge de jeunesse tellement il y avait de grouil-
lements de va-et-vient là-dedans, ça rentrait par po-
chetées de cinq-dix et pas toujours les mêmes à part de
ça, ceux du lundi soir parlaient plus fort que ceux du
mercredi soir, qui étaient mieux habillés que ceux du
samedi après-midi que j'aurais dû appeler «celles»,
d'ailleurs, vu qu'il ne venait que des femmes le samedi
après-midi mais n'allez pas penser à un bordel ou à une
affaire sexuelle, doux Jésus ! hi hi, au contraire, elles
avaient le genre plus féministe que féminin si vous
voyez ce que je veux dire, toutes un air de beû qui ne
trompe pas, n'empêche qu'Eugène trouvait tout ça

louche archi louche, on n'a pas idée d'être si sociable et
de connaître tant de monde.

Il faisait partie du premier groupe, Marcel T., celui
des «réunions de travail» comme Françoise Bouchard
appelait les séances de criaillage du lundi soir qui
faisaient tant enrager Eugène parce qu'il est un peu dur
d'oreille et que ça causait de l'interférence avec ses
programmes de tévé. Réunions de travail de quoi, je
donne la langue d'Eugène au chat, je sais seulement
qu'elle avait recruté son monde à l'Université où elle
s'était mise dans la tête de suivre des cours de politique
imaginez à notre âge et comme si son fils n'aurait pas
pu lui en donner des cours privés autrement plus
pratiques, et que ça parlait fort de toutes sortes
d'affaires qui ne sont pas de nos affaires, l'Amnésie
internationale, les droits de l'homme, la guerre, l'impé-
rialisme, c'est Marcel T. qui parlait le plus fort, je n'ai
jamais su son nom de famille c'est comme ça qu'il
signait lorsqu'il lui laissait des billets dans la porte. Leur
relation, oui, leur relation, je savais que vous en viendriez
à cette question, ils se la sont toute posée en long et en
large, à commencer par monsieur Sinclair fils et l'autre
inspecteur, de la Police montée celui-là, qui est venu me
voir il y a bien un an au moment de la mort de Marcel T.
et qui n'a même pas souri lorsque je lui ai demandé ce
qu'il avait fait de son cheval, c'est vous dire à quel point
le sens de l'humour se perd de nos jours. Ils avaient
commencé à se voir en dehors du lundi soir mais c'est
lui qui venait la relancer quasiment à tous les deux
jours, il était au bord de la dépression qu'il lui disait
dans les billets qu'il lui laissait dans la porte que je n'ai
pas lus pensez-vous ! et c'est vrai qu'il avait l'air plutôt
maigrechine et pâle comme un cadavre en sursis et
malheureux que ça en faisait pitié et que je comprends
Françoise quoi qu'en dise Eugène qui voit toujours du
mal partout de s'être laissée attendrir, il cherchait une

oreille attentive une amie un support émotif qu'il
écrivait, une MÈRE plutôt que je pense même s'il avait
trente-cinq ans bien sonnés, vous savez comment sont
les hommes enfin je me comprends. Je parle de Marcel
T. — si vous me suivez toujours —, c'était rendu que je
le trouvais continuellement sur le palier devant chez
Mme Bouchard à l'attendre des fois pendant des heures
et à sonner à sa porte avec sa face de petit chien malade
du va-vite, ça se voyait déjà qu'il n'était pas normal et je
n'ai pas été personnellement surprise lorsque j'ai appris
qu'il avait fabriqué une bombe pour essayer de faire
sauter notre premier ministre mais il n'a pas réussi,
évidemment, la bombe n'était pas amorcée à ce qu'on a
dit et il a glissé sur la glace c'était l'hiver avant de se
rendre au Parlement et il s'est fêlé le crâne et il est mort
comme ça avec une bombe même pas bonne dans le
fond de ses poches et une lettre de bêtises adressée au
premier ministre est-ce que c'est assez fou à votre goût,
on lirait ça dans les journaux qu'on ne le croirait pas et
d'ailleurs les journaux n'en ont pas parlé.

Inutile de vous dire que cette histoire est un peu
tombée sur les nerfs de monsieur Sinclair fils qui
s'apprêtait à lancer sa grande campagne électorale et
qui n'avait pas besoin d'une vieille felquiste dans la
famille — je cite ses propres mots —, ce qui était peut-
être une chose injuste à lancer au visage de Mme
Bouchard qui n'avait pas prévu que ses petites réunions
de placotages politiques qu'elle faisait en toute innocence dans le cadre d'un cours dégénéreraient en
révolution, mais sans doute y mettait-elle un peu trop
d'ardeur comme dit Eugène en termes moins polis
cependant. C'est elle qui a été la plus affectée par tout
cela, la mort de Marcel T. qu'elle s'est mise à se
reprocher personnellement comme si c'était elle qui
avait inventé la glace et puis l'engueulade de monsieur
Sinclair fils qui est bien resté deux mois sans retourner

la voir, elle a laissé tomber bien sûr les cours de
politique à l'Université et les réunions du lundi soir
après, mais pas celles du mercredi ce qui m'amène à
vous reparler du petit Vigneault sur qui il me semble
vous avoir glissé un mot tout à l'heure.

Les mercredis soirs, elle prêtait son appartement à
une bande de jeunes qui faisaient du mime expérimental
— je cite leurs propres mots — et qui n'avaient pas de
local pour répéter — pour répéter quoi ça je n'ai jamais
su, c'est vrai qu'ils ressemblaient à des perroquets, tous
habillés pareil souvent avec des vêtements en soie
écarlate et jaune orange qui ne devaient pas passer
inaperçus dans la rue, c'est moi qui vous le dis, j'en
attrapais quasiment un éblouissement des yeux et un
coup de soleil quand je les voyais apparaître en haut de
l'escalier. Le petit Vigneault était du nombre, vous
l'aurez deviné, un peu plus vieux que les autres peut-
être mais pas encore trente ans ni le nombril sec, un bel
air ça c'est certain, des cheveux noirs bouclés comme un
ange ou un démon, les yeux bleus, attentionné comme
une fille, des fleurs en veux-tu en v'là, il a bien dû lui en
apporter douze douzaines en l'espace de six mois, le
genre de garçon qu'on aurait aimé avoir pour fils,
j'imagine, quand on s'appelle Françoise Bouchard et
qu'on a pourtant déjà une fille et un fils si chic et si
célèbre. Bon.

Si je vous raconte tout ça, comprenez-moi bien, c'est
que vous me semblez fiable et discret et sûrement lié
par le secret professionnel et pas le genre à cacher des
micros secrets dans mon dos pour faire écouter ça à
d'autre monde après, je veux dire que je trouverais
extrêmement regrettable que Mme Bouchard apprenne
que j'ai parlé d'elle même pour dire des choses qui ne
sont que l'exacte vérité d'ailleurs déjà connues de
monsieur Sinclair fils et de Marie-Marine-Marguerite,

appelons-la Marie pour faire une histoire courte. Je ne demande pas mieux que de vous aider dans l'exercice de vos fonctions qui vous empêchent toujours j'imagine d'avaler ne serait-ce qu'une larme de gin mais n'allez pas me prendre pour une saoulonne si je m'en verse un autre verre, l'alcool me fait le même effet que l'eau pure je vous jure, tout juste est-il plus digestible et revigotant surtout pour tuer les après-midi et les soirs quand ils sont trop longs, au moins accepterez-vous que je vous donne un bocal de ma sauce à spaghetti dont vous me direz des nouvelles quand elle sera prête et dans laquelle j'ai ajouté des rognons de veau et un peu de foie pour accentuer... Oui. Oui, j'y reviens. Le petit Vigneault.

Un après-midi, elle est venue ici, Françoise Bouchard, pour m'expliquer son point de vue sur cette affaire, l'amour qui n'a pas d'âge et patati et patata et j'avoue que j'ai bien failli comprendre — ou me laisser enfirouaper plutôt comme dit Eugène, c'est vrai qu'il y a des limites une moralité des règles qui doivent bien exister quelque part même quand on ne croit plus au bon Dieu. Le petit Vigneault, voyez-vous, mon cher monsieur, il s'est mis à venir la voir en dehors des mercredis soirs, lui aussi, mais ce n'était pas pour discuter politique ou se plaindre qu'il était déprimé, au contraire, on entendait des rires et des bruits très significatifs qui nous parvenaient directement de sa chambre à coucher, je vous assure, il n'y a pas que les murs qui ont des oreilles.

Vous avez très bien compris, oui, une liaison, sexuelle érotique et tout le bataclan, c'est ce qu'ils ont eu ensemble, elle une bonne femme de plus de soixante-cinq ans et lui un enfantelet d'à peine vingt-cinq vingt-six, je veux bien croire qu'il y a eu des précédents, Harold et Maude au cinéma et au théâtre que j'ai écouté à la télévision et qui m'a fait rire parce que c'est justement arrangé avec le gars des vues mais vous ne me ferez pas croire que ce n'est pas un monde un peu beaucoup détraqué où allons-nous si les garçons se mettent à sortir avec leurs grands-mères plutôt qu'avec les filles de leur âge et vice-versa en tout cas ça ne fera pas des enfants forts.

Ils ne se cachaient même pas, on pouvait les croiser sur la rue bras dessus bras dessous et ils s'embrassaient parfois dans le corridor, j'en rougissais pour elle à travers la porte. Ça s'est su, bien sûr, puisqu'elle faisait tout pour que ça se sache, ça a quand même pris six mois avant de se rendre aux oreilles de l'entourage de monsieur Sinclair fils qui était cette fois en pleine course à la chefferie, vous savez comment il travaille fort, et entre temps l'histoire s'était empirée, non seulement ils avaient ensemble cette liaison épouvantablement amoureuse au vu et au su de tout le monde mais elle s'était mise à essayer des choses illégales et immorales à son contact, il me parvenait au nez d'en dessous de sa porte et de la mienne des odeurs, des odeurs, je n'ai pas besoin de vous faire un dessin je pense dans votre métier, de fumée de drogue hallucinante disons-le et Dieu sait quoi encore.

Cette fois-ci ça n'a pas été beau lorsque monsieur Sinclair fils a rendu visite à Françoise Bouchard alors qu'elle était précisément avec le petit Vigneault en train de fumer ce que vous savez, il le savait depuis quelque temps il attendait le moment propice que je... que quelqu'un l'avertisse par téléphone et il est arrivé presque immédiatement et je vous dis que les murs ont tremblé c'est une façon de parler, je n'avais jamais vu monsieur Sinclair si hors de lui il a traité le petit Vigneault de tous les noms possibles gigolo-parasite-exploiteur-profiteur-de-vieilles-femmes et je crois bien qu'ils se sont même battus et le petit Vigneault a eu le dessous puisqu'il est sorti le premier mais ça n'a pas été

fini pour autant, on a entendu encore pendant des
heures les voix de monsieur Sinclair et de Mme Bouchard
qui se criaient l'une par dessus l'autre celle de monsieur
Sinclair disait : « Tu te conduis de façon inqualifiable —
tu m'en veux — tu fais tout pour me nuire — tu ruines
ma réputation — c'est ma mort que tu veux — ma mort
politique», celle de Mme Bouchard répétait tout le
temps : « Non — c'est ma vie — veux-tu — laisse-moi
tranquille — non ce sont mes affaires — fiche-moi la
paix veux-tu — la sainte paix...» comme ça à se cha-
mailler pendant des heures et après je n'ai plus rien
entendu, la maison ici fait comme un L et ils avaient
laissé la lumière du salon allumée, je les ai vus qui se
serraient dans les bras l'un de l'autre et qui pleuraient
— on aurait dit une image sainte.

Semble-t-il qu'après, ils ont fouillé dans le passé du
petit Vigneault pour essayer de déterrer quelque chose
de criminel ou de révolutionnaire, je suppose que
monsieur Sinclair avait été échaudé avec l'affaire
Marcel T., ils ont bien fini par trouver des irrégu-
larités, de l'Assurance-chômage reçue en trop, des
impôts dus et pas déclarés, suffisamment de petites
choses pour lui faire peur, j'imagine, et pour qu'il ne
remette plus les pieds chez Françoise Bouchard et
l'histoire s'est terminée comme ça — ou presque. Plus
tard, dans le courant du mois, elle est arrêtée nous voir,
« en passant» a-t-elle dit mais ce n'était pas vrai, elle ne
venait jamais ici le soir surtout lorsqu'elle savait
qu'Eugène était dans les parages, elle n'avait même pas
pris la peine de s'habiller convenablement de se peigner
un peu, elle avait une tête à faire peur des cernes bleus
jusqu'au menton quasiment, elle s'est d'abord excusée
très très poliment de nous déranger — je ne sais pas
pourquoi je vous raconte ça ça n'a vraiment pas
d'importance aucun intérêt, c'est à cause de ses yeux,
peut-être, elle avait une façon de vous regarder dans les

yeux qui vous faisait sentir mal à l'aise, coupable de quelque chose — Eugène est parti dans le salon soi-disant pour regarder la télévision et je suis restée seule avec elle dans la cuisine oh pas longtemps quelques minutes à peine, «je suis rendue au fond au fond» qu'elle m'a dit à deux ou trois reprises d'une voix calme et courtoise comme si elle parlait de température, je n'ai pas su trop quoi lui dire ni ce qu'elle entendait par là, elle me regardait fixement avec ses grands yeux secs et tristes, tristes, j'étais gênée pour elle je lui ai offert des biscuits un café qu'elle a refusés, elle m'a dit «j'avais juste envie de vivre, ça a l'air que je n'ai plus le droit, est-ce que vous n'avez pas envie de vivre, vous aussi, des fois ?...», je n'ai rien trouvé à répondre, évidemment, c'était complètement déplacé et indécent et gênant, elle devait être droguée sûrement comme a dit Eugène, j'ai bu deux-trois verres de gin après qu'elle a été partie peut-être même quatre ne me demandez pas pourquoi, et j'ai jeté dans la poubelle le vieux linge que j'étais en train de raccommoder, les gilets, les chaussettes, les caleçons d'Eugène, je ne sais vraiment pas pourquoi je vous raconte ça, ça n'a rien à voir avec le reste excusez-moi.

Il ne faudrait pas, par exemple, que tout cela vous donne à penser que sa famille ne venait la voir que pour lui faire des reproches, au contraire, je vous ai dit que Marie sa fille lui rendait visite à chaque semaine et monsieur Sinclair fils assez souvent aussi même si c'est un homme extrêmement occupé, d'ailleurs vous les avez rencontrés vous savez comment ils sont gentils distingués et pleins de bons sentiments ça se voit à l'œil nu. Je dirais même qu'ils s'occupaient d'elle avec énormé-ment de sollicitude et d'affection comme si elle avait été leur enfant plutôt que leur mère, et c'est vrai que ses comportements à elle paraissaient souvent infi-niment moins matures et raisonnables que ceux de Marie sa fille entre autres, qui n'arrivait jamais ici les

bras vides, elle apportait de la nourriture des vêtements
des cadeaux de toutes sortes « maman tu te nourris tu
t'habilles tellement mal » qu'elle lui disait toujours sans
aucune pointe de méchanceté et en riant que ça faisait
chaud au cœur à entendre, on sentait tellement qu'elle
aurait donc aimé voir sa mère parfaitement bien et
heureuse. Des enfants comme il s'en fait peu, je vous
dis, et dont elle aurait eu raison de se montrer plus fière
mais elle n'en parlait jamais, ça m'a pris je ne sais
combien de temps avant de découvrir que sa fille était
avocate elle aussi et la principale collaboratrice de son
frère, est-ce assez beau imaginez deux dans la famille
c'est ce qu'on appelle réussir, ils ont dû hériter ça de
monsieur Sinclair père sur qui je ne sais malheureusement strictement rien excepté qu'il est dans les
affaires et que Mme Bouchard l'a complètement rayé de
sa vie depuis quinze ans qu'elle l'a quitté. C'est toujours
comme ça, toujours les mêmes qui ont de la chance et
qui ne le savent pas, ça faisait bien des années que
Marie sa fille la suppliait de venir habiter avec elle dans
sa grande maison à Sillery au lieu de vivoter maigre
dans un appartement décrépit en mangeant ses petits
revenus de pensions, on ne me l'aurait pas dit deux fois
moi, surtout qu'elle aurait pu continuer là toutes ses
activités de placotage « dans les limites du raisonnable »,
évidemment, comme le lui faisait remarquer Marie avec
justesse, parce que la maison d'une avocate engagée
dans la politique, quand même, ce n'est pas une porcherie ni un vieux logement de Limoilou dans lequel on
peut inviter n'importe qui sans respect pour le voisi-
nage et les qu'en-dira-t-on.

Tout ce que je vous dis là, par exemple, ce n'était
plus valable les dernières semaines qu'elle était ici,
Françoise Bouchard, elle s'était mise tout à coup à
comprendre le bon sens si je puis dire, surtout après
l'affaire des féministes qui a été la goutte d'eau qui a fait

déborder le bain. Je vous avais parlé des samedis après-
midi de Françoise Bouchard où elle recevait chez elle un
paquet de femmes de tous les âges habillées la plupart
du temps comme des mécaniciens de garage, eh bien je
ne m'étais pas trompée il s'agissait tout à fait de
féministes organisées en groupe avec un nom dont je ne
me rappelle plus, mais qui fourrent leur nez partout et
sont toujours en train de se plaindre du sort fait aux
femmes comme si ça pouvait changer quelque chose.
Figurez-vous qu'il n'y a pas très longtemps, le fameux
groupe en question a convoqué une assemblée publique
où il y avait des photographes et des journalistes, et
elles se sont mises à critiquer d'abord le Gouvernement
ce qui n'est pas nouveau mais ensuite tenez-vous bien à
s'en prendre au programme politique de monsieur
Sinclair qui n'est pas encore au pouvoir même si cela ne
saura tarder, et à dénoncer toutes les choses sexistes
pour employer un mot à la mode qu'il aurait dites, et qui
pensez-vous qui était là assise au premier rang de leur
assemblée écoutant religieusement toutes ces niaiseries-
là comme s'il s'était agi d'un discours du pape et qu'on a
pu voir en pleine page d'un journal sur une photo qui ne
manquait pas de le mentionner par écrit en plus,
Françoise Bouchard elle-même en personne oui Monsieur,
vous devez lire le même journal que moi.

Cette histoire est arrivée un tout petit peu après
celle du petit Vigneault et j'ai trouvé que monsieur
Sinclair fils et fille avaient démontré bien de la patience
puisque quand ils se sont amenés chez elle, cette fois, il
n'y a pas eu un son plus haut que l'autre qui est sorti de
l'appartement dont les murs sont pourtant faits en
carton, ils avaient l'air de lui parler extrêmement rai-
sonnablement, Marie sa fille la tenait par le bras tandis
que monsieur Sinclair fils était debout penché sur elle
une main posée sur son épaule et elle, elle les écoutait
à tour de rôle avec un visage grave et sérieux qui

montrait qu'elle commençait à réaliser à quel point ses
agissements étaient fous et écervelés et indignes d'une
femme de son âge et du rang social de ses enfants. Et
c'est un fait que dans les jours qui ont suivi, elle s'est
transformée du tout au tout, elle a commencé d'abord
par s'attacher les cheveux et s'habiller plus décemment
en couleurs sombres ce qui était déjà une amélioration
énorme, et elle a laissé tomber toutes ces sorties et ces
réunions farfelues qui ne lui apportaient finalement
que du trouble, et la maison est redevenue calme
comme avant son arrivée ici il y a dix ans, même que
vous allez rire je me suis mise à m'ennuyer de la
musique de sauvage qu'elle a arrêté de faire jouer à tue-
tête comme elle en avait l'habitude — c'est pour dire on
s'adapte à tout.

Vous avez sûrement aperçu les boîtes pêle-mêle
dans son salon, elle avait enfin accepté de déménager
dans la grande maison de Marie sa fille ce qui était une
décision pleine de bon sens à mon avis, ça ils ont dû
vous le dire aussi et je comprends qu'ils ne comprennent
pas et qu'ils croient à un enlèvement on n'est jamais
trop méfiant dans le monde de détraqués qui nous
entoure.

Seulement... Seulement. Bon. J'aurais peut-être dû
commencer par là, par la dernière fois que je lui ai parlé
et où elle avait l'air si drôle vous me direz que c'était
son air normal mais non il y avait quelque chose en
plus. Elle revenait de dîner avec ses deux enfants qui
l'avaient emmenée au restaurant et elle est arrivée ici
quasiment sans frapper et elle m'a demandé un verre de
gin, tout ça en riant comme une folle, bon pourquoi pas
je me suis dit, je n'ai rien contre la gaieté. « Ils veulent
que je réintègre « Femmes en marche » — c'était ça le
nom du groupe dont je vous parlais — qu'elle m'a dit
toujours avec ce rire de gorge qui me semblait forcé, « ils

disent que leurs conseillers trouvent ça bon, au contraire» — je cite toujours ses propres mots — «il paraît
finalement qu'une mère subversive, ça fait très bien
dans le décor, ça ajoute du progressiste», je ne comprenais rien, évidemment, pour dire quelque chose, je
lui ai demandé «qui ça?» et là au lieu de me répondre,
elle a arrêté de rire et elle m'a regardée avec son air qui
vous donne envie de rentrer sous terre «je n'ai plus
d'enfants» qu'elle a dit mais très distinctement je vous
jure, vous demanderez à Eugène je lui ai tout raconté et
je ne suis pas d'accord avec lui, cette fois-ci, quand il
prétend qu'elle était droguée ou saoule.

Non, ce n'est pas la dernière fois que je l'ai vue. La
dernière fois que je l'ai vue, elle venait de sortir de la
maison, elle marchait sur le trottoir et elle s'est arrêtée
un moment juste en dessous de ma fenêtre de cuisine,
quand? est-ce que je sais quand!, il y a deux semaines à
peu près deux semaines exactement oui c'était la première belle journée de printemps je me rappelle, et elle a
levé la tête vers moi on aurait dit qu'elle avait deviné
que j'étais là.

Elle m'a envoyé la main en souriant et ça m'a fait un
grand coup au cœur, je ne peux pas vous expliquer, elle
avait détaché ses cheveux qui lui tombaient sur les
épaules comme une crinière grise et remis son ensemble
rose avec son grand sac de toile rose, elle avait comme
rajeuni de vingt ans tout à coup et ça m'a fait penser
quand nous étions petites toutes les deux c'est vrai j'avais
oublié de vous dire, on a étudié ensemble aux Ursulines,
Françoise Bouchard et moi, je l'ai tout de suite reconnue
quand elle est arrivée ici à cause de son grand rire
comme une corde de bois qui déboule et ses yeux et son
allure déjà différente des autres à cet âge-là, même si
elle, elle ne m'a pas replacée comme on dit, il faut dire

que j'ai un peu beaucoup changé avec le temps, et puis
la vie n'est pas souvent facile.

Elle n'avait pas de valise, non, mais j'ai compris
qu'elle s'en allait, qu'elle s'en allait tout court, comprenez-
vous, c'était une journée pour ça, pour refaire des folies
n'importe où quelque part sans personne qui nous
retient, dites-leur de ne pas chercher, je ne pense pas
qu'elle ait envie qu'ils la retrouvent, dites-leur bien,
c'est probablement ce que vous appelez une fugue mais
il faut du courage ah il en faut tellement, j'ai refermé la
fenêtre de la cuisine sans être capable, voyez-vous, sans
être capable de lui crier de m'emmener...

BENNIE ET FILS

Enfer et miséricorde. Elle palpe l'unique dix-huitième exemplaire de « Vie et mort d'Émile Ajar » tiré sur vergé blanc de Hollande Van Gelder avec la désinvolte férocité d'un éboueur de la basse-ville qui se colletaille avec les sacs d'ordures, elle écorne subrepticement le fin papier liséré, elle martyrise la jaquette, elle renifle l'encre neuve de près, de plus près, elle retrousse les lèvres — diantre, vertudieu, elle va finir par en prendre une bouchée !... Claude souffre.

— J'ai une envie TERRIBLE d'escalopes de veau aux morilles à la crème. Hein ?... On va à la Ripaille, ou chez Umberto ?...

Il doit être cinq heures vingt, la librairie achève de sombrer dans une catalepsie lourde, monastique, et Claude se surprend à détester soudain avec violence les escalopes de veau à la crème et les doigts boudinés d'Olga qui s'entortillent complaisamment autour du si précieux dix-huitième exemplaire de « Vie et mort d'Émile Ajar » tiré sur vergé blanc de Hollande Van

Gelder. («Pour faire lâcher prise aux tentacules pré-
hensiles de la pieuvre commune, il est recommandé de
s'attaquer directement à la tête du céphalopode plutôt
qu'aux bras munis de ventouses...»)

— Pourquoi tu me regardes comme ça ? Mon pauvre
Claude.

Elle lâche un soupir excessif et torturé en même
temps que l'exemplaire inestimable de «Vie et mort
d'Émile Ajar». Claude s'en empare avec une vélocité de
crabe et des ruissellements de gratitude intérieure —
merci, Yahweh, Jupiter, Moloch, Vishnou, Çiva, Bouddha,
Lucifer. Victoire de l'homme sur la pieuvre.

— C'est TERRIBLEMENT vexant, la façon que t'as
de pas répondre quand on te parle !... C'est ça, le
Romain Gary dont tu me parlais ? Pff... une plaquette...

Oui. Non. Va pour les escalopes aux morilles à la
crème, va pour le veau de lait entier, va pour la Ripaille,
Umberto, l'Ancêtre, le Serge Bruyère, va pour n'importe
quoi, n'importe où. Sortir, verrouiller consciencieusement la porte de la librairie, emporter précautionneusement le trésor loin des tapotements crasseux et
des mains plébéiennes, l'isoler dans une pièce sans
fenêtre verrouillée à température contrôlée, le déposer
sur un coussin de gaze et de soie tunisienne, l'empri-
sonner sous un globe de verre scellé, blindé, teinté,
inoxydable et incassable — au besoin, inventer ce
matériau s'il n'existe pas.

— C'est le solstice d'été dans dix jours et trois
heures, fait remarquer triomphalement Olga.

L'approche du solstice d'été la met d'excellente
humeur, indubitablement : elle s'empare énergiquement

du bras de Claude, elle l'entraîne à grandes foulées vers le stationnement intérieur, Claude est obligé — pour ne pas y laisser sa manche de veston et son biceps inexistant — de trottiner dans son sillage. Ils rasent à toute allure les jardins de l'hôtel de ville, pas assez vite, cependant, pour que les sinus délicats de Claude n'enregistrent au passage les effluves sucrés des arbres en fleurs.

— Cochonnerie de lilas, marmonne-t-il.

Il éternue. Les escaliers du stationnement intérieur puent le moisi, la lumière hâve des néons éclaire lugubrement sa Renault gris anthracite et la Honda bleue de Olga qui s'est évidemment rangée de guingois tout contre sa portière gauche qu'il vient de faire repeindre et qu'elle doit d'ailleurs — inutile de vérifier, la vie est assez déplaisante comme ça — avoir généreusement égratignée.

— Je passe te prendre à sept heures trente PRÉCISES, rappelle Olga.

Comme d'habitude. Comme toujours. Comme depuis douze ans, à tous les mercredis et samedis soirs que le bon Dieu amène. Sept heures trente trrès prrécises. Elle s'appuie contre la portière droite de la Renault et ne semble plus vouloir bouger. Claude surveille tristement sa frêle antenne de radio MF qu'elle s'est mise à tortiller dans tous les sens, tout à fait gratuitement, de ses gros doigts aveugles. Elle en a, une antenne, pourtant, sur sa Honda bleue, mais celle de Claude lui paraît sans doute plus malléable, plus agréable au toucher, «plus facilement cassable», se dit Claude en se mordant les lèvres au sang.

— Bien des amitiés à ton cher père, persifle finalement Olga en lâchant d'un coup l'antenne — qui

cingle l'air comme un fouet et en s'engouffrant dans sa
Honda bleue qu'elle a bien sûr négligé de fermer à clé.

Il laissera tourner le moteur quelques minutes, pour
se donner le temps de boucler sa ceinture et de nettoyer
scrupuleusement des taches invisibles sur le tain du
rétroviseur. Il agitera une main vague lorsque la voiture
d'Olga, en le dépassant, le saluera de ses deux petits
coups de klaxons coutumiers et impérieux. Ce n'est que
sur la Grande-Allée que sa tension aura l'air de le
quitter — mais pour un instant seulement — et qu'il
s'appuiera quasi voluptueusement les reins contre le
siège rembourré (et recouvert de cretonne fleurie destinée à protéger le cuir de toutes les substances pous-
siéreuses, poisseuses et dégoûtantes qui s'obstinent à
vicier l'air ambiant) ; il caressera du regard, à son côté,
la jaquette luisante du rarissime dix-huitième exemplaire de « Vie et mort d'Émile Ajar » tiré sur vergé blanc
de Hollande Van Gelder ; il allumera la radio. Ce sera le
meilleur moment de la journée. Il y aura, comme toutes
les fins d'après-midi, des footballeurs essouflés et des
coureurs haletants qui s'ébattront sur les Plaines
d'Abraham, face au Musée, et il se rappellera, avec un
étrange plaisir, les sculptures bancales qu'il aura imman-
quablement vues et détestées, le samedi précédent. En
compagnie d'Olga.

Après, le temps passera trop vite, le temps qui, avec
une cruauté inéluctable, finira par le ramener devant la
vieille maison de la rue Fraser où le guettera le pire
moment de la journée. Il aura beau s'attarder devant le
comptoir de pâtisseries de chez Bardou, ou tâtonner
complaisamment dans les allées de la Société des
Alcools, ou feindre d'effectuer quelque ultime course
indispensable au Delicatessen Cartier qui n'attendra
que son départ pour fermer, il faudra bien, tôt ou tard,
que la Renault se range fidèlement dans l'allée pierreuse

de la vieille maison de la rue Fraser, qu'il s'arrache à
l'étreinte cotonneuse de son siège tout en affectant de
ne pas voir Bennie, à la fenêtre de la cuisine, qui ne
manquera pas d'écarter le rideau, de sa seule main
valide, pour ne rien perdre de son arrivée.

Si c'est un samedi ou un mercredi — comme ce sera
le cas aujourd'hui — il échappera au plus pénible du
rituel familial. L'autre forme de rituel — deux fois la
semaine, celui-là — consistera à s'asseoir dans un
restaurant face à une femme corpulente avec qui il ne
sait plus ce qu'il a en commun, si ce n'est une sainte
horreur de la promiscuité sexuelle et une passion
dévorante pour la sauce béarnaise et le sabayon au
Grand Marnier. Mais à cela, il s'efforcera de ne pas trop
penser, préférant nettement imaginer sa relation avec
Olga comme le fruit délicat d'une haute communion
spirituelle.

Mais, peu importe le jour de la semaine, ce n'est que
dans sa chambre-bibliothèque, où il se barricadera, plus
tard, seul avec ses éditions de luxe et ses collections
rares, que Claude trouvera, finalement, une sorte de
sérénité, presque une raison de vivre, en tout cas,
jusqu'au lendemain matin. Il ne lira probablement pas
— le contenant l'intéressant souvent plus que le contenu,
dans le cas des livres —, il se contentera d'attoucher,
avec un ravissement indicible, le papier fin de sa dernière
acquisition, de le comparer avec le vélin pur fil Lafuma-
Navarre — qu'il a arraché, le mois dernier, à prix d'or à
un collectionneur montréalais —, de supputer, avec un
sursaut d'angoisse, la supériorité indéniable du Bouffant
Select qu'il ne compte pas encore parmi ses trésors de
papetier-libraire-collectionneur-amateur, et toutes ces
spéculations épuisantes finiront par l'endormir lui-
même mieux qu'une triple dose de barbituriques.

La Renault émet une sorte de grognement prolongé, même après en avoir coupé le contact, et cela rappelle à Claude, désagréablement, qu'elle a besoin d'un changement de bougies, de pointes, bref, de tout cet exécrable tripotage saisonnier que les garagistes appellent, dans leur jargon huileux, «tune-up d'hiver et d'été». Il s'engage, maussadement, dans l'allée rocailleuse, inattentif à la lumineuse verdoyance des érables, des saules qui émergent tout juste du printemps tardif, les yeux fixés au sol pour ne pas voir apparaître l'œil vindicatif de Bennie à la fenêtre de la cuisine.

La porte est verrouillée à double tour, bien sûr. Enfer et damnation. Claude tâtonne dans le fouillis cliquetant de son trousseau de clés — clés de la serrure avant de la Renault, du coffre arrière, de la porte extérieure de la librairie, de son bureau de gérant, de sa chambre-bibliothèque, de son armoire à collections-de-livres-rares-à-papier-fin, des clés, des clés, DES CLÉS, morbleu!, et la dernière trouvée, assurément, celle qui lui permet d'ouvrir la porte de la maison dans un silence hargneux, tandis que Bennie, affalé devant la télévision, fait celui qui n'a rien entendu. Il faut dire que le volume de la télévision atteint un nombre inquiétant de décibels — Bennie vient, à coup sûr, de le hausser il y a quelques secondes à peine, sachant combien Claude y est allergique.

Mais — plus encore que la voix caverneuse de Grizzly Adams ou d'un quelconque protagoniste d'un infiniment quelconque film de dernière catégorie que Bennie s'est ingénié à dénicher à la télévision — un élément agressant et très désagréable frappe les sens aiguisés de Claude, à l'orée du salon. Une odeur. Une odeur un peu rance, de graisse, tiens, ou de mauvaise viande fermentée par la chaleur, le vieillissement, les mouches... Écœurant. Bennie est avachi dans son

fauteuil à bascule, le pied droit précautionneusement
posé sur un tabouret, le menton presque avalé par la
petite table à roulettes qu'il a fait glisser tout à côté de
sa tête. Il mange. Un peu de suif fondu et luisant lui
coule doucement le long de la lèvre, il le rattrape de la
langue avec gourmandise, slurp ! Claude, frissonnant
de répugnance, note que ce que Bennie est en train
d'avaler avec une si vive délectation est bel et bien de la
moelle de bœuf, de la grosse moelle livide, tremblotante,
à peine cuite, tout juste extirpée des os brisés de la
pauvre bête — jarrets, tibias ou rotules, allez donc
savoir !... Bennie ne manque pas d'enregistrer au passage
l'air torturé de son fils, et, à son intention, il se met
derechef à secouer un gros os renflé qui trône encore
dans son assiette, jusqu'à ce que la moelle s'en détache
avec un gloussement mouillé — flouchch !...

— C'est à soir que tu sors avec Vaginska ? demande
Bennie, une lueur joyeuse dans le regard.

— Olga. Oui, c'est ce soir que je sors avec Olga.

Claude, très pâle, n'arrive pas à détacher son regard
de la moelle flasque que Bennie prend le temps d'étaler
lascivement sur du pain.

— Vaginska, ricane Bennie en retroussant le coin de
la lèvre, ce qui accentue subitement sa ressemblance
avec un vieux chien irascible.

— Père, vous savez très bien que les gras... toutes
les sortes de gras... vous sont interdits. Votre artériosclérose...

— Laisse faire mon artériosclérose. Occupe-toi de
tes scléroses à toi.

— Vous êtes malade, vous êtes atteint d'artériosclérose à un point dangereux, excessif, le médecin l'a

dit... vos jours sont comptés si vous vous obstinez à bouffer du gras...

Si seulement c'était vrai, se dit Claude avec accablement, en allant ouvrir la fenêtre toute grande pour tenter, au moins, de chasser l'odeur rance qui s'est incrustée dans le salon. Mais non, bien au contraire, toutes ces substances innommables dont Claude ne parvient que difficilement à admettre l'existence — couennes de lard froid, graisse de rôti, bacon cru, suif de bœuf, gras de poulet, d'agneau... — font les délices de son père et contribuent, on dirait, à lui lubrifier les articulations, à lui rosir le teint.

— Où vous êtes-vous procuré ces... ces os ? demande Claude, cassant.

Bennie se met à rire.

— C'est le chien du voisin qui me les a donnés. On est ben chums.

Claude se sent soudain perdre pied, comme à toutes les fois qu'il essaie, un peu longuement, de discuter avec son père.

— Je vais prévenir le médecin, marmonne-t-il, c'est plus possible, à la fin, il va falloir vous placer dans un hôpital, pour vous faire entendre raison, pour vous surveiller, pour vous alimenter sainement, de force, au sérum, s'il le faut...

Bennie continue à rire. Il avale d'un trait tout ce qui accepte de se loger sur sa dernière croûte de pain, fait claquer sa langue de satisfaction.

— Pauvre p'tit couillon. Regarde-toi donc, c'est toi qui devrais rentrer à l'hôpital, t'as la face verte comme une moisissure. Ça doit être à force de manger du papier...

Ce rire. Ce rire insupportable, épais, plus adipeux que le plus adipeux des gras de viande, ce rire obscène que Claude entend depuis des années et qui déboule maintenant dans le salon, interminable, et qui s'achève soudain — tout de même, il y a une justice, se dit Claude — par une toux corrosive et brutale qui plie Bennie en deux. Crève, se dit Claude, crève donc, mais non ! la toux s'arrête, le rire aussi, Bennie repousse la petite table à roulettes et se met tout à coup à glapir de surexcitation devant la télévision.

— Chut ! Chch.... La loterie !... C'est le tirage de la loterie !...

Il plonge sa main valide sous le fauteuil, en ramène un stylo de feutre rouge et un grand cahier épais, de la même couleur, qu'il ouvre avec une application de vieil écolier têtu. Depuis un temps immémorial, Bennie achète des billets de loterie de toutes sortes, de toutes provenances, et depuis un temps immémorial, il tient, dans ce grand cahier rouge, des statistiques compliquées sur les chiffres qui sont déjà sortis et les chances qu'il a eues et manquées, croyant inventer de cette façon une nouvelle théorie des probabilités dont il sera imman-quablement, un jour, le bénéficiaire. Le tirage de la loterie donne lieu à un cérémonial quasi religieux qui revient chaque semaine, et tout, en lui, a le don d'exaspérer Claude : l'émission de télévision elle-même qui met en scène des abruti(e)s aux voix et aux sourires schizophréniques, l'agitation sénile de Bennie, les cris hystériques qu'il ne peut s'empêcher de pousser chaque fois qu'un numéro est pigé, que ce soit ou non le sien, le mouvement frénétique de son stylo rouge occupé à inscrire dans le cahier rouge Dieu sait quelles navrantes inepties...

Il vient souvent à l'esprit de Claude que les simagrées dont Bennie entoure le tirage hebdomadaire de la

loterie constituent une mise en scène destinée uniquement à l'irriter, lui, Claude. Ça ne serait pas
autrement surprenant puisque Bennie et son fils se
livrent ainsi, depuis des années, une guerre sans merci
qui se nourrit de toutes les vacheries imaginables. C'est
Bennie, sans contredit, qui fait preuve de l'imagination
la plus fertile dans le choix des armes. Chez lui, cela
frise souvent le raffinement artistique, comme lorsqu'il
aborde, à brûle-pourpoint, pendant le souper, la sexua-
lité problématique de Claude.

— L'œil droit te saute.

— Hein ?

— Ton œil droit saute. Tu le sens pas ?... Ça doit
être un nerf...

— C'est possible. Mangez donc, ça va être froid.

— Quand ça saute tu-seul de même, c'est les nerfs.

— Ouais. (SILENCE MOROSE DE CLAUDE.)

— C'est les nerfs, ça. T'es souvent nerveux, toi,
hein ? (SOURIRE DE BENNIE, EMPREINT DE SOLLI-
CITUDE.)

— Mm. (REGARD SOUPÇONNEUX DE CLAUDE.)

— Pôv'tit gars. (SOUPIR AFFECTUEUX DE BENNIE.)
Y disent que c'est très bon pour les nerfs, y disent qu'y
faut le faire souvent pour être détendu. C'est vrai. Les
spécialistes disent que plus tu fais l'amour souvent, plus
t'es calme.

— Mangez donc !

— Je gagerais que vous le faites jamais. Je suis SÛR
que vous le faites jamais, Vaginska pis toi.

— ... (GRINCEMENTS DE DENTS.)

— C'est Vaginska qui veut pas, ou toi qui peux pas ? Hein ?

— ... (PICOTEMENTS DE L'ULCÈRE D'ESTOMAC.)

— À moins que ça soye pas ton « size », Vaginska. À moins que ça soye pas ton sexe non plus...

— Père, sacrebleu de MERDE !!! (DÉPART BRUTAL DE CLAUDE. RIRE DE BENNIE. TOMBÉE DU RIDEAU.)

La panoplie offensive de Bennie est d'une richesse et d'une complexité insoupçonnables. Outre les sarcasmes qu'il manie toujours avec une dextérité démoniaque, il utilise une multitude d'armes mineures qui — si elles ne produisent, sur le coup, que de légères contusions — ont l'avantage de revêtir toutes les apparences de l'innocence la plus pure : c'est la télévision, qui est invariablement trop forte lorsque Claude arrive, et invariablement ouverte sur des émissions toutes plus abrutissantes les unes que les autres, ou le crachoir d'argent que Bennie a déniché chez Dieu sait quel brocanteur et dont il se sert avec ostentation devant Claude, sachant combien cela lui répugne, ou les couinements poisseux, infâmes, qu'il émet en mastiquant, en déglutissant, en respirant — tout à fait sciemment, Claude le jurerait, avec même une espèce de méticulosité et de jouissance exacerbées par les regards désapprobateurs de son fils. Ce sont, surtout, les infirmités feintes et réelles dont il s'entoure douillettement comme d'une écharpe de laine pour mieux tyranniser Claude, la maladresse maladive dont il prétend être victime quand il asperge — « accidentellement » — de bière, de jus de tomate ou d'encre les livres rarissimes et précieux que Claude a quelquefois l'imprudence d'oublier dans le salon...

N'étant pas d'un tempérament bagarreur, ni doué d'une grande habileté combative, Claude contre-attaque parcimonieusement. Il connaît deux ou trois failles dans la cuirasse de son père, et c'est là qu'il dirige ses flèches, toujours là, avec un entêtement obtus qui donne quand même des résultats. Le poison, par exemple. Bennie vit dans la hantise continuelle d'être empoisonné par son fils : c'est là une peur irrationnelle, une peur viscérale qui ne repose pourtant sur aucun fondement — Dieu sait à quel point il connaît lui-même la mollesse de Claude, sa morale, ses principes rigides qu'aucune rebuffade ne réussirait à mener à ces extrémités... Mais n'empêche. Au moindre goût suspect de la nourriture, à la moindre fragrance douteusement épicée, la peur de Bennie se réveille comme une bête inquiète et le tarabuste pendant des heures.

— C'est quoi, c'te poisson-là ? Ça goûte drôle...

— Vous trouvez ?... (PETIT SOURIRE AMBIGU DE CLAUDE.) C'est de la sole.

— Ça goûte pas la sole. Ça goûte... ça goûte... Que c'est que t'as mis dedans ?...

— (ÉVASIF) Oh... du thym, de l'estragon, et... toutes sortes de choses... (SOURIRE MACHIAVÉLIQUE DE CLAUDE.)

— J'aime pas ta face ! Pis j'aime pas le goût de c'te poisson-là ! Pourquoi que tu l'as pas coupé devant moi, hein ? (CLAUDE CONTINUE PLACIDEMENT DE MANGER, AVEC, TOUJOURS, UN LÉGER RICTUS AUX LÈVRES.) Change d'assiette avec moi !

— Non !

— Toi, mon sacrement... Que c'est que t'as mis dedans, hein ? (REPOUSSANT SON ASSIETTE EN

BLÊMISSANT) T'as mis de l'arsenic... T'as mis de la cochonnerie d'arsenic dans mon assiette.

— Voyons, père... (DOUCEREUX) Vous savez bien que l'arsenic goûte beaucoup trop fort pour l'incorporer à du poisson... Non... Ça serait plutôt... du cyanure, en petite dose... ou de la strychnine...

— Je te crois pas. Tu me charries, mon sacrement...

— En êtes-vous sûr ?

— (SE LEVANT PRÉCIPITAMMENT.) Je vas appeler la police, l'ambulance... Assassin !... Sacrement d'assassin !... (EMPOISONNEMENT PSYCHOLOGIQUE DE BENNIE, SUIVI D'UNE DIGESTION LABORIEUSE ET DOULOUREUSE. TOMBÉE DU RIDEAU.)

Il y a aussi les menaces d'internement à l'hospice, à l'asile, à l'hôpital, qui s'avèrent quelquefois — mais pas toujours — d'une grande efficacité, mais dont Claude n'abuse pas, cependant, plus par manque d'énergie que par véritable scrupule. Le seul excès qu'il se permet, sans réserve, c'est la haine, une haine sinueuse, rentrée, faite de fatalisme, d'inertie et presque d'admiration pour la force agressante de son père et les circonstances désopilantes qui ont soudé leurs destins. Quand la mère de Claude est morte, elle lui a fait un cadeau — le premier et le dernier de son existence : elle lui a laissé la maison avec Bennie, en prime, et l'obligation morale de s'en occuper jusqu'à la fin de ses jours.

Les jours de Bennie n'en finissent plus de finir — peut-être est-il éternel et peut-être est-ce ça, l'enfer, se dit une fois de plus Claude en gravissant lentement l'escalier qui démarque leurs deux territoires respectifs et en s'engageant dans son immense chambre-bibliothèque qui occupe, avec une salle de bain exiguë, la totalité du deuxième étage de la maison.

Prendre une douche, se changer de vêtements, attendre patiemment Olga... Claude porte un regard distrait sur son armoire cadenassée et, tout à coup, il se fige sur place, l'esprit en alerte. Palsambleu de tudieu de torrieu ! Il a oublié en bas, dans l'antre de la bête, le si précieux dix-huitième exemplaire de « Vie et mort d'Émile Ajar » tiré sur vergé blanc de Hollande Van Gelder... qui est peut-être, à l'heure qu'il est, maculé de Dieu sait quelle abominable tache indélébile ! Claude redescend l'escalier à toute allure. Dieu soit loué, Bennie ne semble pas avoir bougé de son fauteuil — le livre, intact, repose toujours sur le bord de la fenêtre. À la télévision, l'animateur du tirage de loterie souhaite à tous les imbéciles qui ont pris le temps de l'écouter une agréable fin de soirée. Bennie tourne vers Claude un visage curieusement exsangue.

— J'ai gagné, dit-il doucement. Je viens de gagner 850 000 piasses.

Et comme Claude ne manifeste aucune réaction, il se lève et se met à rire, à beugler, à brandir le cahier rouge au bout de sa main valide.

— J'AI GAGNÉ, SACREMENT ! J'AI GAGNÉ !... Baptême de sacrement !...

— En êtes-vous sûr ? demande Claude avec prudence.

— Sûr et certain ! Regarde donc !

Il ouvre tout grand le cahier rouge, le plaque sous le nez de Claude, mais tout ce que Claude réussit à voir, ce sont sept chiffres majuscules inscrits à l'encre rouge et alignés sur deux colonnes différentes. Encore une autre manie hérissante de Bennie, née de la superstition la plus débile, qui lui fait copier scrupuleusement les numéros des billets dans ce cahier ridicule, au lieu de les avoir bien en main lors des tirages.

— Vous vous êtes peut-être trompé, dit Claude, de mauvaise grâce. En copiant le numéro. Ça arrive.

Bennie le regarde avec des yeux ronds.

— Jamais de la vie! rugit-il. Jamais dans cent ans! Attends, tu vas voir, attends, je vais te le montrer, le sacrement de billet!...

Il clopine avec une prodigieuse rapidité jusqu'à sa chambre. Claude reste seul dans le salon, engourdi soudain par une stupeur bienheureuse. Huit cent cinquante mille dollars! C'est beaucoup d'argent, ça, c'est presque le million, c'est la fortune, sacredieu de bordel! Pris de vertige, il s'agrippe des deux mains au fauteuil de son père. On ne se doute de rien, c'est une journée comme les autres, on est juste un peu las, en rentrant, et voilà que cette incroyable chose se produit, on se retrouve avec une autre vie dans les bras, on a tout à coup le CHOIX, vertudieu! le choix de tout faire, de tout plaquer, de tout avoir... ON EST RICHE!!! Enfin, IL est riche, mais c'est pareil, non?... Claude prend conscience, brusquement, du silence qui s'éternise dans la maison, de son père qui prend un temps déconcertant à revenir. Il se précipite, à son tour, vers la chambre de Bennie, pour trouver celui-ci assis tranquillement sur son lit parmi des liasses de papier, le regard quelque peu effaré.

— Je le trouve pas, dit Bennie. Je trouve pas le billet.

— Voyons, père, voyons donc...

— Je te dis que je le trouve pas!... Y était là, pourtant, je le jure, je les mets toujours ici, ensemble...

Il montre à Claude, avec un geste d'impuissance et d'excuse, le tiroir qu'il a répandu sur le lit, tout ce chargement de billets de loterie dérisoirement nombreux et colorés, qui ont l'air de les narguer du coin de l'œil.

— Je comprends pas, dit Bennie.

— Voyons, père, voyons! rappelez-vous!... C'est pas possible, vous avez dû le mettre ailleurs!...

— Non, répète Bennie, têtu, chus sûr qu'y était là, qu'y était là avec les autres...

Il se remet à fourrager avec désespoir dans le tas, se retrouve à quatre pattes à tâtonner sous le lit, à écarter les chaussettes, les pantoufles, les mouchoirs crasseux qui se disputent le plancher, et voilà que Claude, gagné par cette contagieuse frénésie, se prend à l'imiter, retourne rageusement les draps, s'attaque aux tiroirs de la commode qu'il fait basculer un à un par terre, sans prendre le temps de s'étonner de leur contenu hétéroclite : vêtements, photographies d'animaux, petits carnets roses remplis d'une écriture tourmentée, harmonica, vieilles pièces de monnaie, jarretelles de femme, et même une dizaine de préservatifs...

La chambre de Bennie est dans un état d'épouvantable confusion lorsqu'ils finissent tous deux par se relever avec raideur. Bennie, le souffle court, se rassoit sur le lit et se met à tousser. Claude jette un regard embarrassé autour de lui.

— Vous en avez, des choses!... dit-il.

— Le coffret! s'écrie tout à coup Bennie en se relevant. Dans le coffret à bijoux de ta mère!

— J'ai regardé.

— Rien?

— Rien que des bijoux.

— T'es sûr?

— Oui.

— Me semble, pourtant...

Il englobe tout entier Claude d'un regard étrangement oblique.

— Montre-moi tes poches.

— Comment, mes poches ? Pourquoi ?

— Vide tes poches devant moi, je te dis !

— Voyons, père... Vous ne pensez tout de même pas...

— Je pense, justement ! aboie Bennie. Je pense que t'es un sacrement de voleur qui a profité que je regardais ailleurs pour se fourrer le billet dans les poches !

— Voyons... père... voyons...

Tout ce que Claude parvient à articuler, ce sont des bégaiements d'indignation, des protestations d'innocence qui n'ont pas l'heur, du tout, de convaincre Bennie, qui le font même redoubler de véhémence dans ses accusations, jusqu'à en devenir injuste, ridicule... À moins que... Tout à coup, la vérité, énorme, intolérable, frappe Claude de plein fouet et le fait vaciller sur ses jambes. La vieille crapule a le billet caché quelque part, il l'a toujours eu, il invente au fur et à mesure cette mise en scène astucieuse destinée à rouler Claude, à le dépouiller, il a décidé de garder l'argent pour lui, de l'emporter dans la tombe s'il le faut, c'en est trop, après ces années interminables de privation, de sacrifices et de grincements de dents, c'en est vraiment trop !!!

— Vieux salaud ! hurle Claude. Fripouille ! Cochon d'ingrat de salaud !

— Hein ? Quoi ? Sacrement de voleur !

Ils s'empoignent, violemment, roulent ensemble sur le sol. Bennie, malgré ses presque quatre-vingts ans, est beaucoup plus massif et lourd que Claude, et il a

aussitôt le dessus : il l'écrase de tout son poids, il lui
frappe la tête contre le plancher, il lui mord les mains au
sang. D'un coup de reins désespéré, Claude finit par se
libérer et, de toutes ses forces, il envoie son pied à la
tête de Bennie. Le coup porte, assurément, puisque
Bennie s'abat en gémissant. («Pour se défaire des
mâchoires d'un chien enragé, il est recommandé de
s'attaquer directement à la tête du molosse plutôt qu'au
poitrail, qui est une région peu sensible...»)

Bennie ne se relève toujours pas. Claude, essoufflé,
le considère un instant avec une inquiétude grandissante.

— Père ?... Père ?...

Ça y est, cette fois, il l'a tué. Claude se penche vers
lui, suffoquant soudain d'horreur et de remords, et
reçoit un coup terrible au visage, qui lui arrache à demi
les lunettes, après en avoir écrabouillé le verre sur sa
joue gauche.

— Tiens, torrieu ! fait Bennie en se redressant. Ça
t'apprendra à taper sur ton père !...

Le combat reprend, forcené. Bennie se sert de sa
main invalide comme d'un marteau-pilon.

— Attends ! Arrête ! crie-t-il tout à coup, la main en
suspens. Ça y est ! Je me rappelle !

Claude, le visage contusionné, reste sur la défensive,
persuadé qu'il s'agit là, encore, d'une feinte sournoise.
Bennie, sous le coup de l'illumination, se tape sur le
crâne et pousse aussitôt un cri de douleur : il a là une
superbe bosse qui enfle et bleuit à vue d'œil.

— Ayoye, sacrement ! Dans la poche de ma chemise
kaki ! Je me rappelle, je me suis dit justement hier, après
avoir copié le numéro dans mon cahier, qu'y fallait pas
que j'oublie d'enlever le billet de là...

Il refouille avec ardeur dans sa garde-robe, se retape sur le crâne avec accablement.

— Ayoye, ciboire, gémit-il. Mme Lamarre ! Le lavage ! La chemise kaki ! Mon billet !

Il s'effondre, accablé, sur sa lampe de chevet qui, sous son poids, lâche un long craquement lugubre. La sonnette d'entrée se met à tinter impérieusement. Claude se tâte la joue gauche avec circonspection.

— Je saigne, dit-il, surpris.

— Mon billet ! gémit Bennie, prostré sur sa lampe de chevet.

— Mme Lamarre est venue chercher notre sac de lavage cet après-midi ? demande Claude en s'épongeant délicatement la joue avec la taie d'oreiller de son père. Je saigne !

— C'est ça, dit Bennie.

— Et votre chemise dans laquelle se trouve le billet se trouve dans le sac de lavage qui se trouve... Mon Dieu que je saigne !

— C'est en plein ça, dit Bennie, funèbre. On peut vraiment rien te cacher. Si tu vas pas y ouvrir, j'ai bien peur qu'elle défonce la porte.

— Hein ?

La sonnette d'entrée dignedogne désespérément, comme si deux cents mammouths enragés étaient en train de s'appuyer dessus.

— Mon Dieu ! Olga !

Au comble du désemparement, Claude enlève et remet ses lunettes, s'enveloppe la joue dans un foulard de son père qui se trouve mystérieusement à pendouiller au bout du lustre de la chambre, reboutonne ce qui reste de boutons à sa veste et tente de prendre un air digne en se dirigeant vers la porte, ce qui n'est pas facile, vu les dégâts considérables qu'ont subis ses vêtements en général et son épiderme en particulier, vu surtout, le regard ahuri de chouette que lui donne le verre unique de ses lunettes, le droit, celui qui a survécu au marteau-pilon.

— J'appelle Evelyne Lamarre! crie Bennie en empoignant le téléphone.

Il compose et recompose le numéro qu'il a extrait péniblement du carnet d'adresses à l'aide d'une loupe gigantesque, tandis que des palabres enflammés semblent se dérouler dans le hall d'entrée, entre Claude et Olga. Claude revient quelques minutes plus tard, seul, la joue démaillotée, son œil de cyclope papillonnant presque férocement au-dessus des ravines sanguinolentes qui s'étirent jusqu'à sa tempe gauche.

— Tu ressembles à Frankenstein, parvient à sourire Bennie, anéanti à côté du téléphone. Elle répond pas, elle est pas là, la torrieuse!

— Bon. Levez-vous, habillez-vous, on y va, décide Claude avec une fermeté qui le surprend lui-même.

Il ajoute, noblement:

— Il pleut à verse. Mettez-vous un imperméable.

La décision plaît à Bennie qui se met immédiatement en branle, vieux pachyderme noueux et claudicant que les coups de tout à l'heure n'ont pas l'air d'avoir le moindrement affaibli.

— Pis Vaginska? Qu'est-ce que t'as fait de Vaginska?

— Oh... dit Claude, évasif. Je lui ait dit... je lui ai dit que j'étais tombé dans les escaliers.

— Lui as-tu parlé de la loterie?

— Non.

Ils échangent un regard rapide, une étincelle de connivence.

— C'est bien, approuve brièvement Bennie, en se contorsionnant avec effort pour se loger sous son poncho de caoutchouc.

Dire qu'il pleut, dehors, est un euphémisme : en fait, c'est le déluge précambrien, il tombe des clous, il tombe des javelots d'une férocité à vous empaler vivant sur l'asphalte. La Renault s'est fait prier pour démarrer, et elle roule maintenant à une vitesse escargotique, dans un bruit continuel de giclements d'eau et de ratés de moteur. Bennie trépigne d'énervement sur son siège, essuie avec sa manche la buée qui n'arrête pas de se former sur les vitres, foudroie Claude de regards vitrioliques et de soupirs excédés.

— Avance ! Mais avance donc, foutu d'empoté, de flanc mou !

— Je ne vois rien, proteste Claude qui sent aussitôt renaître un profond ressentiment envers son père.

Il jette un regard rapide dans le rétroviseur, constate que le sang a coagulé sur sa joue, laissant une pellicule oblongue et brunâtre qui ressemble à une tache de vin.

— Vous m'avez défiguré !

— Bof ! Pour une fois que t'as des couleurs !... Sais-tu ce que je vais faire, sais-tu ce que je vais m'acheter avec cet argent-là !...

— Des os à moelle, dit Claude, grinçant.

— Des animaux ! Des vieux animaux qui servent pus à rien, à personne, pis qu'on se propose d'abattre : des chevaux, des bœufs, des cochons, des chiens...

— Comme ça, vous aurez votre gras d'animal à portée de la main, quasiment dans l'assiette !

— ... avec un terrain, un pâturage, continue Bennie, imperturbablement souriant, un boisé, un lac plein de vieilles truites, pis un shack, pour moi... Une réserve d'animaux. Un hospice de vieux animaux. Avec moi dedans.

L'idée lui semble tout à fait géniale, il en glousse de plaisir, il en rit tout seul comme d'une énorme plaisanterie à faire à l'humanité entière et à son fils, bien entendu, par la même occasion. Claude, dégoûté, lui jette un regard torve.

— Ça, c'est si Mme Lamarre n'a pas déjà trouvé votre billet et ne l'a pas échangé elle-même contre de l'argent...

— Penses-tu ? demande Bennie, soudain mortellement inquiet.

Bien sûr que non, il ne pense pas. Mme Lamarre les enveloppe tous deux de sa sollicitude maternelle depuis plus de dix ans, elle fait leurs courses, leur ménage, leur lavage, pour un salaire dérisoire, bref, elle respire l'honnêteté inconditionnelle comme d'autres, le monoxyde de carbone. Ce que pense Claude, avec amertume, avec consternation, c'est que Bennie est fort capable de mettre sa menace à exécution, de s'encombrer, en effet, d'une multitude de vieux canassons malades et de vaches agonisantes, juste par désœuvrement, folie sénile, et souci de laisser le moins d'argent possible à Claude, après sa mort... Alors que lui, Claude, que n'achèterait-il pas, avec ce presque million... Des livres rares, bien sûr, TOUS les livres rares du globe, ainsi que quelques maisons d'édition entières — françaises, évidemment... —, Gallimard et le Mercure de France, pour commencer, et une couple d'auteurs maison, tant

qu'à faire, qui écriraient sous sa direction les chefs
d'œuvre que lui n'a jamais su pondre...

En attendant, la Renault clapote vaillamment dans
ce qui ressemble plus à un marécage qu'à du bitume,
puis, soudain, sans crier gare, elle toussote, elle râle,
elle se meurt, elle s'immobilise.

— Qu'est-ce qu'il y a ? Qu'est-ce qui arrive ? jappe
Bennie, alarmé.

— C'est rien... Le moteur, l'humidité, les pointes...

Claude s'embrouille dans une explication fumeuse,
tout en pestant silencieusement contre son père, les
autos, les garagistes et les satanés « tune-up » d'été, tous
plus haïssables les uns que les autres. Ils sont encore à
un bon demi-mille du quartier appelé « le petit Village »
et de la rue Saint-Narcisse où habite Mme Lamarre, il
pleut toujours à torrents — même que ça gronde et ça
se déchaîne, là-haut, comme ce n'est pas permis — et il
se trouve que la Renault refuse net de redémarrer.

— Tu le fais exprès, hurle Bennie. Empoté ! P'tit
couillon ! Trou de cul !

Claude s'emporte à son tour, ce n'est quand même
pas de sa faute s'il pleut et si sa voiture est usée, il n'a
pas gagné le million, LUI, il n'est pas assez riche pour se
payer des voitures amphibies qui ronronnent comme
des chats même sous six pieds d'eau. La Renault, quant
à elle, ricane peut-être intérieurement, mais elle se
garde bien de le montrer, elle affiche au contraire un air
de passivité et d'inertie obstinées que les imprécations
et les coups de clé rageurs n'arrivent pas à ébranler. À la
fin, Bennie n'y tient plus, il ouvre la portière, se
précipite dehors et disparaît, immédiatement happé par
l'orage et l'obscurité.

— Qu'est-ce que vous faites? Où est-ce que vous allez?... Revenez ici, sacredieu de MERDE!!!

Claude sort à son tour de la voiture et se lance à la poursuite de Bennie, qui n'est déjà plus qu'une silhouette pataugeante et boiteuse, magnétisée, selon toute apparence, par le néon blafard qui tremblote à quelques mètres de là: «Chez Lulu — bar salon». Comme il n'y a rien d'autre à faire, il suit Bennie et le rejoint tant bien que mal à la porte du bar-salon — ses souliers sont inondés, et voilà qu'une espèce de limon gluant s'est incrusté jusqu'aux genoux de ses pantalons neufs, quelle misère! Ils sont tous les deux trop mouillés et irrités pour échanger ne serait-ce que des jurons.

Le bar-salon est tout ce qu'il y a de plus miteux, avec des murs en stuc d'une couleur indéfinissable que la pluie a tavelés, ici et là, de petites rigoles jaunâtres qui sentent l'urine, mais au moins est-il ouvert, et une bonne chaleur sèche s'en exhale aussitôt qu'ils franchissent la porte.

Il n'y a personne, dans le bar, sauf une grande fille maigre qui est appuyée sur le comptoir, devant un journal ouvert, et qui les regarde entrer avec des yeux étonnés. Bennie, épuisé, s'affale sur la première banquette rencontrée et se met à tousser à fendre l'âme. Claude reste debout au milieu de l'eau qui n'en finit plus de dégouliner de ses pantalons.

— Pardon... Bonsoir... Excusez-moi... dit-il. Est-ce que vous avez le téléphone?

La fille le regarde un moment sans parler, puis elle a un rire aigu, une sorte de hennissement joyeux qui lui fend le visage en deux.

— Tu parles! Le téléphone!... On en a deux, téléphones. Un à pitons, et un à cadran. Lequel vous
voulez?

— Euh...

— Ils sont «kaput» tous les deux. D'où est-ce que
vous sortez, donc? Y a une panne de téléphone dans
toute la ville, à cause de l'orage électrique. Qu'est-ce
qu'il a, le vieux? Il est malade?

— Quel vieux? marmonne Bennie, entre deux
quintes.

— Vous avez eu un accident?

— Non, répond Claude, brièvement. Une panne.

Et comme il remarque le regard curieux de la fille
vrillé sur le côté gauche de son visage, il s'empresse
d'ajouter, maladroitement :

— Je suis tombé dans les escaliers.

— Tu parles! fait la fille, l'œil goguenard, et elle se
replonge dans son journal sans plus s'occuper d'eux.

Claude tourne un moment sur place, enlève ses
lunettes dont il essuie, machinalement, le verre unique.

— Qu'est-ce qu'on fait?

— On boit, dit Bennie, reprenant peu à peu son
souffle. On s'assoit pis on boit. Qu'est-ce que tu veux
faire d'autre?

— Bon.

Claude s'assoit, un peu déconcerté. Il hèle la fille
d'un geste timide, qui reste sans réponse, se râcle la
gorge avec d'infinies précautions.

— Hm... Excusez... Pardon... est-ce que vous travaillez ici?

Elle lève la tête au-dessus de son journal, se met à rire de nouveau, en regardant Claude.

— Non, je fais partie des meubles. Qu'est-ce que vous voulez ?

— Euh... Boire. Deux cafés, dit Claude, écarlate, vaguement outré par le ton insolent qu'elle prend avec lui.

— Jamais de la vie ! proteste Bennie. Je veux de l'alcool !

— De toute façon, y a pas de café, dit la fille.

Elle laisse là son journal, s'approche d'eux jusqu'à s'appuyer sur leur table, et considère Claude avec une attention enjouée.

— Quelle tête ! Non, mais, quelle tête vous avez ! fait-elle, tout à fait gentiment. Qu'est-ce qui vous est arrivé ?

— Il est tombé dans les escaliers, dit Bennie, hilare.

— Père, je vous en prie ! Amenez-nous... Amenez-nous...

— Du vin, tiens ! coupe Bennie. La bouteille la plus chère que vous avez.

— Père, vous savez très bien que l'alcool, toutes les sortes d'alcool...

— Va te faire enculer, dit Bennie, joyeusement. Du vin rouge. Le plus cher.

Claude, vaincu, s'enferme dans un mutisme boudeur ; la perspective des huit cent cinquante mille dollars le laisse soudain presque indifférent, et il se demande ce qu'il fait là, écroué dans la tiédeur sinistre de ce bar de dernier ordre, embroché par les railleries hostiles de ce vieux porc vulgaire, qu'il déteste, et de cette fille effrontée, qu'il ne connaît même pas. D'ailleurs, il a faim, il est fatigué, la joue lui élance, ses pantalons sont mouillés, ses verres, irrémédiablement abîmés, et ce frisson désagréable qui lui traverse l'échine est sans contredit le premier symptôme d'une grippe qui s'apprête à lui bondir dessus.

— Oh Seigneur! soupire Bennie. Pourquoi est-ce qu'y faut toujours que tu soyes aussi chiant, aussi épouvantablement chiant!

— Est-ce que ça vous va? demande la fille, qui est revenue avec une bouteille de Mouton Cadet et deux verres. C'est tout ce que j'ai pu trouver de potable. C'est pas le genre client-raffiné qui vient ici, vous savez...

Elle place la bouteille entre ses deux cuisses, cavalièrement, et la débouche d'un seul coup.

— J'ai du mercurochrome, pour votre joue, si vous voulez... dit-elle en regardant Claude.

— Non, non... merci...

Claude rougit, stupidement. C'est étrange, mais il se dégage de cette fille anguleuse une sorte de grâce, un charme prodigieux qui tient justement à ses façons garçonnières et à la pétillance qui lui crépite constamment dans les yeux.

— C'est vous, Lulu? demande Bennie avec un sourire chafouin.

— Y a pas de Lulu, dit-elle. Moi, c'est Lili, et le proprio s'appelle Momo. C'est comme ça.

— Moi, c'est Benoît. Mais on m'appelle Bennie, tout le monde m'appelle Bennie depuis des siècles.

Claude sent son estomac se révulser de bout en bout: ce n'est pas possible, le vieux schnock est bel et bien en train d'essayer de faire du plat à cette fille dont il pourrait être l'arrière-grand-père. Aucun sens du ridicule, aucune espèce de décence, vertudieu !

— Ça fait longtemps... euh... que vous faites ce... métier ? demande Claude, pour faire diversion.

— Tu parles ! dit-elle avec bonne humeur, en remplissant les verres. Assez pour savoir tout ce qu'il y a à savoir sur le monde. Le monde malade, je veux dire.

Elle retourne à son journal, le plie consciencieusement en deux avant de le jeter à la poubelle, et se met à nettoyer le comptoir, sans conviction.

— C'est un trou, ici. Un vrai trou, sans farce. Mais je m'en fiche. J'ai fait d'autres jobs, avant, j'ai même travaillé dans un bureau. Je peux pas, je peux pas blairer les bureaux. Tout le monde en habit, pincé, constipé, stressé... Je peux pas. De toute façon, hein, bientôt, ça va être la guerre, tout le monde le dit, une guerre nucléaire, pis après, ça pourra plus être pareil, le monde entier va être différent, vous pensez pas ?

— Peut-être, dit Claude, légèrement condescendant.

— Et vous, à part de tomber dans les escaliers, qu'est-ce que vous faites ?

— Je suis gérant d'une librairie, fait Claude, sèchement, mis en rogne par le rire inextinguible de Bennie. Une grosse librairie.

— Vous vendez des livres ?

— Enfin, pas moi directement... J'ai des employés, je commande, je choisis, je décide, j'administre...

— Ce que tu peux être chiant ! gémit Bennie, qui croule sous les rires.

— Les livres... dit Lili avec une grimace dubitative. J'aime pas tellement lire. C'est peut-être à cause de mon

« métier », comme vous dites. Toutes les histoires qu'on raconte dans les livres me semblent tellement... comment dire ?... tellement faibles comparées à... à la vie... tellement en-dessous de la réalité... Vous trouvez pas ?

Elle s'arrête d'éponger le comptoir, quelques secondes, pour regarder Claude avec des yeux dans lesquels une sorte d'humour forcené le dispute au désarroi.

— Si on commandait une autre bouteille, hein ? claironne tout à coup Bennie, qui s'est arrêté de rire. Qu'est-ce que t'en dis ?

Ils boivent. Ils boivent comme ça pendant un certain temps, pris insidieusement par l'immuabilité sereine qui semble s'être abattue sur le bar, sur l'univers entier. L'orage s'est estompé, dehors, mais la pluie continue de goutter avec une infinie nonchalance. Aucun autre client n'est venu, le téléphone est toujours en dérangement, même Claude a fini par se laisser gagner par cette sensation brumeuse d'être déconnecté de tout. Ils en sont maintenant à leur troisième bouteille de vin, au moins, que Claude a accepté de payer sans rechigner, encouragé fortement par l'œillade suggestive de Bennie : Je te rembourserai bien, inquiète-toi pas... Et c'est vrai, après tout, il y a cette fortune qui sommeille quelque part en les attendant, cette fabuleuse caverne d'Ali Baba qui s'entrouvre à leur intention à seulement quelques milliers de pieds d'eux : comment l'oublier, comment ne pas s'abandonner à l'ivresse désordonnée qui menace de l'engloutir. Lili lui a servi des pretzels et des œufs au vinaigre, pour calmer sa faim, et elle a consenti à partager leur vin et leur table pour calmer, elle, son désœuvrement. Elle est assise depuis un moment entre eux deux, et sa présence continue d'empêtrer Claude dans un malaise presque palpable, qu'il s'explique difficilement. Elle s'est mise à leur parler d'elle, à brûle-pourpoint, de son enfance anémique dans le bas du fleuve, d'une chèvre qu'elle a gardée dans son appartement pendant plus d'un an, en la nourrissant exclusivement de laitue romaine et de toasts Melba, et même de sa liaison houleuse avec Momo, le propriétaire du bar, qui est hélas plus porté vers l'épiderme que vers les sentiments. Et puis tout à coup — et c'est là sans nul doute la source de son malaise — Claude perçoit avec une acuité quelque peu effrayante le fossé démesuré qui sépare leurs deux mondes, celui, coloré et charnel, de cette fille de bar, et le sien, pauvrement livresque, ratatiné sous la culture et les inhibitions. Il en éprouve une sorte de regret — fugitif, il est vrai, comme un battement de paupières — mais aussi une souffrance morne, familière, qu'il s'emploie aussitôt à chasser.

— On a tous, ici-bas, notre lot d'infortune et de misères, énonce-t-il sentencieusement, pour couper court aux confidences de Lili.

Bennie, depuis un instant, le surveille du coin de l'œil, de façon sinistre, comme s'il avait suivi le cours de ses pensées.

— « Notre lot d'infortune et de misèèères... » singe-t-il avec un ricanement malveillant. Écoutez-le donc ! Ce qu'il « perle » bien, mon petit trou de cul de fils !

Il y a une telle animosité dans le ton de sa voix que Claude se sent émerger tout à fait de sa torpeur vineuse, aussi sûrement que s'il avait été plongé dans un bain d'eau glacée.

— Vous êtes ivre, dit-il froidement.

— Je suis pas plus ivre que tes deux fesses, que tes deux sacrements de fesses constipées !

Bennie se tourne vers Lili et ne s'adresse maintenant qu'à elle, d'une étrange voix nasillarde et trop haut perchée.

— Mon fils est un petit trou de cul. Le roi des petits trous de cul constipés ! ânonne-t-il distinctement. Il se prend pour QUELQU'UN, c'est ça le plus pissant, il se prend pour le prix Nobel de quelque chose, sacrement !

La soudaineté et la fureur de l'attaque sidèrent Claude, le laissent pantois et absolument aphone.

— Il se promène la tête en l'air comme un chameau, comme un sacrement de chameau, continue Bennie, féroce. Il crache sur tout le monde, il méprise tout ce qui est vivant... Le monde, pour mon petit trou de cul constipé de fils, c'est de la MARDE. Il passe son temps dans les livres, raide comme un manche à balai, il passe son temps à se crosser avec des ciboires de livres !

— Vous... vous... comment osez-vous ?... parvient à articuler péniblement Claude, d'une voix moribonde.

— Comme sa mère ! La réplique vivante de sa mère ! Prétentieux et pompeux comme sa mère ! siffle Bennie, rempli d'un venin intarissable. J'étais le meilleur ouvrier de Québec, avant mon embolie, j'étais le plus grand, le plus habile, capable de tout faire avec mes mains, moi, ma p'tite fille, le MEILLEUR ! Tout le monde s'arrachait mes services, tout le monde me demandait de réparer ci, de confectionner ça... « Y a seulement toi, Bennie, qui est capable... Quand est-ce que tu termines mon vaisselier, Bennie ?...» Bennie par-ci, Bennie par-là... Eh bien sa mère, sa pédante de mère, elle arrivait quand même, avec son p'tit air pincé, à me faire me sentir comme un misérable trou de cul, comme un tas de marde puant... J'avais pas fait mon cours classique, moi, je travaillais avec mes mains, moi, pas avec des sacrements de livres !

Il est interrompu, malgré lui, par une toux violente qui l'ébranle de la tête aux pieds, qui lui arrache, du tréfonds des poumons, des râclements et des gargouillis douloureux. Lili, qui en a vu d'autres, assurément, lui tapote gentiment le dos.

— Allons! Allons! fait-elle, conciliante. Vous allez vous rendre malade, à gueuler comme ça. Momo, il est pareil, quand il commence à parler de sa femme, ça le met dans tous ses états, il s'étouffe, il manque d'air...

— Jamais il ne me parle! grogne Bennie entre deux hoquets. Jamais il ne m'adresse la parole, ce petit frais chié de crétin!

Il se calme peu à peu, évite soigneusement de regarder Claude, qui se tait, livide sur sa chaise.

— Jamais il ne me parle, comprends-tu, jamais il ne me parle POUR VRAI, me dire: «Salut... Comment ça va?... À quoi tu penses?...» Me PARLER, sacrement! Je reste là, tout seul comme un chien pendant toute la sacrement de journée, à jongler à toutes sortes de choses écœurantes, à la mort, à la pourriture, et lui, il rentre et il ne me parle pas, il ne me regarde même pas, comprends-tu! il monte dans sa chambre, avec ses sacrements de livres!

Bennie grelotte un petit rire narquois, chargé d'une épouvantable amertume.

— Je suis trop... vulgaire, comprends-tu, trop sale, trop dégoûtant pour lui... Et moi, sais-tu ce que je fais?

— Non, fait Lili, prudemment. Euh... Dites... Vous pensez pas qu'y est un peu tard, finalement, que vous devriez peut-être...

— Sais-tu ce que je fais, sale petit crétin?... hurle Bennie, en empoignant Claude par la manche de sa chemise et en le secouant comme un prunier. Je sors le crachoir, à ton intention. J'allume la télévision, à ton intention. Je te fais mon beau petit numéro de vieille pourriture, À TON INTENTION! pour être sûr que tu soyes pas déçu, p'tit couillon, pour être sûr, au moins que je suis encore vivant...

Il lâche la chemise de Claude, prend une longue rasade de vin, la dernière, à même la bouteille.

— Les sacrements de livres, dit-il à Lili, soudain très posément. Le petit crétin en a à peu près deux mille. Et sais-tu quoi? Je les ai tous lus, ses sacrements de livres. TOUS! Même ceux qui sont cachés dans son armoire! J'en prends un, à chaque jour, l'après-midi, pis je lis, pendant qu'y est parti.

— NON! fait Claude, presque hystérique.

— Je les ai presque tous lus, ses sacrements de livres, continue calmement Bennie. Y en a même que j'ai lus deux fois. Tolkien, et Bruckner, et Romain Gary, et Robbe-Grillet, et même cette espèce d'andouille empesée de Tournier, qui me fait chier, si vous me pardonnez l'expression. C'est les Américains que j'aime le plus: John Irving, et William Styron, et Bukowski, surtout, cette espèce de vieil ivrogne de Bukowski, avec qui je voudrais bien, un jour, prendre un coup...

— Connais pas! dit Lili, joyeusement. Écoutez... c'est pas que je veux vous jeter dehors, ni rien, mais...

— Sais-tu ce que je fais? coupe Bennie, en ricanant. Sais-tu ce que j'essaye de faire, depuis des mois?

— Non, dit Lili, résignée.

— Des poèmes! De la sacrement de poésie, dans des petits carnets rose bonbon, comme une p'tite jeune fille romantique! Hein?

Il émet une série de gloussements enjoués, se tape sur les cuisses de plaisir.

— J'en ai même fini un, l'autre jour, attends! je le trouve vraiment pas pire, pour un sacrement d'ouvrier comme moi... Attends... euh... Ça commence: «Le temps, comme un jour sans pain...» Non. Attends. «La vie, longue comme un jour sans pain...» Euh... Ça doit être le vin, je m'en rappelle plus...

— C'est comme Momo, dit Lili, en se levant. Il écrit, lui aussi. Il écrit des lettres de rupture à sa femme, mais il les déchire toujours avant de lui envoyer. Je comprends pas, il me dit qu'il la déteste, et tout, il lui écrit des lettres de rupture, mais... rien. Je pense qu'il la quittera jamais, ajoute-t-elle avec tristesse. Y a des gens comme ça. Ils pensent qu'ils s'haïssent, mais dans le fond, ils s'aiment, ou, en tout cas, ils ont besoin l'un de l'autre. Vous pensez pas?

Elle prend la bouteille et les verres avec un soudain empressement, les range sur le comptoir.

— Dites... je veux pas vous bousculer, ni rien, mais j'en ai ras le bol, je ferme, moi... J'ai une voiture — celle de Momo —, je peux vous déposer quelque part, si vous voulez...

Il y a tout à coup ce son étrange, comme un gargouillement, qui la fait taire et se retourner brusquement vers la table. C'est Claude qui pleure à chaudes larmes, la tête enfouie dans les bras.

Ils sont enfin dans la rue Saint-Narcisse, devant la maison d'appartements où habite Mme Lamarre — du moins, c'est ce que prétend Claude avec une assurance lasse, tandis que Bennie jure sur tous les saints du ciel que, non, c'est la maison à un coin de rue de là, il la reconnaît au saule pleureur qui courbe l'échine devant la porte d'entrée, sur quoi Claude renchérit avec l'énergie du désespoir, il ne s'agit pas d'un saule pleureur, vertudieu, ne sait-il pas faire la différence entre un saule pleureur et un poteau téléphonique ? À la fin, excédée par l'originalité quelque peu gâteuse de ses deux clients, Lili s'en va, les abandonnant à leur discussion et à la nuit moite et parfumée par les fraîches exhalaisons qui montent des pelouses détrempées.

C'est bien ici l'appartement de Mme Lamarre, c'est inscrit en toutes lettres sur la boîte postale 201 — ou plutôt, c'est le nom de son mari Eugène qui y figure, tant pis pour elle. Bennie et Claude gravissent les escaliers jusqu'au deuxième palier. L'immeuble est sinistre, comme tous ceux de cette espèce pullulante qui ont été construits avec la préoccupation évidente de faire pratique, géométrique et rentable à la fois. L'état pitoyable des tapis synthétiques, sur lesquels une colonie de mites affamées semblent s'être acharnées, et le gris pommelé, vaseux, des murs qui n'ont manifestement pas connu de peintre depuis une décennie, inspirent à Bennie une pensée charitable :

— Faudrait lui donner un meilleur salaire... Faudrait la payer plus, c'est vrai... tous les services qu'elle nous rend...

Il est près de minuit. Claude sonne à la porte 201 de la façon la plus discrète qui se puisse, et avec la sensation pénible de profaner un temple égyptien. Silence, puis modulation d'exclamations étouffées, trottinement affolé de petits pas qui mettent un temps infini à se rapprocher de la porte, pause — Claude peut presque entendre le battement inquiet de ses cils collés à l'œil magique —, et enfin, Mme Lamarre apparaît, le

peignoir en bataille, et une expression d'indicible
ébahissement peinte sur son bon visage chiffonné.

— C'est vous ?... dit-elle. Qu'est-ce qui... ? Qu'est-ce
que... ?

Son regard désemparé va de la joue tuméfiée de
Claude à la protubérance bleuâtre du front de Bennie,
s'arrête sur le cafouillis indescriptible de leurs vêtements
humides, avec une opiniâtre incompréhension.

— Excusez-nous de vous déranger à une heure si...
bredouille Claude.

— On vient chercher notre sac de lavage, fait Bennie,
laconique, et il entre sans plus de cérémonie dans
l'appartement.

Mme Lamarre le suit en poussant des petits cris.

— Pas par là... Chch... c'est la chambre... mon mari
dort... Enfin... pourquoi... ?

Elle finit pas les conduire vers ce qui, selon toute
vraisemblance, est sa salle de lavage, reste là à se tordre
les mains, sous le coup d'un désespoir sans nom.

— Vous auriez dû me dire que c'était si urgent...
Enfin, pourquoi ?... Habituellement, vous me laissez au
moins une journée pour vous rapporter le linge... Je n'ai
rien lavé, encore...

Le visage de Bennie s'illumine, et il écrase, sur la
joue cramoisie de Mme Lamarre, un gros baiser mouillé
qui a le don de la plonger plus encore dans le désarroi. Il
fond aussitôt après comme un rapace ptérodactylien
sur le sac de lavage ventru qu'il reconnaît pour le leur,
mais sa main valide tremble si fort que Claude doit lui
prêter secours pour extraire du sac la précieuse —
quoique malodorante — chemise kaki. Claude déglutit
avec peine, Mme Lamarre les observe toujours de

ses yeux consternés, et Bennie glisse deux doigts furtifs dans la poche de la chemise kaki. Un troupeau d'anges passe. Ô dieux, ô déesses, ô puissances infernales : le billet est là.

Le billet est là, mais on dirait, tout à coup, que l'allégresse désordonnée de Bennie — qui se tient debout, les jambes flageolantes, plongé dans la contemplation du bienheureux papier — fait place, peu à peu, à autre chose, à une sorte de perplexité inquiétante.

— Qu'est-ce qu'il y a ? fait Claude, immédiatement alarmé.

— Qu'est-ce qui... Qu'est-ce que... fait Mme Lamarre, toujours submergée par la plus noire incompréhension.

— C'est le neuf... grogne Bennie, après un silence infiniment pesant. Le foutu neuf, ici...

— Quel neuf ? dit Claude, dont le cœur menace de s'arrêter tout à fait, comme une vieille pompe défectueuse.

Il s'empare du billet avec avidité.

C'est évident, il y a là un neuf qui n'est pas à sa place, un neuf qui se dandine insolemment à la toute fin de la série numérique, là, précisément, où devrait apparaître un beau six lumineux. C'est, du moins, ce que suggère leur mémoire fatiguée et, bientôt, ce qu'affirme solennellement la page du cahier rouge que Bennie n'a pas manqué d'apporter avec lui, malgré la précipitation du départ, et qu'ils consultent maintenant tous les deux avec une douleur incommensurable. Le numéro gagnant est : 6809696. Le numéro du billet de Bennie est : 6809699. Que faire, que dire, comment survivre.

— Crétin! se lamente Bennie en se frappant agressivement l'estomac. Foutu sacrement de crétin que je suis!

— Prendriez-vous un peu de café? demande Mme Lamarre qui, bien qu'ayant renoncé à saisir, est toutefois sensible à l'acuité de leur désespoir.

— C'est la première fois, gémit Bennie. Je le jure! C'est la première fois que je me trompe en copiant des numéros!

— Voulez-vous un peu de café? insiste Mme Lamarre. Et des compresses pour votre... vos joues, votre tête... mais enfin... dit-elle, effarée, en les considérant à tour de rôle, qu'est-ce qui vous est arrivé, pour l'amour du bon Dieu?...

— On est tombé dans les escaliers, marmonne Bennie, lugubre, et il regarde avec stupeur Claude qui s'est mis à grelotter, tout à coup, un début de fou rire contagieux, irrésistible doit-on croire, puisque Bennie, à son tour, se met à glousser, d'abord timidement, puis avec une espèce de furie dévastatrice qui se transmet aussitôt à Claude, et les voilà tous les deux accroupis sur le sol, suffoquant quasiment à force d'hilarité.

Ils déclinent tout : le café, les compresses, et même la voiture de M. Lamarre que Mme Lamarre les supplie d'emprunter, pour rentrer chez eux.

— Il ne pleut plus, affirme Bennie, inébranlable. On va marcher. J'ai besoin d'air. Hein? ON a besoin d'air.

Ils sortent, ils descendent l'escalier avec des précautions de Sioux, sous le regard désemparé de Mme Lamarre qui, le peignoir en désordre, les suit jusqu'au premier palier.

— Sacrement de soirée ! ronchonne Bennie, irascible. Des plans pour me faire mourir, à mon âge.

— Vous savez bien, père, que vous ne mourrez jamais.

— C'est vrai, grommelle Bennie. C'est sacrément vrai.

Il rate presque une marche, un peu plus bas, mais la main de Claude est là aussitôt, qui l'empoigne sous le coude, qui le retient un long moment avec une consciencieuse et délicate fermeté.

IMPRESSIONS
DE VOYAGE (II)

S'il vous plaît, empêchez cela qui s'avance, regardez-moi avec vos yeux jeunes et forts que je me ressoude ensemble, que je retrouve ces parties de moi qui s'effritent, je ne vous demande presque rien s'il vous plaît s'il vous plaît, sauvez-moi. Je suis là, je suis encore toute là, je vous en conjure, qui d'autre que vous peut me retenir sur le bord de l'abîme, mes enfants, mes petits enfants qui m'aimiez m'aimez il me semble. Ce n'est pas vrai ce qu'elle raconte, la Blouse blanche vous trompe, la sainte résignation une question d'heures ou de minutes le coma sans conscience, regardez comme je vibre encore de vie et d'angoisse, je ne veux pas je ne veux pas mourir.

Ça ne peut pas être déjà le temps, combien cela coûte-t-il pour acheter des jours, je paierai ce qu'il faut. C'était hier, c'est comme si c'était hier, moi, Françoise, avec les cheveux dénoués sur les épaules, les bras perdus dans les roses rouges et blanches, jeune épouvantablement jeune, qui s'occupera de mes roses et de

mon jardin, il faut semer engraisser, j'avais réservé de
la fiente de lapin exprès, ça ne peut pas être déjà le
temps. L'été commence tout juste, personne n'aime
l'été comme moi, vous le savez, flâner dans les senteurs
de mousses et de fraises, relever l'estragon qui rampe
sur le sol comme un mille-pattes, appuyer sur des
tuteurs les têtes blanches du basilic, et le soleil et la
pluie qui rôdent comme des haleines sur la nuque...
Personne n'aimera les choses de la terre comme moi.

Regardez-moi, au moins, touchez-moi, cela est
insupportable, sentir déjà que la vie s'organise en
dehors de moi, que tout continue comme si je n'avais
jamais été là, et les formalités auxquelles vous pensez,
la photo dans le journal, la robe grise et les perles que
vous me mettrez sans doute, le bois d'une extrême
qualité qui sera ma demeure à jamais, le salon funéraire
et le testament — « À qui a-t-elle laissé le plus ? » —, cela
est horrifiant et épouvantable, je n'ai pas mérité votre
indifférence et les soupirs rentrés de vos poitrines, ni
vos doigts qui se plient et se déplient sans cesse sous
l'effet d'un ennui excédé.

Toi, Laura, ma plus grande, ma raisonnable, dis-
leur, explique-leur que j'ai toujours agi pour leur bien,
pour votre bien, même si je t'ai empêchée de partir, il y
a si longtemps de cela, ce n'était pas un homme pour toi,
tu en es consciente maintenant, toi si forte si dure si
seule, où sont donc passées ta douceur et ta tendresse
de petite fille, Laura Laura donne-moi la main, donne-
moi encore quelques années de plus... Alice, viens ici,
approche-toi du lit que se communique à moi ta vivacité
de lis sauvage, je te pardonne tout, les amants qui
défilent dans ta vie, tes enfants illégitimes que je n'ai
jamais voulu voir, je te pardonne Alice pourvu que tu
déverses sur moi quelques gouttes, seulement quelques-
unes, du musc éclatant de ta jeunesse... Toi, mon

dernier, mon petit Maximilien, qui es un homme et que j'ai élevé comme un homme dans la rigueur froide des pensionnats et des collèges, toi à qui je n'ai jamais montré d'affection pour ne pas t'affaiblir, défends-moi, Maximilien, combats pour moi les ombres de la mort qui rôdent comme des vautours...

C'est inutile, je le sais, quelle terrible lucidité vient me gruger par en dedans, je saisis la distance qui ne sera jamais jamais résolue entre vous et moi. Est-ce ma faute si je n'ai pas été une bonne une sainte mère, j'ai été tant d'autres choses, demandez aux rosiers, à la terre meuble, aux volutes parfaites de mes fougères, est-ce ma faute si j'ai aimé les plantes plus que les enfants, et votre père Claude tellement plus que vous-mêmes ? C'est vrai, il y a eu trop d'argent, aussi, dans ma vie, cet argent imbécile qui ne peut même pas venir à bout de la mort, je fais amende honorable, comme cela dessèche d'avoir été riche. Je regrette, je regrette tout, me redonnerez-vous la vie totale, le soleil, et la jouissance de l'été qui commence, si je regrette ? Qui faut-il émouvoir, acheter, y a-t-il un faiseur de miracles dans la salle ? Amenez les prêtres, les rabbins, les popes, amenez près de moi tous les marchands d'illusions — mais à quoi bon, je n'ai jamais cru à leurs simagrées ridicules, je vous ai si bien convaincus de ne pas y croire qu'il n'y a maintenant que moi, avec moi, dans ce lit-sarcophage, seule, seule pour affronter l'innommable et me résigner au courage.

J'avais une voix, une belle voix qui remuait les sons comme un instrument à cordes, où est partie ma voix ? Ils ne sont pas à moi, les gargouillements râpeux qui m'échappent et auxquels vous ne prêtez plus attention,

ma voix à moi est riche et claire vous le savez, je veux
ma voix pour vous dire l'essentiel, mais comment faire
pour former des mots, cela semblait si facile avant,
comment était-ce, parler et rire ? Et voir ? Et entendre ?
Le mur est-il blanc, ou jaune, ou vert pâle, la fenêtre
est-elle ouverte, où êtes-vous partis, je ne vous entends
plus respirer, ni vivre, ni simplement être là, ce n'est
pas moi qui meurs, c'est vous tous qui disparaissez, avec
la chambre, l'hôpital, et l'été de carton-pâte immobilisé
sur la ville.

Mes yeux, mes oreilles, sont tournés en dedans,
maintenant, ma voix hurle à l'intérieur. Il y a plein de
choses de l'autre côté des paupières, un univers rouge,
tiède et frissonnant, que je regarde comme un paysage
lunaire. Le gros poulpe renflé de mon cœur vient de
faiblir, de se cabrer dans son jus, les canaux se
fendillent, l'eau de ma vie fuit de partout, traînant dans
son sillage des hurlements d'organes noyés. Le chaos
règne en dedans de moi-même, les avenues se bloquent,
il n'y a plus d'issue, plus d'air, que cette colonne
anémique qui entre et sort en sifflant, les zones
sinistrées, déjà noircies par la nécrose, contaminent les
autres, tout se morcelle et se rompt avec des clameurs
terrifiantes. Je suis une explosion, une lave qui se brûle
en coulant, la douleur est inscrite partout, dans toutes
mes cellules qui se fissurent.

CELA, au milieu de moi, grandit. CELA, une tache
sombre et ronde, attire et veut me saisir. Il s'agit d'un
tunnel. Je suis nouée par la peur, la peur bien plus forte
que la douleur, la peur est logée dans mon moi indivis et
profond, je, moi, Françoise, menacée de dislocation et
de perte d'identité, la peur ordonne d'empêcher d'être
aspirée par le tunnel... À l'aide, je me débats, à l'aide à
l'aide, je m'accroche à mon moi qui s'effiloche, moi,
Françoise, que le tunnel attire comme une bouche

d'enfer, je ne peux plus, j'abandonne, je m'abandonne
au tunnel noir noir et aux lueurs floues qui apparaissent,
de l'autre côté, loin, flottant comme des buées, je glisse
bascule je   jjje   j

Passé le tunnel, c'est facile et léger, la lumière
ébouissante porte comme un nuage au-dessus des
choses massives. Tant de lutte et de peur pour en
arriver là, à la légèreté apaisante et à la lumière. En bas,
il y a encore la chambre d'hôpital, le corps familier
étendu sur le lit à qui la Blouse blanche ferme les yeux,
et les trois autres corps debout, serrés l'un contre
l'autre, qui regardent en ployant les épaules.

Reconnaître tout à coup la Force à côté qui s'approche,
se souvenir de la Force qui était là, avant, et qui dessine
le chemin à suivre.

Sortir, sortir de la pesanteur et de la planète où
résident la fin et le début, s'échapper du système solaire
grâce à la Force qui accompagne et qui protège. Nager
dans la Voie lactée, s'éloigner de Sirius, de Véga,
s'éloigner, s'éloigner dans l'expansion universelle en
suivant les filaments neigeux des galaxies et des
supernovae éclatées. Bételgeuse la géante rouge, Rigel
qui agonise dans sa lumière comateuse, dépasser
Andromède et la Vierge, s'en aller, s'en aller toujours
guidé par la Force. Jusqu'au bout, jusque là-bas à des
milliards d'années-lumière, jusqu'au Trou noir dont
presque rien ne s'échappe, s'en retourner dans le Trou
noir où sont le savoir infini   l'éternité   et les autres,
tous les autres qui attendent le moment de revenir.

TABLE DES MATIÈRES

Québec, Canada
1998